이공계
글쓰기 노하우 개정3판

김동우 · 이용 지음

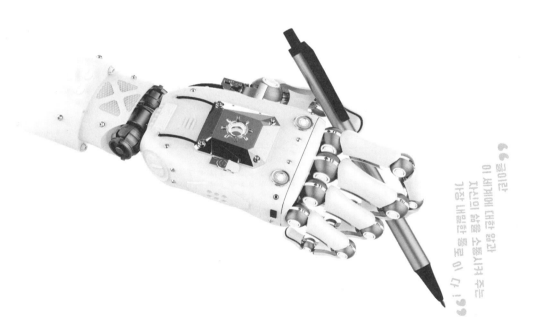

" 글이란
이 세계에 대한 앎과
자신의 삶을 소통시켜 주는
가장 내밀한 통로이다! "

생능출판

저자 소개

김동우

경남 통영에서 태어나 서울시립대 국어국문학과와 같은 대학원을 졸업했다. 대기업 홍보실과 한국편집기자협회를 거쳐 서울시립대 글쓰기교실 강의전담교수를 지냈다. 그 후 서울시립대 도시인문학연구소의 인문한국교수, 일본의 게이오대학과 오사카시립대학의 객원교수로 있으면서 동아시아 도시의 문화원형을 연구했다.
1997년 『문학과사회』에 시로 등단했고, 시집으로 『오늘 밤 잠들 곳이 마땅찮다』, 『메롱메롱 은주』(필명 김점용)를 묶었다. 연구서로 『시적 환상과 미의식』, 『도시적 삶과 도시문화』(공저)가 있고, 번역서로 『초국적 도시이론』(공역)을 펴냈다.

이용

경기도 파주에서 태어나 서울시립대 국어국문학과와 같은 대학원을 졸업했다. 고려대학교 민족문화원 사전편찬실, 서울대학교 한국학규장각연구원에서 선임연구원으로 근무하고 서울시립대 글쓰기교실 강의전담교수를 지냈다. 그 후 슬로베니아의 류블랴나국립대학교에서 조교수로 있으면서 한국학 강의를 하다가 한국에 돌아와 서울시립대학교에서 근무하고 있다.
저서로는 『연결어미의 형성에 관한 연구』, 『주시경 국어문법의 교감과 현대화』(공저), 『일제 식민지 시기의 어휘』(공저) 등이 있고, 번역서로 『언어학으로 풀어 본 문자의 세계』가 있다. 논문으로는 「지정사의 개념과 차자표기 지정문자설의 문제에 대하여」, 「문자언어로서 한국어의 발생과 발달에 관한 시론적 접근」 등 다수가 있다.

이공계 글쓰기 노하우

초판발행 2011년 5월 27일
제3판1쇄 2023년 7월 14일

지은이 김동우, 이용
펴낸이 김승기, 김민수
펴낸곳 (주)생능출판사 / **주소** 경기도 파주시 광인사길 143
출판사 등록일 2005년 1월 21일 / **신고번호** 제406-2005-000002호
대표전화 (031)955-0761 / **팩스** (031)955-0768
홈페이지 www.booksr.co.kr

책임편집 신성민 / **편집** 이종무, 유제훈 / **디자인** 유준범
마케팅 최복락, 심수경, 차종필, 백수정, 송성환, 최태웅, 명하나, 김민정
인쇄 새한문화사 / **제본** 일진제책사

ISBN 979-11-92932-26-2 03800
정가 18,000원

머리말

　처음에 이 책을 저술하셨던 김동우 교수께서 멀리 여행을 떠나셨다. 그는 천생 시인이었다. 어린아이처럼 순수하면서도 예민한 감성을 가진 분이었다. 필자는 그와 30년이 넘게 만남을 이어왔다. 그러다가 2020년에 이 책의 개정판을 낼 때 도와주었던 일이 인연이 되어 이 책에 대해 일부 책임을 짊어지게 되었다. 그러나 그의 색깔이 묻어 나오는 책을 수정하기란 참으로 어려웠다. 중간에는 많이 수정해야겠다고 생각하지 않았던 것도 아니었으나 시간이 지나면서 그러한 결심은 자연스레 무너졌다. 수정을 많이 하면 할수록 오히려 그만이 지닌 독특한 문체와 필력이 지닌 매력이 사라지는 것 같은 느낌을 받은 것이 큰 이유였다. 그래서 수정했다가 되돌린 일이 많았다. 이제 시간이 지나고 어느 정도 필자의 목소리도 들어가 있는 것 같아 공동 저자로 이름을 올렸으나 부끄럽다. 이 책이 글쓰기 실력을 늘리고 싶어 하는 이공계 학생들에게 조금이라도 도움이 되었으면 하는 바람이 간절하다.

　김동우 교수의 천진난만함과 어울리던 때가 그립다.

2023년 6월

이용 씀

한 학생의 자괴감을 대신하여

학기 중간에 받은 한 학생의 글이 마음을 무겁게 했다. 그 학생은 글쓰기 수업을 들으면서 여러 가지 생각이 들었지만 실망감과 자괴감을 가장 크게 느꼈으며, 신경을 많이 써서 열심히 했는데도 점수가 좋지 않아 속상하다고 했다. 그래서 글쓰기 담당교수인 내게는 물론 자기 자신에게도 화가 난다고 썼다. 내가 읽을 줄 뻔히 알면서도 그렇게 써 놓은 걸 보면 마음에 맺히는 바가 컸던 모양이었다. 나는 내가 뭘 잘못 가르친 거 같아 미안하기도 하고 부끄럽기도 했다. 이 책은 그런 미안함과 부끄러움을 조금이라도 만회하기 위해 쓴 것이다. 더불어 이공계 학생들이 글쓰기 시간에 실망감과 자괴감을 조금이라도 덜 느끼기를 간절히 바라는 마음에서 집필한 것이기도 하다.

8년 넘게 글쓰기를 가르치면서도 이공계 학생들의 글쓰기 스타일이 인문 사회 계열 학생들과 다르다는 사실을 깨닫게 된 것은 얼마 되지 않는다. 고작해야 2~3년 전이다. 그 이전까지는 그냥 학생들의 수준 차이라고만 여겼다. 한 반의 32%에 달하는 학생들이 중도에서 포기하는 사태가 벌어져도, 나는 그저 그들이 게으르고 의지가 박약한 탓이라고 치부했다. 글쓰기는 기본적으로 책을 많이 읽고 많이 써봐야 실력이 느는데, 실상이 그렇지 못하니 어쩔 수 없다고 생각했다. 그들의 취향이나 생각의 패턴, 학습 지향성이 다르다고는 조금도 생각지 못했다. 그럴 수밖에 없었던 것이 똑같은 내용으로 진행하는데도 인문사회 계열 학생들은 대부분 잘 따라왔고 결과도 좋았기 때문이었다.

문제는 내게 있었다. 계열 구분 없이 똑같은 내용을, 똑같은 강도로 진행했다는 게 문제였다. 계기가 있었다. 대학에서 공학교육인증제를 도입하면서 기초-중간-기말 설문을 받게 되었는데, 그 결과 학생들의 적나라한 요구와 불만이 터져 나왔던 것이다. 문제 생산성이나 창의력 향상을 위한 글쓰기보다는 기본적인 글쓰기 능력을 키워 달라는 게 학생들의 희망이었다. 공과대학이나 자연과학대학의 교수들도 같은 요구를 해 왔다(필자는 가끔 교내외 이공계 학부생이나 대학원생을 대상으로 글쓰기 특강을 했다). 기본적인 문장 훈련조차 안 된 학생들이 많다면서 다른 건 몰라도 되니까 제발 말이 좀 되게, 정확하게 쓰는 법부터 가르쳐 달라는 것이었다. 사실 우리나라의 글쓰기 교육은 기본적이고 효과적인 문장 훈련이나 논리적 구성보다는 생각하는 힘과 창의성에 초점을 맞추고 있다. 이러한 사정은 대학입학 시험에서 논술이 차지하는 비중이 커지면서 더욱 강화되었다. 특히 가르치는 사람과 배우는 사람이 모두 문과인 논술 시장은 그 정도를 더욱 심화시키고 있는 듯하다.

그런데 이공계 학생들의 속사정은 전혀 그렇지 못했다. 오직 수능에 '올인'한 결과 중고교에서 제대로 된 글쓰기 교육을 받지 못했을 뿐만 아니라, 문과 학생에 비해 언술 텍스트 자체를 대하는 빈도수도 낮은 편이다. 그래서 언어에 대한 감각이 뒤떨어지는 게 사실이다. 인지과학자 하워드 가드너의 말을 빌려 얼마간의 위험을 무릅쓰고 말한다면, 이공계 학생들은 문과생에 비해 논리수학 지능이 뛰어난 반면 언어 지능은 낮은 것 같다. 이는 근본적으로 언어에 대한 취미나 취향 자체가 다른 데서 기인되었을 것이다. 처음부터 언어 과목이 싫었다는 학생들의 고백이 이를 뒷받침한다. 이런 특징은 이들의 문장 구사에도 그대로 드러난다. 이공계 학생들은 글을 쓸 때 마치 수학 문제를 풀듯이, 혹은 순서도를 그리듯이 한 문장 안에 여러 가지 정보를 연속적으로 늘어놓기를 좋아한다. 원인과 결과를, 주장과 근거를 모두 한 문장 안에 집어넣는다. 그러니까 더 이상 쓸 말이 없다. 이미 할 말을 다 해버렸기 때문이다. 인과를 한 문장 안에 다 넣으려니 문장이 길어지고, 문장이 길게 이어지니 자연히 앞뒤가 안 맞는 비문이 생길 수밖에 없다. "말이 안 되는" 것이다.

그렇다고 기본적인 글쓰기 훈련을 학생 개인에게 맡길 수는 없다. 내가 아는 한 자발적으로, 자기 혼자서 글쓰기 연습을 할 수 있는 학생은 거의 없다. 글쓰기는 고통스러운 작업이다. 이 때문에 어떤 형태로든 외적 강제가 주어지지 않으면 안 된다. 문제는 '어떻게'이다. 어떻게 가르치고 어떻게 배우느냐는 것이다. 이 책은 그 점을 가장 깊이 고민하였다. 글쓰기를 싫어하고 힘들어하는 학생들에게 어떻게 동기를 유발할 것인가, 단시일 내에 글쓰기의 기본기를 갖추게 하는 방법은 무엇인가, 더 나아가 어떻게 하면 글쓰기 기술로 좋은 학점을 받고 원하는 회사에 취직할 수 있는가 등을 고민한 것이다.

이 책은 일반적인 원론을 강조하지 않는다. 대신 글을 잘 쓸 수 있는 여러 가지 요령과 전략을 강조한다. 어떤 측면에서는 창작의 방법이 아니고 모방의 기술이라고 해야 옳을지 모른다. 그래서 글쓰기에 대한 접근법은 매우 구체적이고 실제적이다. 철저하게 학생들의 실제 예문을 중심으로 썼다. 예문의 대부분은 글쓰기의 교육 현장에 직접 생산된 것들이다. 내가 과제를 내주면 학생들은 써 오고, 내가 그것을 첨삭해서 되돌려주면 학생들은 다시 쓰기를 반복하는 과정에서 나온 것들이다. 따라서 학생들은 이 책의 공동 저자들이다.

한 사람의 시인으로 돌아가 말하자면, 글이란 이 세계에 대한 '앎'과 자신의 '삶'을 소통시켜 주는 가장 내밀한 통로이다. 적어도 나는 그렇게 믿고 있다. 글은 다른 감각 기관이나 질료들과 달라서 보이지 않고 들리지 않으며 만져지지 않고 냄새나지 않는 무엇인가를 드러낸다. 어쩌면 그곳에 우리 삶의 진면목 혹은 또 다른 의미가 있을지도 모른다. 의미는 대상과 달리 스스로 참여해야만 발견할 수 있고 만질 수 있다. 비록 그것이 글로는 표현될 수 없는 불립문자(不立文字)라 할지라도, '쓰기' 그 자체가 대상에 대한 적극적 참여이며 의미의 발견이라는 사실을 잊지 말았으면 한다. 물론 그 과정은 참으로 지난하다. 결코 끝나지 않는 여행이다. 하지만 기이하게도 바로 그 점에 글쓰기의 매력이 있다. 나는 학생들이 지난하지만 매력적인 그 길의 시작을 이 책에서 발견하기를 바란다.

고마운 사람들이 많다. 가장 먼저 이 책의 공동 저자인 학생들에게 깊은 애정과 고마움을 전한다. 그들은 내 수업이 힘들다는 걸 알면서도 잘 따라주었다. 그리고 집필에 필요한 자료를 도와주신 분들께도 깊은 감사를 드린다. 서울시립대학교 환경공학부의 구자용 교수, 전자전기컴퓨터 공학부의 박병은 교수, 화학공학과의 정철수 교수, 한국산업기술대학교 홍보실의 송영승 과장, 쌍용양회 홍보실의 이중민 차장, KT문화재단의 김창수 부장, 중앙일보와 한겨레신문의 여러 기자 등 여러분께서 도움을 주셨다.

이 책은 2008년에 이미 출간(『공학도를 위한 글쓰기 노하우』)되었으나 여러 교육 현장에서 업데이트가 필요하다는 요청과 전자출판(e-book) 주문이 들어와, 2011년 내용을 조금 바꾸고 더불어 새로운 제목과 얼굴도 갖게 되었다. 그리고 2020년에 한 번 더 개정을 하게 되었다. 시간이 지난다고 글쓰기의 원리가 변하는 것은 아니지만 세부 트렌드가 바뀌는 것은 어쩔 수 없다. 글쓰기를 힘들어하는 이공계 학생들에게 조금이라도 실질적인 도움이 되기를 바라는 마음 간절하다. 새 옷을 입혀 주신 생능출판사의 여러 식구께도 깊은 감사의 마음을 전한다.

2020년 8월
김동우 씀

차례

CONTENTS

글쓰기는 왜 필요한가

1. 첫 강의의 풍경

첫 강의 때마다 던지는 질문이 있다.

"글쓰기 수업을 왜 듣습니까?"

학기에 따라 또는 학번에 따라 학생들의 반응은 조금씩 다르다. 1학년 1학기에는 대학 생활에 대한 호기심으로 눈빛을 반짝이며 사뭇 진지하게 대답한다.

일반적인 대답들 ⋯▶

- "우리말과 글을 더 잘 이해하기 위해서입니다."
- "자신의 생각과 느낌을 정확하게 전달하기 위해서⋯⋯."
- "논리적이고 명쾌한 사고를 기르는 데 유익한 툴이므로⋯⋯."
- "이 세계를 질서화하고 계통화해서 이해하는 데 도움을 주기 때문에⋯⋯."

대체로 교과서적이고 뻔한 대답들이다. 지금까지 익히 들어왔으니까 대답은 그렇게 하지만 학생들 스스로도 크게 실감하지 못하고 있는 게 분명하다.

그러나 대학 생활을 조금 알았다 싶은 2학기에 접어들면 사정이 달라진다. 아예 대답 자체를 하지 않는다. 한마디로 재미없고 시큰둥한 표정들이다. 이미 강의계획서에 다 나와 있지 않느냐는 것이다. 그래서 학생들을 꼬드긴다. 표현엔 좀 서툴러도 진솔한 글이 감동을 주는데 솔직하게 한번 얘기해 보자고 말이다. 그러면 마지못한 듯 여기저기서 대답이 튀어나온다.

솔직한 대답들 ⋯▶

- (현실적으로) "학점 따려고요."
- (좀 더 구체적으로) "그래야만 졸업하고 취직할 수 있잖아요."
- (더 솔직하게) "이과(理科)라 별로 듣고 싶지 않았는데 교양필수로 정해져 있어서 어쩔 수 없습니다."
- (안타깝고 억울하다는 듯이) "고등학교에서 끝내야 할 과목을 대학생이 되어

서까지 들어야 하다니 도무지 이해가 안 됩니다."(그는 거기서 더 나아가 교양과목 폐지론까지 들고나오며 '오버'를 하는 바람에 학생들끼리 격렬한 토론이 벌어졌다.)

이쯤 되면 가르치는 사람으로서 매우 난감해진다. 학생들이 '제도로서의 학문'을 들고나온 셈인데, 그 제도에 포함되어 있는 한 사람으로서 곤란해질 수밖에 없다. 특히 이공계 학생들일수록 글쓰기 교육에 반감을 갖는 이들이 적지 않다. 교양 필수가 아니라면 듣지 않겠다는 학생이 절반을 훨씬 넘는다. 그래서 다시 그 이유를 물어보면 대부분 언어 영역을 잘하지 못하거나 싫어하기 때문이라고 대답한다. 실제로 이들 중 일부는 한 달 정도 수업을 들어보고는 도저히 따라갈 수 없다며 속칭 '드롭(drop) 제도'를 이용하여 글쓰기 과목 수강을 포기하기도 한다. 어쨌거나 이러한 현실주의자들의 솔직한 대답을 정리하면 이렇다.

"글쓰기 교육은 우리에게 그다지 유익하지 않다. 유익할지는 모르지만 교육 효과가 어떤지는 알 수 없다. 우리는 제도 교육의 피해자다."

2. 매체 환경의 변화와 글쓰기의 지위

불행하게도 학생들의 대답은 어느 정도 일리가 있다. 더구나 다양한 매체의 출현과 인터넷의 확산은 문자 매체에 한정된 글쓰기 교육이 시대에 뒤처지는 게 아니냐는 의구심마저 불러일으킨다. 글쓰기가 명쾌한 사고 능력을 길러 준다고 하지만 이미지로도 충분히 사고할 수 있으며, 이미지는 언어 논리가 도달할 수 없는 부분까지 건드린다는 인지과학 분야의 연구가 속출하고 있다. 왓슨과 크릭이 발견한 DNA 이중나선 구조는 대표적인 사례이다. 그들에게 이 아이디어는 글로 오지 않고 이미지로 먼저 다가왔다고 한다. 또 "인류는 지금 구텐베르크 은하계 맨 끝을 지나고 있다."라는 미디어 학자 매클루언의 말처럼 다양한 전신 매체의 발달로 의사소통의 수단이 문자언어(글)에서 다시 음성언어(말)로 옮겨가고 있다는 지적도 있다. 전화가 발달하면서 편지가 거의 사라졌다. 책을 읽는 시간보다 인터넷 서핑을 하는 시간이 훨씬 길어졌다. 그뿐이 아니다. '15초의 예술'이라는 광고는 웬만한 한 편의 시보다 더 시적이다. 이해하기에 복잡한 철학 서적마저도 한 권의 만화로 일목요연하게 정리되어 출간되고 있다. 한 사회학자의 예측에 따르면, 미래에는 어렵고 난해한 철학적 담론도 컴퓨터 게임처럼 시뮬레이션해서 즐길 수 있다고 한다. 그래서 어떤 사람들은 지식 습득의 방식, 다시 말해 인간의 인지 구조 자체가 바뀌는 것 아니냐는 섣부른 예측을 내놓기도 한다.

문자언어의 위치가 이처럼 점점 초라해지고 있는 마당에 무턱대고 글쓰기가 중요하다고 말할 수도 없게 되었다. 지금까지 우리는 글쓰기 교육이 처한 현 상황을 간단히 점검해 본 셈이거니와, 그것은 두 가지로 요약될 수 있다. 글쓰기를 둘러싼 매체 환경이 크게 달라졌다는 점과, 그에 따라 교육 수요자인 학생들 스스로 글쓰기 교육의 중요성이나 필요성을 실감하지 못하고 있다는 사실이다. 그러나 이러한 상황에도 불구하고 우리가 잘 모르고 있는 사실도 많다. 이 점을 상기해볼 필요가 있다.

3. 글쓰기의 필요성과 중요성

1) 학생들의 저조한 글쓰기 능력

먼저 학생들의 저조한 글쓰기 능력을 문제 삼을 수 있다. 다양한 매체의 출현으로 학생들이 좋은 글을 접할 기회가 줄어들고 인터넷의 확산으로 이른바 글쓰기의 민주주의가 가능해지면서, 덜 여문 글에 노출되는 빈도가 한층 높아졌다. 또 중등 과정에서 이루어지는 글쓰기 교육의 왜곡된 현실도 지적해야 할 사항이다. 우리가 직접 겪었다시피, 고등학교의 작문 시간 풍경을 우리는 잘 알고 있다. 대부분이 문제 풀이 요령을 배우는 데 그 시간을 보냈고, 그 사정은 지금도 여전하다. 자연히 학생들의 글쓰기 능력이 떨어질 수밖에 없다. 그나마 애써 자위하자면, 수능에 작문 문제가 나온다는 점은 다행스럽다. 그런데 이것도 속을 알고 보면 실망스럽지 않을 수 없다. 수능 작문 문제를 풀어본 사람은 누구나 알겠지만, 결국 쓰면서 배워야 하는 작문을, 5지선다형 문제를 풀면서 배운다.

2) 읽기와 쓰기는 학문 행위의 기본

대학에서 이루어지는 대부분의 지적 행위는 글쓰기를 통해 수행된다. 예체능 계열을 제외하고는 거의 모든 리포트가 글쓰기를 요구하고, 시험 역시 서술형으로 제시된다. 이에 적응하지 못해 종종 곤란을 겪는다는 학생들의 고백을 자주 듣는다. 즉, 좋은 성적을 얻으려면 글쓰기를 잘해야 한다는 결론이 나온다.

물론 이것이 대학에서 글쓰기 능력을 요구하는 중요하고 본질적인 이유는 아니다. 우리는 학문의 주체로서 나와 세계 모두를 포함해서 이를 더 깊이, 더 잘 이해하고자 애쓴다. 그러나 학문의 본질은 대상을 이해하는 데 그치지 않고, 자신의 이해나 인식이 근거하고 있는 논리를 개발, 표현하며(자기주장의 표현), 이를 다른 사람들과 나눔으로써 대상에 대한 자기 인식을 끊임없이 다듬어 나가는 역동성에 있다. 그러면서 나와 다른 사람, 나와 세계의 차이를 깨닫고 인정하며 배려하는, 더 성숙한 정신의 세계로 진입하는 것이다. 이 모든 과정이 결국 읽기와 쓰기를 통해 이루어진다는 사실은 우리에게 시사하는 바가 적지 않다.

3) 문자언어의 장구한 역사성

앞서 인지 구조의 변화를 섣부르게 예견하고 있는 사람이 있다고 언급했다. 그런데 그런 일이 쉽게 일어나지 않겠지만 설령 그렇게 되더라도 현재 이 사회의 방향성에 관계하고 있는 사람들은 대부분이 문자언어에 의해 자신의 인식 체계를 정립해온 사람이라는 사실은 변하지 않는다. 인류가 지금까지 이어받아 왔고 또 앞으로 물려주게 될 지적·문화적 유산의 대부분이 문자언어로 구축되었다. 이는 다시 말하자면, 문자언어가 갖는 장구한 역사성을 무시하고서는 우리의 정신을 더 높은 곳으로 성장, 심화시키거나 문화적 감각을 더 세련되게 훈련할 수 없다는 뜻이기도 하다. 그러니까 문자언어의 핵심인 글을 다루고 운용하는 글쓰기 능력의 배양은 그야말로, 대학생에게 부여된 가장 시급한 과제인 셈이다.

4) 실제적인 이해관계와 직결

글쓰기는 실제적인 이해관계와 직접적으로 관련되어 있다. 특히 앞에서 언급한 현실적인 문제로 작문 교육에 접근한 학생들은 이 부분을 잘 헤아려 보기 바란다. 글쓰기는 대학 안에서만 필요한 게 절대 아니다. 대학을 떠나 현실 사회로 뛰어든 순간, 새로운 사실을 깨달을 것이다. 제안서, 품의서, 프레젠테이션, 제품 매뉴얼, 투자유치 설명서, 광고 카피, 고객 감사 편지, 민원 처리, 모임 안내문, 홍보 메일, 휴대전화 메시지에 이르기까지 그 많은 곳에서 글쓰기 능력이 요구되고 있다는 사실을 말이다. 형편없는 제안서와 보고서로는 연구비나 예산을 따낼 수 없을뿐더러 고객을 확보할 수도 없다. 이와 관련해 미국의 한 설문 조사 결과가 흥미롭다. 과학자와 엔지니어는 자신의 시간 중 1/3을 쓰기와 관련된 일에 소비한다고 한다. 승진할수록 그 비율은 높아져서 일반 연구원은 34%, 중간 관리자는 40%, 매니저는 50%의 시간을 쓰면서 보낸다. 특히 매니저의 71%가 쓰기 능력이 개인적 경력과 출세에 아주 큰 영향을 주었다고 응답했다.[1] 그래서 그런지 지난 수십 년간 MIT 공대생들이 뽑은 최고의 베스트셀러는 글쓰기 책이었다.

5) 의사결정 시스템의 변화

이제 조금 더 심각한 사실 앞에 서 보자. 위에서 우리는 매체 환경의 변화로 글쓰기의 비중이 줄어들고 있는 것처럼 보인다고 했다. 그런데 실제 상황은 오히려 그 반대이다. 특히 인터넷의 발달로 대부분의 기업이나 공공기관에서는 인트라넷을 구축하고 전자결재 시스템을 도입했다. 어떤 변화가 왔을까? 조직 내의 의사소통 구조와 의사결정 과정은 물론, 업무 처리 전반이 '사람 대 사람'에서 '글 대 글'로 바뀌었다. 이 방법이 조직 운영을 더 효율적으로 만들고 의사결정 속도를 빠르게 하기 때문이다. 지금은 결재권자 앞에서 직접 부족한 내용을 보충 설명하는 시대가 아니다. 전자입찰제도 때문에 건설 현장의 현장소장도 글쓰기 교육을 받는 게 현실이다. 몇몇 대기업의 경우 전 직원에게 글쓰기 교육하고 있다. 그러니까 아무리 매체 환경이 바뀌었다 하더라도 무엇인가를 쓰면서 보내

---

1) 글 잘 쓰는 과학자가 성공할 확률 높다, 『과학동아』, 2002년 3월호.

는 시간이 더 늘어났으면 늘어났지 줄어들 것 같지는 않다.

6) 다양한 매체의 기간산업

매체 환경의 변화와 관련해 우리가 잘 모르고 있는 사실이 또 있다. 기술 문명의 발달로 여러 가지 매체가 생기면서 문자 매체가 갖는 권위나 영향력이 줄어든 것처럼 보인다. 그러나 이면을 들여다보면 꼭 그렇지만도 않다. 시나리오 작가가 영화의 인상적인 한 장면을 떠올리기 위해, 광고 카피라이터가 멋진 카피한 줄을 얻기 위해, 방송작가가 시청자를 사로잡을 오프닝 멘트를 날리기 위해, 신문기자가 독자를 끌어들일 제목 한 줄을 뽑기 위해, 만화가가 흥미진진한 스토리를 짜기 위해 얼마나 많은 시집과 소설, 무거운 고전과 말랑말랑한 책들을 뒤적이며 고심하고 있는지 우리는 알지 못한다. 우리는 대체로 매체의 생산자보다 소비자로서만 지내 왔기 때문에 그 이면을 잘 모를 수밖에 없다. 이러한 예들은 문학을 비롯한 문자언어가 비록 그 표현 형태는 바뀌었을지언정 다양한 매체를 떠받치고 있는 든든한 기간산업으로서, 여전히 그 중요성을 조금도 잃지 않고 있음을 말해 준다.

7) 자기반성적 성격

글쓰기는 개인의 인성(personality)을 가꾸고 다양성의 사회를 구현하는 데 이바지할 수 있다. 조금 먼 이야기이기는 하지만, 분석심리학에서는 인간이 35세를 넘어서면 자신의 내면세계, 즉 심혼(心魂)을 돌볼 줄 알아야 한다고 말한다. 망각 또는 죽음과의 싸움이라는 글쓰기의 기원은 필연적으로 자기반성적 성격을 띠고 있다. 우리가 어릴 때부터 써 온 일기뿐 아니라, 전문적인 자기 치유적 글쓰기나 자아 분석을 위한 글쓰기, 자기 구원의 글쓰기가 유용한 이유가 바로 여기에 있다.

글쓰기는 총체적 사고와 통합적 감각을 요구하기 때문에 우리는 글을 쓰는 과정에서 다양하게 사고하는 방식을 배우고 건전한 정서를 기를 기회를 가질 수 있다. 글쓰기를 통해 이러한 기회를 얻게 된 사람은 다양한 입장과 관점에서 사회를 볼 수 있고 인간을 이해할 수 있는 능력을 갖추게 된다. 그리고 이러한 능력은 사회계층 간의 갈등과 단절을 해결하고 극복하여 다양성의 사회를 구현하는 데 도움을 준다.

4. 어떻게 하면 글을 잘 쓸 수 있을까

글쓰기가 이토록 중요하고 필요하다면, 우리는 어떻게 해야 글쓰기 능력을 신장시킬 수 있을까? 사실 우리가 알고 싶은 지점이 바로 여기에 있다. 어떻게 하면 글을 잘 쓸 수 있을까? 흔히들 글을 잘 쓰기 위해서는 많이 읽고, 많이 쓰고, 많이 생각하는 것 이상의 방법은 없다고 한다. 이는 분명 일리 있는 말이다. 그러나 실천하기가 어렵다. 그래도 실천할 수만 있다면 그 효과는 보장할 수 있다.

문제는 사람들이 대부분 적게 읽고(혹은 아예 읽지 않고), 적게 쓰고(어쩌면 아예 쓰기 연습을 하지 않고 처음부터), 적게 생각하고(골머리를 썩지 않고)도 글을 잘 쓸 수 있는 효과적인 방법을 원한다는 데 있다. 이를테면 '비책'이나 '글쓰기의 공식' 같은 걸 원한다. 미안하지만 그런 비책이나 공식 따위는 있을 수 없다. 먼저 글쓰기에는 정답이 없기 때문이다. 어느 정도 보편적 잣대가 있기는 있되 이것이라고 딱 꼬집어 말할 수 있는 답이 없다는 뜻이다. 이 점은 같은 글을 놓고 전문가마저도 답이 갈린다는 데서 잘 드러난다. 학생도 다르지 않다. 문과 계열 학생의 반응과 이과 계열 학생의 반응이 확연히 다르다. 같은 이과 계열 학생들도 학과에 따라서 다시 반응이 갈린다. 심지어는 학생 개개인에 따라서도 다른 반응이 나타난다. 그러니까 애초부터 글쓰기의 비책이나 공식은 만들어질 수가 없는 셈이다.

그래서 글쓰기 교육은 학생이 처한 상황과 개개인의 성격을 일일이 고려하지 않으면 큰 효과를 거두기가 어렵다. 이공계 학생은 수학처럼 딱 맞아떨어지는 것을 좋아해서 한글맞춤법이나 문장론을 선호하는 경향이 강하고, 글의 제목도 숫자나 수식이 들어간 것을 좋아하는 편이다. 글을 써나가는 스타일도 달라서 이공계 학생은 프로그램의 순서도처럼 개요를 짜놓고 거기에 살을 입혀나가는 방식을 주로 취한다. 이는 어문 계열 학생이 글을 직접 써나가면서 개요와 목차를 잡아 나가는 스타일을 좋아한다는 점과 대비가 된다. 이 점을 고려한다면, 이공계 학생은 어문 계열 학생과는 구별되는 글쓰기 교육을 해야 한다는 데 동의할 수밖에 없다. 이러한 점에 착안하여 이 책에서는 이공계 학생을 위한 글쓰기 방안을 제시한다. 하지만 개개인의 글쓰기까지는 고려하지 못했다. 개개인의 특성과 관련된 방안은 글쓰기를 공부하면서 스스로 찾아 나가는 수밖에 없다.

오랜 세월 다양한 사람에게 글쓰기 교육을 해온 교육학자 폰 베르더는 인간에게서 표현 욕구를 거세시키지 않는 한 글쓰기 능력을 배양하는 일은 언제나 가능하다고 말한다. 이 말은 결국 인간은 누구나 글쓰기를 공부하면 그 능력을 향상시킬 수 있다는 것을 의미한다. 이 점은 매우 다행스럽다. 이 책은 누구나 글쓰기를 공부하면 더 나은 글을 쓸 수 있다는 믿음 아래 쓰였다. 글을 잘 쓰는 비책이나 공식을 알려주지는 못하지만, 글을 잘 쓸 수 있는 여러 길의 지도를 전하고자 애썼다. 어떤 길은 시원하게 잘 뚫린 아스팔트이기도 하지만, 어떤 길은 울퉁불퉁하고 가파른 언덕으로 뻗어 있기도 하고, 때에 따라서는 구불구불하고 아름다운 오솔길이 되기도 하다. 어떤 길을 선택할지는 각자의 몫이다. 그리고 그 길이 각자에게 무엇을, 얼마나, 어떻게 가져다줄지는 아무도 알지 못한다. 어쩌면 우리는 모두 영원히 그 길 위에 서 있을지도 모른다. 우리가 살고 있는 이 지구조차도 우주의 어떤 길을 여행 중인 한 개의 별이지 않은가. 부지런히 걸어서 더 많은 땅을 밟아보는 수밖에!

이공 계열과 인문 계열 학생의 차이

미리 고백한다. 이 책에는 중간중간 이공 계열과 인문 계열 학생의 차이를 거론할 때가 더러 있다. 개인적인 편차가 있긴 하지만 대부분 사실이다. 강의를 하다 보면 글쓰기에 대한 두 계열의 차이를 느낄 때가 많다. 기본적으로 글을 다루는 실력에서도 차이가 있지만 선호하는 경향도 조금씩 다르다. 인문학도들은 기본적으로 어휘력이 풍부하고 문장력도 좋다. 어휘 하나에도 민감하게 반응한다.

언어 감각이 다르기 때문이다. 심지어 어떤 학생은 글꼴 자체가 주는 미묘한 차이에도 기민하게 반응한다. 글쓰기에 대한 이론적인 지식도 웬만큼 갖추고 있다. 그래서 이들은 이론 강의를 하면 대부분 싫어한다. 반면에 이공계 학생들은 이론을 가르쳐 주지 않고 바로 실습에 들어가면 당황해 한다.

이공계는 공식 같은 것을 선호해서 한글맞춤법과 문장론 강의를 선호하지만 인문 계열은 그렇지 않다. 글을 쓰는 방식에서도 차이가 있다. 이공 계열 학생은 개요를 짜 놓고 거기에 구체적인 내용을 덧붙이는 것을 좋아하지만, 인문 계열 학생은 글을 써나가면서 개요를 잡아 나간다.

이러한 차이는 지금까지 언어를 대해온 습관이나 방식에서 기인한 것이다. 그렇다고 이공계 학생들이 미리 기죽을 필요는 없다. 이공계 학생들은 내용을 수식화하고 도표화하는 데 탁월한 능력을 보여준다. 도표를 분석하는 실력도 인문 계열 학생보다 뛰어나고 정치하다. 그뿐이 아니다. 글쓰기 능력이 향상되는 속도도 훨씬 빠르다. 기본적인 요령을 가르쳐주면 금방 따라온다. 실습 횟수가 반복되면서 그 변화 속도가 눈에 확연히 띨 정도이다.

따라서 기본적인 실력과 능력 차이가 있다는 사실을 직시하고, 자기 나름대로 글쓰기 실력을 배양하는 것이 시급하다. 기분 따위를 염두에 두지 말라는 것이다. 굳이 미사여구를 써서 문학적인 글을 쓰려고 애쓸 필요도 없다. 문학적인 글이 반드시 좋은 것도 아니다. 오히려 겉멋이 든 글보다는 우직해도 정확하고 전략적인 글이 훨씬 낫다. 그 점만 염두에 두면 좋겠다.

다행스러운 사실이 있다. 해가 갈수록 욕심 많은 이공계 학생이 늘어나고 있다는 점이다. 이들은 전공 분야의 전문지식뿐 아니라 풍부한 교양 지식도 갖추고 싶어 하며 수준 높은 문화적 안목을 동시에 거머쥐고 싶어 한다. 수업 내용에 관한 주관식 설문에서 강의 시간에 배경 설명을 위해 가끔씩 들려주는 교양 지식이 좋았다며 더 많은 강의를 요구하는 답변을 여럿 보았다. 사회 역시 다양한 능력을 두루 갖춘 멀티태스킹형 인재를 요구한다. 우리 사회가 그만큼 다원화되고 다양해진 것이다. 개인적인 욕심이지만 시집을 들고 다니는 멋진 이공계생을 기대해 본다.

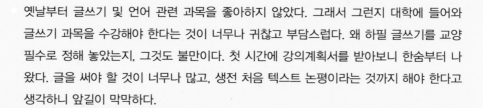

옛날부터 글쓰기 및 언어 관련 과목을 좋아하지 않았다. 그래서 그런지 대학에 들어와 글쓰기 과목을 수강해야 한다는 것이 너무나 귀찮고 부담스럽다. 왜 하필 글쓰기를 교양 필수로 정해 놓았는지, 그것도 불만이다. 첫 시간에 강의계획서를 받아보니 한숨부터 나왔다. 글을 써야 할 것이 너무나 많고, 생전 처음 텍스트 논평이라는 것까지 해야 한다고 생각하니 앞길이 막막하다.

어릴 때부터 나에게 글쓰기란 지옥과 같았다. 교내 백일장에선 시간 내에 주어진 분량을 채우지 못해서 제출도 못하였고, 방학 숙제인 독후감 쓰기는 쓸 말이 없어서 500자도 못 채웠다. 그렇게도 싫어했기에 글을 잘 쓰려는 노력은 하지 않았다. 책 읽는 것 역시 멀리했다. 자연히 국어·사회 등과 같은 인문계 과목의 성적과 흥미는 떨어질 수밖에 없었고, 결국 그 때문에 자연계를 선택하였다.

평소 글쓰기를 싫어해서 글쓰기라는 과목 자체가 싫다. 이공계 학생이 왜 글을 쓰는 데 시간을 투자해야 하는지 모르겠다. 그래서 '문법이나 조금 배워가자'라는 가벼운 마음으로 수업에 임하자는 것이 내 솔직한 심정이다.

어렸을 때부터 일기도 그렇고, 글쓰기는 잘하지 못해서 글쓰기를 꺼려 왔다. 그래서 수강 과목에 글쓰기가 있다는 것을 알았을 때 한숨이 나왔다. '과연 내가 글을 잘 쓰고 이 과목을 잘 들을 수 있을 것인가?'라는 생각이 든다. 하지만 그 반대의 마음도 있다. 열심히 들어서 이번 기회에 글쓰기 실력이 향상되었으면 한다.

* 이 책에 있는 '글쓰기에 대한 이공계 학생들의 생각' 시리즈는 지은이에게 글쓰기 수업을 들은 학생들의 글입니다.

글쓰기 자가 진단

1. 이공계 학생의 글쓰기 특징

■ 글을 쓰기 전에

• 글을 쓰는 것 자체가 아니라 무엇인가를 써야 한다는 스트레스에 더 시달린다.
• 그 스트레스를 해소하려고 웹 서핑이나 게임에 몰두한다.
• 제출일이 다 되어서야 컴퓨터 앞에 앉는다.
• 도대체 무엇을 어떻게 써야 할지 모르겠다.

■ 글을 막 시작할 때

• 마땅한 첫 문장이 떠오르지 않는다.
• 첫 문장을 쓰는 데 지나치게 많은 시간을 보낸다.
• 글의 내용과 관련해 아는 게 너무 없다.
• 다른 사람들은 어떻게 했나 궁금하다.

■ 글을 써 나가면서

• 생각은 있는데 글로 표현하려니 잘 안 된다.
• 한글맞춤법과 띄어쓰기가 서툴러 자꾸 헷갈린다.
• 적당한 단어가 떠오르지 않는다.
• 다음 문장을 이어 나가기 힘들다.
• 겨우 몇 줄을 쓰고 나면 더 쓸 말이 없다.
• 문장이 자꾸 길어진다.
• 문장을 짧게 쓰면 전체 분량이 줄어들까 봐 걱정이다.
• 분량을 늘리려고 다른 내용들을 자꾸 끌어들인다.
• 정해진 분량을 어떻게 다 채울지 걱정이다.
• 글을 쓰다가 보면 글의 방향이 이상하게 흘러간다.
• 논리적으로 쓰고 싶은데 잘 안 된다.
• 주제에 대한 배경지식의 부족을 절실히 느낀다.

■ 글을 다 쓰고 보니

- 겨우 다 썼는데 분량이 너무 적다.
- 활자를 키우고 행간을 늘리고 싶은 유혹을 받는다.
- 다 쓰긴 했는데 왠지 폼이 나지 않는다.
- 다 쓰고 보니 처음에 의도했던 글이 아니다.

앞에 열거한 항목들은 학생들이 털어놓은 글쓰기의 고충들을 단계별로 정리한 것이다. 물론 이는 비단 이공계 학생만의 문제는 아니다. 계열을 구분할 필요 없이 글을 못 쓰는 사람 대부분이 공통으로 느끼는 어려움이다. 물론 아무리 글을 못 쓴다고 해도 이 모든 어려움을 동시에 겪지는 않는다. 대체로 개인적인 능력과 습관에 따라 부분적으로 부딪히는 문제들이다. 거기에는 개개인의 심리적인 영향도 있고, 독서량의 차이에서 기인하는 문제도 있으며, 그동안 글쓰기를 하면서 나도 모르게 몸에 밴 습관에서 비롯된 고충들도 있다. 하지만 가장 핵심적인 원인은 글쓰기에 필요한 매우 기본적인 요령이나 지식을 잘 모른다는 데서 생긴다.

다음 내용을 보면서 나의 글쓰기가 다른 사람의 글쓰기와 어떤 차이를 보이는지 잘 헤아려 보자.

2. 글을 잘 쓰는 사람

- 글의 목적과 의도를 분명히 파악한다.
- 자기 글의 독자를 미리 가늠한다.
- 관련 자료를 충분히 수집한다.
- 이런저런 아이디어를 떠올리며 꾸준히 메모한다.
- 자신이 접하는 모든 대상을 글과 관련지어 이해하려고 애쓴다.
- 직접 쓰는 시간보다 준비하는 데 많은 시간을 들인다.
- 그동안 모은 자료와 메모를 검토하고 분류한다.

- 글을 쓰기 전에 글의 전체적인 개요를 반드시 짠다.
- 전체 흐름에 따라 초고 형태로 대충대충 써나간다.
- 빨리 시작하고 천천히 끝낸다.
- 초고를 완성한 후에 고쳐 쓰기를 거듭한다.
- 세부적인 내용보다 전체적인 흐름을 먼저 검토한다.
- 소리 내어 읽으면서 수정한다.
- 문장의 리듬은 물론 글 전체의 리듬을 생각한다.
- 맞춤법, 어휘, 문장, 단락, 유기성, 통일성 등을 염두에 두면서 효과적인 표현 전략을 짠다.
- 첫 문장과 마지막 문장이 매력적인지 고심한다.
- 제목이 적절한지 검토한다.
- 글자 크기와 모양, 상하좌우 여백, 줄과 행의 간격 등 편집 디자인을 고려한다.

3. 글을 못 쓰는 사람

- 마지못해 쓰기 때문에 글의 목적이 뚜렷하지 않다.
- 누가 내 글을 읽을지 독자를 고려하지 않는다.
- 관련된 자료를 수집하지 않고 자기 생각에만 의존한다.
- 무엇을 써야 할지 막막해하는 시간이 더 많다.
- 글을 시작하기까지 많은 시간이 걸린다.
- 구체적인 글감을 떠올리기보다 글쓰기 자체에 대한 스트레스에 더 크게 시달린다.
- 그 스트레스를 해소하느라 다른 일(게임, 웹 서핑 등)에 몰두한다.
- 그러면서 제출일(마감일)까지 글쓰기를 미룬다.
- 개요를 짜지 않고 글쓰기에 직접 돌입한다.
- 도서관보다 인터넷에 더 의존한다.
- 겨우 몇 줄 쓰고 나면 더 이상 쓸 말이 없다.

- 정해진 분량을 어떻게 다 채울까 걱정이 태산이다.
- 생각은 있는데 글로 표현이 안 된다.
- 문장을 어디서 끊어야 할지 모른다.
- 한 단락이 끝나고 나면 다음 단락을 어떻게 시작해야 할지 모른다.
- 쓰다 보면 글의 방향이 이상하게 흘러간다.
- 전체적인 흐름보다 지엽적인 부분에 집착한다.
- 제목을 구체적으로 달지 않는다.
- 글의 리듬이 없어서 읽으면 호흡이 불편하다.
- 이상하게 문장 자체는 긴데, 전체 분량은 짧다.
- 어쨌든 완성했다는 성취감에 빠져 고쳐 쓸 엄두를 내지 않는다.
- 처음 쓴 글이 그대로 완성본이 된다.
- 그러다 보니 명백한 오자, 비문(非文) 등이 자주 발견된다.
- 편집 디자인을 고려하지 않는다.

위의 항목들을 점검해 보면 자신이 어떤 유형에 해당하는지 대강 알 수 있을 것이다. 만일 자신이 글을 못 쓰는 사람에 속한다면 특히 다음 두 가지를 유념할 필요가 있다. 자료 확보와 수정 작업이 그것이다. 글을 잘 쓰는 사람이든 못 쓰는 사람이든 위에 열거한 항목 대부분은 바로 이 두 가지 문제로 수렴된다고 해도 과언이 아니다. 미숙한 필자는 거의 예외 없이 이 두 과정을 소홀히 취급하거나 아예 생략한다. 반면에 능숙한 필자는 실제로 글을 쓰는 데 들이는 시간보다 이 두 작업에 훨씬 더 많은 시간과 공을 들인다. 여기에 굳이 한 가지 원칙을 더 보태자면 '빨리 시작하고 천천히 끝낸다.'이다. '자료 수집', '글의 수정', '빨리 시작하기' 이 세 가지는 이 책에서 거듭 강조하고 있는 핵심 내용이다. 이 세 가지 원칙만 잘 지켜도 글쓰기 능력이 크게 향상될 것이라 확신한다.

● 글을 어떻게 시작해야 할까 항상 두렵고 망설여진다. 수없이 많은 원고지의 빈칸을 보면서 '이걸 언제 다 채우나?' 하는 걱정부터 들고, '내가 왜 이걸 써야 하나?', '이게 나에게 도움이 되긴 될까?' 하는 의구심도 든다. 교수님, 제가 과연 이 수업을 들어야 할까요?

● 이공계 학생들은 글쓰기 같은 언어적인 과목은 못 해도 상관없다고 생각한다. 글을 쓸 때 처음을 어떻게 시작해야 할지, 또 어떤 내용으로 분량을 채워야 할지 잘 모르겠다. 그래서 글쓰기에 대한 막연한 두려움을 가지고 있다.

● 글쓰기를 할 때면 항상 어떤 내용으로 쓸 것인가보다는 어떻게 양을 채울 것인가만 고민했다. 띄어쓰기, 문단 나누기, 수정 같은 것은 그저 지식으로만 알고 있었지 실제로는 아무 상관 없이 줄줄 써나가기만 했다.

● 평소 글을 쓰는 데 아무런 문제를 느끼지 못한다. 그 이유는 평소 내가 글을 쓰면서 구체적으로 무엇을 잘못하고 있는지 모르기 때문이다.

● 글쓰기 강좌를 수강하기 전에 저는 글에 대한 막연한 두려움이 컸습니다. 원래 제가 이과를 선택한 이유는 언어가 싫었기 때문이었습니다. 그래서 책도 거의 읽지 않았고, 무언가 하나의 완성된 글을 써 본 적이 거의 없었습니다. 소설책만 보아도 잠이 왔고, 제가 보던 책들은 대부분 글보다 그림이 많은 만화책이었습니다. 잘 지도해 주십시오. 열심히 하겠습니다.

03

글쓰기의 과정

1. 글쓰기는 돌림노래와 같다

앞에서 언급했듯이 대학에 와서 본격적인 글쓰기를 하면서 학생들이 부딪히는 문제는 매우 다양하다.

- 무엇을 써야 할지 모르겠다.
- 어떻게 시작해야 할지 모르겠다.
- 머리에 생각은 있는데 구체적으로 표현을 못 하겠다.
- 서너 줄 쓰고 나니 더는 쓸 말이 없다.
- 어떻게 쓰긴 썼는데 도대체 뭘 썼는지 모르겠다(뚜렷한 주제가 없다).
- 하나의 주제로 썼는데 글이 왔다 갔다 한다(구성을 못 하겠다).
- 주제도 구성도 문장도 다 좋다고 생각했는데 창의적이지 않다고 한다.

문제가 이렇게 다양한 이유는, 우선 학생들의 글쓰기 능력이 저마다 다르다는 데 있다. 이공계 학생들의 경우 그 편차가 더욱 심하다. 집단적이고 획일적인 글쓰기 교육이 효과적이지 못한 이유가 바로 여기에 있다. 어떤 학생은 주제도 잘 잡고 개요도 잘 짜는데, 정작 누구나 알고 있는 내용, 그래서 쓰나 마나 한 글을 써서 제출한다. 어떤 학생은 창의적이라 기발하고 참신한 주제를 잘 찾아내는데, 막상 개요를 짜보라면 혼자 끙끙댄다. 문장은 좋은데 구성이 엉망인 학생이 있는가 하면, 그 반대의 경우도 있다. 모두 약점이 있되 저마다 다른 곳에 발목이 잡혀 있는 셈이다.

그런데 저마다 이러한 약점이 생기는 이유는 근본을 지키지 않는 데 있다. 글쓰기가 어떤 과정을 거쳐 진행되는지 학생들이 잘 모르기 때문에 생기는 현상이다. 일반적으로 글쓰기는 다음 과정을 거친다.

주제 설정 → 자료 찾기 → 분류와 배열 → 개요 짜기 → 쓰기 → 수정 → 완료

물론 이것이 정답은 아니다. 글쓰기는 정답이 없다고 하지 않았는가? 정답 없음이 글쓰기의 기본 정신이자 오묘함이자 매력이다. 어쨌든 글쓰기 과정은 사람

마다 다를 수 있고 실제로도 그렇다. 개요를 짜지 않고 글을 쓰는 사람이 있는가 하면, 별도의 수정 작업을 거치지 않고 처음부터 끝까지 꼼꼼하게 다듬어 나가서 마침표를 찍는 순간 글이 완전히 끝나는 사람도 있다. 따라서 반드시 이 패턴을 따라야 하는 것은 아니지만, 대개 이러한 과정을 거친다는 것을 알아 둘 필요가 있다.

문제는 그 사람 다음이다. 글쓰기의 기본적인 순서는 이와 같지만 여간해서 이대로 나아가지 않는다는 점이다. 자료를 찾다가 도중에 내가 쓰려고 하는 바를 이미 다른 사람이 써 놓았다는 사실을 알게 되면 주제 설정으로 되돌아가야 한다. 개요를 다 짜 놓고 보니 특정 부분의 자료가 부족하다면 자료를 더 찾아야 한다. 자료를 다시 찾는 과정에서 눈에 번쩍 뜨이는 새로운 자료가 나와서 개요 전체를 새로 짜는 때도 있다. 이런 현상은 글쓰기 전 과정에서, 그러니까 본격적인 쓰기와 수정 과정에서도 끊임없이 반복된다. Yes/No에 따라 화살표 방향이 달라지는 순서도를 떠올리면 이 과정이 쉽게 이해될 것이다. 결국 글쓰기 과정은 일직선의 선형적인 패턴을 띠기보다는 계속해서 다시 불러야 하는 돌림노래의 형식에 더 가깝다.

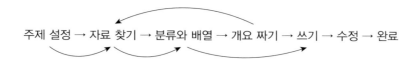

주제 설정 → 자료 찾기 → 분류와 배열 → 개요 짜기 → 쓰기 → 수정 → 완료

2. 중요한 것은 자료와 수정이다

다소 복잡해 보이는 글쓰기 과정은 다음과 같이 단순화해서 이해할 수 있다.

자료 찾기 → 쓰기 → 수정

그런데 실제로 초고를 완성했다면 '쓰기' 과정은 '수정'에 포함되므로 이 도식은 최종적으로 이렇게 정리할 수 있다.

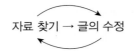

- 이 두 과정은 학생들이 거의 배우지 못한 과정이다.
- 자료가 있다면 무엇을 써야 할지 걱정할 이유가 없다.
- 배경지식은 자료를 찾는 과정에서 저절로 축적된다.
- 자료의 검토만으로 집중적이고 방대한 학습이 이루어지기 때문이다.
- 자료를 검토하는 과정은 비교 분석의 과정이기도 하다.
- 자료를 찾고 검토하면서 무의식중에 글을 구성해 나간다.
- 수정을 거치면서 어휘, 문장, 단락이 좋아진다.
- 수정을 거치면서 주제가 뚜렷해진다.
- 수정을 거치면서 자기 글의 장점과 단점을 명확히 알 수 있다.
- 수정을 거치면서 글쓰기를 몸으로 익힌다.
- 수정을 거치면서 글쓰기에 자의식을 갖기 시작한다.
- 자기 글에 자의식을 갖는 순간 글쓰기는 비약적으로 좋아진다.

　　실제의 글쓰기에서는 이 두 과정이 되풀이된다. 이것이 글쓰기의 핵심이다. 나머지는 모두 예비 작업에 불과하다. 그런데 불행하게도 학생들은 지금까지 이 두 과정을 제대로 교육받지 못했다. 그래서 글을 쓰는 데 어려움을 겪는다. 자료 찾는 훈련을 받지 못했으므로 마땅히 쓸 내용이 없다. '인풋'이 없는데 어찌 '아웃풋'이 가능하겠는가. 학생들은 그저 부족한 배경지식을 탓한다. 지식이 부족해서 글을 못 쓴다고 여긴다. 모든 것을 자기 머리에서, 경험에서, 상상력에서 가져와야 한다고 잘못 알고 있다. 그러고는 자책한다. 지식의 유통 구조가 달라졌는데도 여전히 과거의 관습에 매여 있다. 수정 작업 역시 마찬가지다. 늘 시간에 쫓겨 글을 썼으므로 자신의 글을 꼼꼼히 분석하고 수정할 기회가 없었다. 과제를 제출하기 전날, 밤을 새워 작업을 한 후 마침표를 찍으면 그것으로 끝이다. 다시 돌아보기도 싫다. 그 시간에 컴퓨터 게임을 하면서 과제 때문에 쌓인 스트레스를 풀기 바쁘다.

그러나 이 두 과정을 소홀히 하면 좋은 글을 쓰기 어렵다. 학생들이 글쓰기를 힘들어하는 데는 이와 같은 과정의 지루한 반복에 가장 큰 원인이 있다. 무엇인가를 쓴다는 일 그 자체가 고역인데 이래저래 할 일이 많다. 자료도 찾아야 하고 개요도 짜야 한다. 맞춤법도 신경 써야 하고 문장도 다듬어야 한다. 그렇다고 해서 한 번으로 끝나지도 않는다. 그 과정이 반복된다. 힘들고 지친다. 시간이 넉넉한 것도 아니다. 밤잠을 설친다. 게다가 전공과목 과제까지 겹치면 포기하고 싶은 생각이 굴뚝 같다. 실제로 필자가 가르친 25명의 수강생 중 8명이 중도에 포기한 반도 있었다. 32%의 학생이 생존 게임에서 탈락한 것이다. 1교시에다 전공과목까지 겹친 탓이 크지만 이 정도 수치면 매우 높은 편이다. 특히 인문사회 계열보다 이공 계열 학생들의 탈락률이 훨씬 높다.

반면에 살아남으면 보람도 크다. 학생들은 적은 분량의 글이든 제법 묵직한 분량의 글이든 다 쓰고 나면 매우 뿌듯해한다. 무엇인가를 해냈다는 성취감을 느낀다. 그래서 또 다음 글에 도전한다. 좀체 평가가 좋아지지 않아 때로는 기가 죽기도 하지만 좋아질 수 있다는 기대와 희망을 버리지 않는다. 글쓰기 과정에서 가장 중요한 태도는 바로 이 도전적인 정신과 나아질 수 있다는 믿음이다. 그러다 보면 서서히 글쓰기에 대한 두려움이 사라지고 글쓰기도 왠지 조금씩 발전하고 있다는 사실을 실감하게 된다.

- 글쓰기 과정은 지루하고 힘든 과정이다.
- 생각보다 시간도 오래 걸린다.
- 힘들다고 포기하면 생존 경쟁에서 지는 것이다.
- 30% 이상이 탈락하는 경우도 있다.
- 살아남으면 보람도 크다.
- 글쓰기가 더는 두렵지 않다.
- 글쓰기를 힘들게 배운 만큼 기대 이상의 성적을 거둘 수 있다.

- 글쓰기 수업을 듣기 전에는 '공대에 와서까지 글쓰기를 해야 하나?'라는 생각으로 글쓰기를 중요하게 여기지 않았다. 또 어느 정도 열심히만 하면 충분히 따라갈 수 있을 것으로 생각하고 글쓰기 수업에 큰 비중을 두지 않았다. 강의를 듣게 되면서 생각은 180도 바뀌었다. 공대에 와서까지 글쓰기를 해야 하나가 아니라, 공대이기 때문에 오히려 글쓰기 수업을 들어야 한다고 생각하게 되었다. 공대에서 생각보다 글을 쓸 일이 많았던 것이다. 또, 숙제의 양이 많아서 전공과목과 겹치는 경우 숙제를 하기 힘들었다. 특히 텍스트 인용 논평의 경우 많은 내용을 직접 손으로 써서 내야 했기 때문에 그 부담감이 더욱 심하였다.

- 드롭(수강 포기제) 기간에 정말 고민이 많았다. 여러 번 다음에 수강할까 하는 생각을 했다. 고민하는 사이 드롭 기간이 지나가 버렸다. 어쩔 수 없었다. 선생님께서 하시는 말씀 한마디 한마디 빼지 않고 다 적었고, 재고 시에도 계속 생각하며 글을 썼다. 정말 힘든 부분이 많았지만 포기하고 싶지는 않았다. 벌써 두 달이 가까운 수업을 들으면서 조금씩 변화가 느껴진다. 이 문장은 너무 길고 저 문장은 비문이란 게 눈에 들어온다. 남들이 보기엔 학교 수업으로 무슨 변화가 있겠냐고 할지 모르지만 적어도 이젠 글쓰기에 대한 두려운 마음은 없다. 앞으로 수정, 보완해야 할 부분이 많음을 안다. 하지만 포기하지 않는 마음가짐이 최우선이라고 믿는다.

- 주제를 받았을 때 적당한 소재가 떠오르지 않아 글을 못 쓸 때가 많다. 설사 떠오르는 경우가 있더라도 그것을 구체적으로 발전시켜 보려면 막혀서 더 나아가지 못한다. 예를 들어 '10년 후의 일기'를 쓸 때 나의 모습은 대충 짐작이 갔지만 그 시대가 어떻게 변해 있을지 구체적인 사회 현상을 생각하니 아무 생각이 나지 않았다. 내가 이런 어려움을 느끼는 이유는 독서량이 부족해서이다. 어렸을 때부터 책을 읽지 않았고 중고등학교로 계속 미루다가 운 좋게 대학생이 되었다. 대학교에 와서는 시간이 있지만 습관이 안 들어서 그런지 책을 잘 안 읽게 된다. 그러다 보니 핵심어를 찾고 자료를 검색하려고 해도 어떤 것을 핵심으로 잡아내야 할지 감이 안 잡힌다. 글쓰기를 배우면서 1주일에 책 한 권씩은 읽겠다고 했는데 그것도 잘 지켜지지 않는다. 요즘은 아침 지하철에서 신문 사설을 여러 번 읽는다. 처음에는 미리 어렵다고 생각해서 이해가 잘 안 되더니, 몇 번 읽다가 보니 사회에 대한 다양한 정보도 얻게 되고 문장 흐름도 알게 되어 도움이 많이 된다. 다음에는 책으로 옮겨가는 것이 나의 목표이다.

무엇을 쓸 것인가

1. 무조건 써 보자! 도대체 무엇을?

글쓰기는 직접 쓰지 않고는 결코 실력이 늘지 않는다. 철저하게 몸으로 익혀야 하는 것이 글쓰기 능력 배양의 철칙이다. 아무리 좋은 이론을 많이 알고 있다 하더라도 그 자체만으로는 글을 이룰 수 없다. 손으로 직접 쓰지 않으면 늘지 않는다. 쓴다는 행위는 반드시 일정한 노동량을 요구한다. 따라서 글쓰기 실력의 배양을 위해서는 무조건 써야 한다. 어떤 내용이라도 좋으니 일단은 써 놓고 봐야 한다. 처음부터 잘 쓰려고 해서는 안 된다. 이러한 태도는 수정 과정을 염두에 두지 않기 때문에 생긴 것이다. 다 쓰고 나서 나중에 수정하면 되니까 아무렇게나 써도 된다는 생각으로 임해야 한다. 그래야만 마음속의 부담을 떨치고 자유롭게 글쓰기에 임할 수 있다.

- 겁먹지 말라, 글쓰기는 창작이 결코 아니다.
- 모든 글쓰기는 '어떤 주제'에 관한 것이다.
- 주제에 대한 접근법을 알면 글쓰기는 의외로 쉽다.

그런데 과연 무엇을 쓸 것인가? 대학의 글쓰기에서는 보통 특정한 주제가 주어진다. '미생물에 대한 실험 보고', '서울의 교통 정책' 등 일정한 범위가 정해지는 게 보통이다. 이는 비단 대학에서만 적용되는 상황이 아니다. 다른 곳에서도 마찬가지다. 기업에서 문서를 작성할 때도 주제가 정해져 있다. 대학원에 진학해도 똑같다. 자의든 타의든 이런저런 연유로 특정 과제가 정해지게 마련이다. 이공계 학생들이 종종 오해하고 있는 것처럼 글쓰기는 창작이 결코 아니다. 아무것도 없는 데서 무언가 새로운 것을 써내는 것이 아니란 뜻이다. 창작이 아닌 이상 거의 모든 글쓰기가 '어떤 주제'에 대한 것이다. 어떤 형태로든 주제가 주어지면 주제를 붙잡고 씨름해야 한다.

주제와 씨름하는 요령으로 많이 알려진 방법들은 연상 훈련과 관련이 있다.

- 연상 훈련
- 브레인스토밍
- 마인드 매핑

연상 작용은 글쓰기에서 매우 기본적인 발상법이다. 이 밖에 연상 훈련을 응용한 아이디어 발상법에는 크게 두 가지 방법이 쓰인다. 브레인스토밍(brainstorming)과 마인드 매핑(mind mapping)이 그것이다. 전자는 주제와 관련해서 무작위로 떠오르는 것을 거침없이 쏟아내는 방식이며, 후자는 주제와 연관된 내용에서 떠오르는 착상들을 거미줄처럼 연결해서 연쇄적으로 늘어놓는 방식이다.

필자는 강의를 하면서 재미있는 사실을 한 가지 발견하게 되었다. 그것은 이 두 방법이 많은 이공계 학생에게 그다지 효과적이지 못하다는 사실이었다. 이공계 학생의 연상 작용에서 나온 결과가 인문 계열 학생의 절반을 약간 넘는 정도에 불과했다. 심지어 1분 30초 동안 특정 주제를 주고 자유 연상을 시켰더니 10개도 못 쓴 학생이 여럿이었다(인문 계열은 40개 넘는 학생이 비슷한 숫자로 나타났다). '자유', '행복' 등 추상적인 핵심어일수록 그 정도는 심했다. 1학년만 그런 게 아니었다. 2학년 이상이 듣는 재수강반에서는 더 심한 차이를 보였다. 그 이후 이공계 학생에게 무작정 이 방법을 쓸 엄두를 내지 못했다. 그리고 연상 훈련은 대체로 다음 두 가지 작업을 한 다음에 시행하는 것이 훨씬 효율적임을 알았다. 그 두 가지 작업은 다음과 같다.

- 인터넷 검색을 활용해 자료를 모은다.
- 질문 만들기를 통해 주제를 구체화한다.

필자는 학생들에게 인터넷 검색을 적극 활용하라고 주문한다. 주제와 관련된 핵심어를 몇 개 정하고, 이를 토대로 검색하는 방법이다. 실제적인 글쓰기 현장에서는 핵심적인 주제가 주어지게 마련이다. 자기소개서가 글쓰기의 과제라면 '자기소개서'가 핵심 검색어가 된다. 그런데 '자기소개서'만 검색어로 활용하면 예문을 확보할 수는 있겠지만 자신의 글쓰기에 실제로 필요한 다양하고 구체적인 도움을 받기는 힘들다. 그래서 자기소개서의 세부 항목들인 '성장 과정', '대학생활', '동아리', '봉사활동', '인상적인 사건', '가치관', '지원 동기' 등으로 검색어를 세부적으로 나누어 다양하게 적용해 여러 가지 자료를 찾아봄으로써 실질적인 도움을 받을 수 있다. 이렇게 1차 검색에서 나온 자료를 종합 검토하여 관심 분야의 핵심어를 다시 정하고 2차 검색에 들어간다. 이런 식으로 몇 번에 걸쳐 검색을 진행하면, 주제와 관련해 상당한 분량의 자료를 확보할 수 있다.

2. 주제에 대한 구체적인 접근

이렇게 자료가 확보되었다고 글쓰기에 바로 들어가는 것은 바람직하지 않다. 인터넷 검색에서 얻은 기초 자료는 유용한 정보가 아닐 확률이 높다. 이 자료를 토대로 글을 써 본들 가치 있는 정보를 제공하기 힘들다. 그런 글은 쓰나 마나 한 글, 아니 쓸 필요가 없는 글이다. 요즘 대학생들이 잘하는 '짜깁기' 수준일 것이다. 그것은 표절이지 글쓰기가 아니다. 표절해서는 글쓰기 실력이 늘지도 않는다. 그것은 지식을 소비하는 행위이지 생산하는 행위가 결코 아니다. 글을 쓴다는 것은 무엇인가를 생산한다는 것, 혹은 생성한다는 의미를 지니고 있다. 글쓰기의 가치는 바로 이 생산 또는 생성에 있다.

가치 있는 글을 쓰기 위해서는 다음 단계가 필요하다. 좋은 글감(구체적인 소재나 더 좁혀진 주제)에 대한 요구는 여기서 발생한다. 주제가 주어졌다고 해서 그대로 다 쓰는 것은 아니다. 해당 주제에서 자신이 무엇을 쓸 것인지를 정해야 한다. '서울의 교통 정책'이라는 주제가 주어졌다고 해도 이를 다 다룰 수는 없다. 물론 다 다룰 필요도 없다. 우선 교통 정책 중에서 무엇에 대해 쓸 것인지를 정해야 한다. 대중교통인지 승용차인지, 대중교통이라면 버스 정책에 관해 쓸 것인지 지하철 정책에 관해 쓸 것인지를 결정해야 한다.

이 지점에서 효과적인 방법이 바로 '질문 만들기'이다. 질문 만들기는 주제와 관련하여 내가 알고 싶은 것이 무엇인지를 직접 써 보는 방법이다. 이는 특정한 주제나 제재에 대한 자신의 관점을 뚜렷이 세우고 글의 목적을 분명히 하는 데 매우 유용하다. 특정 주제에 관한 질문을 하나하나 만들어 가다 보면 막연하고 모호한 개념들이 분명해질 뿐만 아니라 어떤 자료를 찾아야 하는지도 확실히 알 수 있다. 또 기존의 자료를 검토하면서 자신의 질문에 비추어 어떤 부분이 충분히 논의되었고 어떤 부분이 덜 논의되어 있는지도 파악할 수 있다. 그렇게 되면 자연히 해당 주제와 관련하여 무엇을 써야 하는지도 쉽게 찾아낼 수 있으며, 자기 글에서 어떤 부분을 강조하고 부각해야 하는지도 가늠할 수 있어 여러모로 유익하다. 특히 질문 그 자체가 문제의식의 출발이자 앎과 배움의 기본적 태도임을 잊지 말아야 한다.

"좋은 질문에 이미 해답이 들어 있다."라는 말이 있다. 특정 주제에 관한 질문은 가장 기본적이고 상식적인 것부터 시작해서, 보고자 또는 연구자가 더 알고 싶은 것, 그리고 더욱 심화시켜야 할 내용으로 나아가는 게 좋다. 특정 주제가 주어지지 않았다 하더라도 평소에 보고 듣는 일반적인 내용에다 물음표를 찍어서 점점 깊은 내용으로 나아갈 수 있다. 가령 A라는 영화가 관객 1,000만 명을 돌파했다, B라는 드라마가 기록적인 시청률을 기록했다, 어떤 신드롬이 생겼다면 그 이유에 대해 육하원칙[5W1H]을 적용해 여러 가지 질문을 던져 볼 수 있다. 또 C라는 광고가 감동적이라면 왜 그런지를 곰곰 따져 볼 수도 있다. 궁금하면 그에 대한 자료를 찾게 되고, 그래도 더 궁금한 사항이나 불충분한 내용이 있다면 자신이 직접 연구하여 대답을 구할 수도 있다. 그것이 이 세계에 대한 인식의 과정이다.

그런데 어떤 대상이나 현상에 대한 궁금증이 여러 사람이 동시에 궁금해하는 내용이라면 다행이지만, 그렇지 않고 지극히 개인적인 차원에 머물 수도 있다. 그렇게 되면 글쓰기에서 여러 가지 문제가 생기게 마련이다. 이미 알고 있는 사실을 왜 썼느냐, 남들은 관심도 없는데 왜 썼느냐, 대체 그것이 무슨 가치가 있느냐 등등의 질문이 쏟아질 수 있다. 이때는 자신의 궁금증이 어떤 면에서 중요하고 가치가 있으며 타당한지를 먼저 설득력 있게 제시할 수 있어야 한다. 그럴 수 없다면 그 질문을 포기해야 할 것이다.

좋은 연구 질문의 요건으로 다음과 같은 내용을 들 수 있다.

- 필자 자신의 관심이 큰 것
- 주제와 관련성이 높은 것
- 구체적인 관찰에 바탕을 둔 것
- 논의 대상들 사이의 관계를 드러낼 수 있는 것
- 주요 쟁점과 관련이 깊은 것
- 다른 사람의 흥미와 논쟁을 유발할 수 있는 것
- 분석을 통해 결론을 도출할 수 있는 것
- 명확한 개념으로 구성된 것
- 새로운 형태의 주장을 띠는 것

1. '연애와 사랑의 차이'에 대해 떠오르는 질문을 만들어 보라.

2. 위 질문 내용을 토대로 어떤 주제의 글을 쓸 것인지 생각해 보라.

3. 주제 설정의 기준

여기서 말하는 주제는 글에서 다루고자 하는 대상(subject) 혹은 주된 제재에 가깝다. 글을 통해 말하고자 하는 주제(theme)와는 구별이 되어야 한다. 글을 통해 무엇을 주장할 것인지는 글감이 정해진 다음에 생각해도 된다. 실제로 주제(theme)는 자료를 검토하는 과정에서 발견되기도 하고 또 글을 써나가는 도중에 바뀔 수도 있다. 따라서 여기서 다루고자 하는 주제는 글쓰기 대상 또는 제재로서의 주제임을 잘 알아야 한다. 어떤 교과목에서는 글쓰기보다도 오히려 특정 주제에 대한 자료의 수집과 검토 그 자체를 요구하는 경우도 많다. 이러한 경우에는 인식의 대상을 어떻게 정하느냐가 과제 해결의 중요한 관건이 된다. 그만큼 주제 선정이 중요하다는 말이다. 사실 좋은 주제를 잡았다면 이미 글을 다 쓴 것이나 마찬가지라고 해도 과언이 아니다.

대학의 글쓰기에서는 일반적으로 특정한 주제나 제재, 범위 등이 주어지게 마련이다. 그러나 주어진 과제(topic)의 내용 전부를 다루기는 힘들다. 그렇게 하면 분량만 늘어날 위험이 크다. 분량이 불어나는 사태를 피하기 위해서 부문별로 간략하게 기술하면 어떠할까? 이렇게 해서는 내용의 깊이와 엄밀성을 확보할 수도 없으며 자신의 주장을 선명하게 부각하기도 힘들다. 산만하고 펑퍼짐해서 자기주장이 뚜렷하지 못한 글이나 여기저기서 자료를 찾아 짜깁기한 글은 주어진 과제를 제출했다는 의미 이상의 가치를 지니기 힘들다. 쓰는 사람은 물론 그것을 읽는 사람에게 시간 낭비만 가져다줄 뿐이다. 이러한 문제를 피하기 위해서는 어떻게 해야 할까? 주제를 설정할 때는 다음 네 가지 항목을 고려하는 게 좋다.

■ 주제 설정의 네 가지 기준

① 주제의 범위가 좁을 것
② 자신이 잘 알고 있거나 관심이 많은 분야일 것
③ 독자의 흥미를 유발할 수 있을 것
④ 독자에게 유익함을 줄 수 있을 것

우선 해당 글에서 자신이 말하고자 하는 바가 지나치게 포괄적이거나 막연해서는 곤란하다. 글의 주제는 항상 구체적이고 명료해야 한다. 어떤 사람들은 글을 쓸 때 뭔가 거창하고 대단한 것을 써야 한다고 생각하는 경향이 있는데 실제는 오히려 그 반대이다. 예를 들어 '인간과 우주', '학문과 인생', '한국의 건축', '컴퓨터 네트워킹', '김소월의 시' 등은 언뜻 보아 그럴듯해 보이긴 해도 주제가 지나치게 포괄적이다. 이 주제를 충분히 소화하려면 책 한 권으로도 부족할 것이다. 찾아야 할 자료의 양을 생각해 보라. 이때는 구체적인 단어와 구절을 추가하거나 바꾸어 주제의 범위를 좀 더 좁혀야 한다. 가령 '인간과 우주'는 '인체의 바이오리듬과 달의 운행 주기' 등으로 그 범위를 좁힐 수 있다. 주제의 범위가 좁으면 거기에 해당되는 자료를 찾기도 수월할뿐더러 말하고자 하는 바도 한결 명료해진다.

- 인간과 우주 → 인체의 바이오리듬과 달의 운행 주기
- 컴퓨터 네트워킹 → 인트라넷 구축과 새로운 기업 문화
- 한국의 건축 → 서울 북촌의 전통 건축과 자연 조화 사상
- 학문과 인생 → 대학 학문과 자아의 정체성 찾기
- 김소월의 시 → 김소월 시에 나타난 운율의 특징

둘째, 연상 훈련과 질문 만들기에서 도출된 자료를 토대로 주제를 정할 때는 자신이 가장 잘 알고 있는 분야를 고르는 것이 유리하다. 특정 분야에 대해 평소에 관심이 많아서 잘 알고 있다거나 이런저런 자료를 많이 확보하고 있다면 글쓰기가 한결 수월해진다. 그런 글에는 생동감이 깃들어 힘이 넘치게 되고 독자의 감응력도 저절로 높아진다. 물론 대학 글쓰기의 특성상 잘 알지도 못하고 평

소에 관심도 없는 분야의 제재가 주어질 가능성도 얼마든지 있다. 그러나 설령 그렇더라도 부담스러워하거나 꺼리지 말고 주어진 주제를 세분화해서 쪼개다 보면 자신의 지식이나 경험과 관련된 부분이 틀림없이 나오게 되어 있다. 그것을 찾아 주제와 긴밀하게 연동시키면 충분히 좋고 재미있는 글을 쓸 수 있다. 예컨대 어떤 영화를 보고 비평문을 써내는 과제가 주어졌다면, 그 영화의 내용 전부를 다 다룰 수는 없을 것이다. 우선 범위를 좁히기 위해서라도 영화의 여러 가지 요소 중 하나나 둘을 골라야 할 것인데, 그때 자신이 평소 음악에 관심이 많았다면 그 영화의 음악적인 요소만 골라서 분석하고 그것이 영화의 주제 의식을 구현하는 데 어떻게 기여하고 있는가를 밝힌다면 충분히 좋은 글이 될 수 있다. 또 패션에 관심이 있다면 배우들의 패션을 집중적으로 분석해 보는 것도 재미있는 글이 될 것이며, 자신의 관심사를 심화시키는 데도 큰 도움이 될 것이다. 그것이 곧 글을 쓰면서 공부하는 즐거움이다.

셋째, 주제는 독자의 관심과 흥미를 유발할 수 있어야 한다. 어떤 형태로든 독자의 관심과 흥미를 끌 수 없다면 그것은 자기 만족적인 글밖에 못되며 이미 죽은 글이나 다름없다. 대학 도서관에는 책이 산더미같이 쌓여 있다. 인터넷의 발달로 온갖 정보가 넘쳐흐른다. 그런데 어떻게 남의 관심을 끌 수 있을 것인가? 방법은 하나다. 자기 이야기를 쓰면 된다. 자신의 눈과 귀, 느낌을 믿으면 된다. 언론사의 통계 자료를 보면 사람은 '사람의 이야기'에 관심이 가장 많다. 일례로 같은 책을 읽고, 같은 영화를 보고도 다른 사람들이 어떻게 느꼈는가에 관심이 많은 것이다. 남들이 이미 써 놓은 것, 이미 말한 것을 재탕하는 것은 가장 나쁜 버릇이다. 그것은 명백히 표절이며 일종의 범죄 행위이다. 하지만 자기 자신의 느낌을 믿고 그것과 관련된 자료를 찾아 더욱 심화시키거나 다른 사람들의 생각이나 느낌과 비교해 글을 쓰면 이 글은 개성적인 글이 된다. 대학 저학년 학생들의 경우에 관련 자료를 찾다가 그럴듯하게 포장된 글에 압도되어 자신의 생각과 느낌을 슬며시 포기하는 경우가 허다한데, 그래서는 절대로 자기 발전을 꾀할 수 없다. 처음부터 잘한 사람도 없거니와 학문도 배짱이 있어야 잘할 수 있다. 모두가 그렇다고 해도 "난 아니오."라고 말할 수 있는 용기, 동의하지 않는 배짱과 기술이 필요하다는 말이다. 저마다의 얼굴 생김새가 다르듯 생각과 느낌도 제각각이다. 무언가 달라도 다른 것이다. 자기 자신만의 독특한 것이 다른 사람들의 흥미를 끌 수 있다. 또 그것이 결국엔 자기 스스로를 발전시키며 학문적 생산성에 이바지할 수 있다는 사실을 깊이 명심해야 할 것이다.

마지막으로 고려해야 할 기준은 유익함이다. 과연 내 글이 독자에게 어떤 이익을 가져다줄 수 있는가를 따져 보아야 한다. 새로운 내용을 담고 있는가? 그렇다면 독자에게 이익을 줄 수 있다. 독자에게 새로운 사실을 알게 해 주었기 때문이다. 새로운 관점을 제시하고 있는가? 이것 또한 독자에게 이익이라고 하겠다. 같은 정보라도 어떻게 바라보고 해석하고 가공하느냐에 따라 그 가치가 얼마든지 달라질 수 있다. 물가가 전월 대비 0.2% 인상되었다는 통계는 그 자체로서는 그다지 중요한 정보가 아닐지 모른다. 그러나 0.2% 인상됨에 따라 올해 물가 상승률이 5%를 넘어섰다거나 두 자릿수에 진입했다면 커다란 뉴스가 된다. 미래학자 앨빈 토플러는 정보화 시대에는 정보 그 자체보다 수많은 정보를 체계화할 수 있는 지혜가 요청된다고 강조한 바 있다. 새로운 관점에 따라 기존의 정보를 새롭게 재해석하고 있다면 그것은 독자에게 충분히 유익할 것이다. 설령 그것이 독자에게 한바탕 웃음을 선사하더라도 상관없다. 즐거움도 어떤 독자에겐 큰 이익이 될 수 있다.

4. 자료의 수집과 분류

우리는 글을 못 쓰는 사람들의 가장 큰 특징이, 글을 쓰기 전에 필요한 자료를 찾지 않는다는 것과 글을 다 쓴 후에 수정하지 않는 것이라고 했다. 단적으로 말해서 누구든지 이 두 작업만 성실히 수행하면, 뛰어난 글은 못 쓸지라도 웬만한 수준의 글은 쓸 수 있다. 자료가 없으니 쓸 말이 없고, 수정하지 않으니 문장이 엉망인 경우가 대부분이다.

우리나라의 글쓰기 교육은 이 두 가지 면에서 매우 취약하다. 특히 자료에 의존하여 글을 쓰는 법은 잘 가르치지도 않거니와 심지어는 이런 글쓰기를 부도덕한 행위로까지 본다. 관련 자료를 이용하여 글을 쓰는 것과 베껴 쓰기는 엄연히 다른 차원의 문제이다. 요즘 대학생들이 표절을 일삼는 것도 이처럼 자료를 이용한 글쓰기 교육을 제대로 배우지 못한 데서 기인한 바 크다. 필요한 자료를 인용했을 경우 인용했다는 사실을 밝히고 쓰면 아무 문제가 없다. 인용 사실을 밝히지 않으니까 문제가 된다.

사실 자료를 읽고 인용하는 것 자체가 글쓰기에 필요한 능력을 습득하는, 매우 훌륭한 과정이다. 일반적으로 글쓰기라고 하면 대입논술 시험과 같이 오직 자신의 경험과 지식에 의존해야 한다고 생각하기 쉬운데 실제 글쓰기의 현장에서는 지식과 경험 외에도 상당 부분 자료에 의존하는 것이 보통이다. 이른바 글쓰기의 대가라고 불리는 신문사의 논설위원이나 칼럼니스트들도 대부분 필요한 자료를 토대로 글을 쓴다. 대학교수는 말할 것도 없다. 심지어 창작을 하는 작가들도 구체적인 자료가 필요하다.

1) 어떤 자료를 수집할까

가. 쓰고자 하는 글의 샘플을 구한다

자료에 접근하기 위해 가장 먼저 해야 할 일은 내가 쓰고자 하는 내용과 비슷한 종류의 글을 찾는 일이다. 주제와 관련된 검색어를 이용하여 가능하다면 여러 개의 사례를 먼저 확보해야 한다. 이는 논문, 실험보고서 등 학술 활동에 필요한 글쓰기는 물론, 자기소개서나 회사 내 기안서, 품의서, 보도자료, 고객 감사 편지, 제품 매뉴얼 등 실용적인 글쓰기에까지 두루 해당된다. 다양한 샘플을 구해 놓으면 실제로 글을 쓸 때 매우 유리하다. 무엇보다 글의 형식에 대한 개략적 접근이 가능하므로 글쓰기를 쉽게 시작할 수 있다. 모든 학습은 흉내 내기, 즉 모방에서 시작된다는 것을 잊지 말자. 심지어 글쓰기의 정수이자 으뜸이라 할 수 있는 시 창작도 맨 처음에는 모방에서 시작된다는 사실을 참조할 필요가 있다.

샘플을 확보했으면 분석 작업에 들어가야 한다. 이때는 여러 가지 사례를 놓고 비교 분석하는 방식이 효과적이다. 무엇이 잘 되었고 못 되었는지를 판단하면서 모방해야 할 것, 피해야 할 것, 추가해야 할 것 등을 간단히 메모하고 다음 작업에 임한다.

샘플 분석이 끝나면 글의 방향이 대충이라도 잡힐 것이다. 이것은 구체적인 내용이 아니라 '아, 이렇게 쓰면 되겠구나.' 하는 글 전체의 형식에 대한 느낌이다. 글을 어떻게 시작하고 끝맺는지, 또 본론을 어떤 내용으로 채우고 있는지 등이 이에 해당한다. 그런 느낌이 든다면 자신이 쓰고자 하는 글의 매우 기초적인 개요를 짜 본다. 이때도 역시 내용보다는 형식에 치중하는 게 좋다. 정해진 글의 형식이 대개는 얼추 비슷하기 때문에 형식만 빌려온다는 느낌으로 가볍게 시작하면 된다. 서론-본론-결론만 짜 놓아도 무방하다. 하지만 이와 같은 매우 기본적인 형식조차 갖추지 않고 글을 시작하는 사람이 부지기수다.

나. 구체적인 관련 자료를 수집한다

샘플 분석이 끝났으면 인터넷 검색을 통해 확보한 자료를 토대로 구체적인 자료를 찾아야 한다. 인터넷의 학술 전문 사이트는 물론, 도서관, 서점 등 다양한 방법을 동원해 자료 수집에 나선다. 다음 두 가지는 꼭 찾아야 한다.

① 자기주장을 뒷받침해줄 자료: 주장에 대한 근거로 제시하기 위해서는 꼭 필요하다.

② 자기주장에 반대되는 자료: 글쓰기를 할 때는 항상 상대방의 반론을 염두에 두어야 한다. 예상되는 반론을 미리 제시하고, 이에 대한 재반론을 폄으로써 자기주장을 더욱 단단하게 만들 수 있다.

한편 글쓰기에 필요한 참고문헌을 찾을 때는 주요 사이트를 방문하여 검색한다. 다음 다섯 군데는 우선적으로 방문해야 할 사이트이다.

① 국립중앙도서관 홈페이지(등록된 국내의 모든 출판물 검색이 가능하다.)

② 대학 중앙도서관 홈페이지(최단 시간 내에 자료 확보가 가능하다. 없는 자료는 ①번에서 보완해야 한다. 다른 학생들이 대출하기 전에 서둘러야 한다.)

③ 대형 서점 홈페이지(최신 자료를 구입할 수 있다.)

④ 해당 분야 전문 학술 사이트(전문 자료는 물론 출판 등록되지 않은 다양한 자료 수집이 가능하다.)

⑤ 주제와 관련된 논문을 한 번에 찾으려면 한국교육학술정보원에서 운영하는 RISS(http://www.riss.kr)나 국가과학기술정보센터에서 운영하는

NDSL(https://www.ndsl.kr) 서비스를 활용한다.

* 더 자세한 내용은 다음에 나오는 '자료 수집의 방법' 중 '도서관'을 참조할 것.

■ 필자가 글쓰기 실습에서 학생들에게 요구하는 자료 목록

- 에세이 샘플 2편(필자가 직접 제공)
- 주제와 관련된 단행본 4권 이상
- 주제와 관련된 학술논문 1편 이상
- 기타 자료(웹 문서, 신문 기사 등)
- 주석 5개 이상(웹 주석은 제외), 참고문헌 5개 이상이 되도록 요구함.

2) 자료 수집의 방법

자료 수집에 앞서 해야 할 것은 정해진 주제를 토대로 다시 한번 더 연상 훈련과 질문 만들기를 통해 무엇을 쓸 것인지를 더 분명히 하고 구체화하는 작업이다. 그렇게 함으로써 글을 쓰는 데 필요한 자료의 구체적인 내용은 물론 그 자료를 찾는 데 용이한 키워드를 미리 확보할 수 있다. 자료는 많으면 많을수록 좋다. 자신이 쓰고자 하는 주제에 대해 다양한 관점에서, 다양한 종류의 자료를 확보할수록 좋은 글을 쓸 가능성이 높아진다. 자신이 알고 있는 지식이나 집에 보관 중인 책 몇 권으로는 결코 좋은 글이 나오지 않는다.

자료의 종류는 크게 1차 자료와 2차 자료로 나눌 수 있다. 1차 자료는 글을 쓰려고 하는 주제에 대해 필자 자신이 이미 알고 있는 지식이나 경험을 말한다. 그것은 주로 기억에 의존하게 되는데, 이때 앞서 살펴본 연상 훈련을 통해 더욱 많은 자료를 확보할 수 있다. 연상 훈련이 잘 되어 있는 경우라면 자신이 까맣게 잊고 있었던 일이라 하더라도 어떤 특정한 어휘나 구절, 상상을 매개로 불현듯 떠오르기도 하므로 이를 잘 포착해 내면 뜻밖의 좋은 소재를 마련할 수도 있다. 그에 반해 2차 자료는 주제와 관련된 타인의 글이다. 이들 자료를 확보하기 위해서는 몸으로 직접 뛰어야 한다. 2차 자료는 자료 자체의 가치말고도 1차 자료의 신뢰도를 높여주거나 보완하는 기능도 하는 까닭에 가능한 한 다양한 방식으로 많은 자료를 확보하는 게 좋다.

(1) 인터넷

인터넷을 통한 자료 수집은 대학생들이 가장 즐겨 쓰는 방식이다. '정보의 바다'라고 불릴 정도로 인터넷에는 무진장한 정보가 떠돌고 있어 빠른 시간 내에 다양한 자료를 얻을 수 있다.

우선 각종 포털 사이트의 검색 기능을 사용하면 주제와 관련된 기초적인 자료를 용이하게 수집할 수 있고, 다양한 사전도 활용할 수 있다. 또 대학 도서관의 홈페이지나 한국교육학술정보원, 전문 학회지 사이트 등 학술 관련 단체 홈페이지에 접속하면 무료 또는 최소한의 비용으로 원문 서비스를 받을 수 있다. 또한 데이터베이스(D/B)로 구축된 방대한 양의 정보도 매우 경제적인 방법으로 확인할 수 있어 여러모로 유리하다.

이러한 장점에도 불구하고 인터넷을 이용한 자료 수집은 단점도 뚜렷하다. 인터넷은 접근이 쉬운 만큼 정보 생산도 편리하기 때문에 '싸구려 정보'가 넘친다. 그래서 인터넷을 '쓰레기의 바다' 혹은 '인포 카오스(info chaos)'라고 부르기도 한다. 싸구려 정보로는 좋은 글을 써내기 힘들다. 더욱이 인터넷에 떠도는 자료 중에는 출처가 불분명한 것들이 부지기수로 존재한다. 웹 각주를 단다고 해도 그 신빙성을 보장하기 어렵다. 또한 해당 사이트가 개편되거나 폐쇄될 가능성이 매우 크기 때문에 독자의 정보 접근성을 보장해주지 못한다. 검색 과정에서 "해당 페이지를 표시할 수 없습니다."라는 문구는 이러한 현실을 잘 드러내 준다. 그래서 대학 리포트의 웹 사이트 각주는 대체로 허용하는 편이지만, 공식적인 학계 논문에서는 이를 잘 인정해주지 않는 경향이 있다. 대학의 글쓰기에서는 대가들의 지적 권위에 지나치게 의존하려는 원전 중심주의도 경계해야 마땅하지만, 출처가 불분명한 글들을 마구잡이로 끌어다 쓰는 행위는 더욱 경계해야 한다. 이와 관련해 인터넷 자료가 갖는 가장 부정적인 측면은 베끼기 또는 짜깁기의 유혹이다. 심지어 인터넷에는 대학생들끼리 리포트를 서로 주고받는 '해피레포트' 같은 사이트도 버젓이 운영되고 있다. 이런 곳에서 리포트를 구해서 제출하는 행위는 절대로 금해야 한다. 다른 학생의 리포트를 문장의 토씨만 약간 고쳐서 내거나 이런저런 자료를 적당히 짜깁기해서 내는, 소위 '마우스 오른쪽 문화'에 젖어 드는 것은 학문의 기본적 태도가 아님은 물론이거니와 일종의 범죄 행위에 해당한다는 사실을 깊이 명심해야 한다.

따라서 인터넷을 통한 자료 수집은 ① 해당 분야 전문 학술 사이트 방문, ② 대학 중앙도서관, 국립중앙도서관, 국회 도서관 등의 원문 서비스 이용, ③ 사전류 활용, ④ 기초 지식 검색, ⑤ 주제와 관련된 도서 검색 키워드 및 서지 목록, 신문 자료, 통계 자료 등 주로 기초적인 자료를 확보하는 차원에서 그치는 게 좋다.

(2) 도서관

인터넷을 통해 기초적인 자료를 확보했다면 그것을 들고 도서관으로 가야 한다. 인터넷의 정보는 누구나 쉽게 찾을 수 있고 활용이 용이하므로 남들과 다른 정보를 얻기가 쉽지 않다. 남들과 다른 글을 써내지 못하면 독자의 흥미를 유발할 수도 없거니와 새로운 내용, 새로운 관점을 제시하기도 힘들다. 그래서는 가장 기본적인 대학 내의 경쟁에서 우위를 점할 수 없다. 고급의 정보는 인터넷이 아니라 도서관에 있다. 도서관을 직접 그리고 자주 이용해야 하는 이유가 거기에 있다. 도서관에서 자료를 찾는 방법은 크게 두 가지이다. 하나는 도서관에 소장된 문헌 자료를 직접 조사하여 수집하는 방법이다. 다른 하나는 도서관 외의 네트워크에서는 얻을 수 없는 국내외 웹 D/B 자료나 원문 자료를 열람하고 내려받기(download) 하는 방법이다.

대학 도서관에는 주제와 관련된 전문 도서(개가 열람실)는 물론 각종 신문과 잡지(정기간행물실), 사전류(참고열람실), 석·박사 학위논문(논문자료실), 마이크로필름과 비디오·오디오·CD-ROM 자료, 웹 D/B, 전자저널, e-Book(전자정보실, 전자도서관, 멀티미디어제작실) 등을 두루 갖추고 있다. 이 같은 자료를 효율적으로 찾기 위해서는 도서관 이용법을 잘 알고 있어야 한다. 대학 신입생들은 선배의 도움을 받거나 중앙도서관에서 실시하는 자료 활용 교육을 받을 수 있으므로 여기서는 간단히 설명하고 넘어가겠다. 먼저 도서 검색 코너에서 '통합검색'을 이용해 관련 목록을 찾고, 거기서 자신이 찾고자 하는 자료를 클릭하여 분류기호(청구기호)와 도서 위치, 대출 여부를 확인한 다음 개가 열람실이나 기타 자료실에서 원하는 자료를 찾을 수 있다. 만약 도서 위치가 기증도서실이나 또다른 장소라면 대출 담당 직원에게 별도로 부탁해야 한다. 자료를 찾았다면 열람석에서 검토한 후 해당 자료를 대출 또는 복사할 수 있고, 대출 코너에서 노트북을 빌려 지정석에 앉아 필요한 부분을 직접 입력할 수도 있다.

▶ 검색 화면

한편 찾고자 하는 자료가 없다면 국회도서관과 국립중앙도서관, 기타 전문도서관을 이용하거나, 중앙도서관의 허가증을 받아 다른 대학의 도서관을 이용해 자료를 수집할 수 있다. 만약 시간적으로 여유가 있다면 대학 도서관의 홈페이지를 이용해 희망 도서를 주문할 수도 있다.

가장 효과적으로 자료를 찾는 법

아무리 검색 능력이 뛰어나다고 해도 인터넷과 도서관을 이용해 자료를 찾는 데에는 한계가 있다. 아주 긴요한 책인데도 불구하고 검색어가 달라서 못 찾는 경우가 많기 때문이다. 이때 필요한 방법이 관련된 책의 각주와 참고문헌을 이용하는 것이다. 하나의 책이나 논문을 뒤지면 관련 자료가 줄줄이 달려 나온다고 해서 일명 '고구마 덩굴식 자료 찾기'라고도 하는데, 찾는 요령은 다음과 같다.

① 인터넷 검색을 통해 주제와 관련된 책과 논문의 목록을 작성한다.
② 도서관에서 해당 책을 찾아 목차를 우선 검토하여 쓸 만한 내용을 먼저 확인한다.
③ 해당 부분을 펼쳐 보면 저자가 참조한 자료들이 주석에 달려 있을 것이다.
④ 주석에 달린 자료를 검색하여 청구기호를 찾아 열람한다.
⑤ 주석 외에도 맨 뒤의 참고문헌을 살펴보면 참고 자료가 잘 정리되어 있는데 여기서도 찾아 열람한다.

(3) 서점

도서관과 마찬가지로 서점도 문헌 자료를 직접 수집하는 데 빼놓을 수 없는 곳이다. 도서관에 없는 자료는 부득이하게 서점에서 살 수밖에 없다. 더욱이 서점에서는 도서관보다 훨씬 빨리 신간 서적이나 잡지를 구해볼 수 있으며, 신간을 통해 최근의 문화 현상이나 지적 조류가 어떻게 변하고 있는지 그 대강의 흐름을 읽을 수도 있어 정기적인 서점 방문은 그 자체로도 유익한 공부가 된다.

서점은 크게 일반 서점과 인터넷 서점으로 나눌 수 있는데, 일반 서점에서는 원하는 자료 외에 다종다양한 출판물을 직접 확인하고 고를 수 있는 이점이 있는 반면, 인터넷 서점은 별도의 시간을 내 직접 방문하지 않고도 다소 저렴한 가격에 원하는 자료를 살 수 있어 대학생들 사이에 인기가 높다. 일반 서점을 이용할 때에는 가능한 한 대형 서점을 찾는 게 좋으며, 방문하기 전에 방문할 서점의 홈페이지에서 자신이 원하는 책의 재고가 있는지 미리 확인해 두면 헛걸음을 하는 일이 생기지 않는다.

(4) 실험 · 측정 · 관찰

자연과학 분야에서 실험은 가장 기본적인 것이다. 실험에서 가장 주의해야 할 것은 실험 조건의 통제이다. 실험 조건이 통제되어 있지 않으면 실험 결과의 분석과 해석에서 전혀 엉뚱한 인과 관계가 도출될 수 있다. 대개 실험은 관찰 기록표나 실험보고서로 이어지며, 그것 자체가 중요한 자료에 해당한다.

(5) 현장 조사

다음으로 주요한 자료 수집 방법은 현장을 직접 찾아 필요한 자료를 확보하는 것으로 필드 워크라고도 한다. 이는 역사적인 사료 발굴이나 방언 수집, 민담 채록, 인터넷 언어 사용 실태 조사, 노숙자 생활상 조사, 청계천 복원 현장 답사, 학교 연못의 수질 상태 조사 등을 통해 살아 있는 자료를 얻는 방법이다. 이 방법은 정적인 문헌 자료에만 의존하지 않고 생생하게 살아 있는 현장의 모습을 직접 자기 눈으로 확인하고 체험한다는 점에서 장점을 지닌다.

기본적으로 현장 조사는 예기치 못한 사건과 마주치는 것이며, 사물에 대한 사소한 차이를 인식함으로써 조사자의 인식 변화는 물론 세계사적인 문맥을 짚을 수 있다는 데 그 중요성이 있다. 박지원의 『열하일기』나 레비스트로스의 『슬픈 열대』가 좋은 사례이다.

현장 조사에서는 조사자가 조사 대상과 어떤 식으로든 관계를 맺음으로써 대상과의 상호 작용이 일어난다는 점을 늘 염두에 두어야 한다. 조사자가 대상과 어떻게 관계하는가에 따라 '완전한 관찰자', '참여자로서의 관찰자', '관찰자로서의 참여자', '완전한 참여자' 등으로 나눌 수 있다. 바로 여기에 현장 조사의 어려움이 놓여 있다. 가령 사회학 전공자가 서울역 노숙자의 생활상을 조사한다고 할 때, 자신의 위치를 어디에 놓느냐에 따라 조사 결과는 달라질 수 있다. 다시 말해 학생 신분으로서 외부 관찰만 하거나 자원봉사자로서 참여할 수도 있고, 하룻밤을 유숙할 수도 있으며, 아예 노숙자 신세가 되어 볼 수도 있다. 이때 과연 어느 입장이 실상에 가장 근접할 수 있는지, 또 얼마나 객관성을 확보할 수 있는지 명확히 구분하기 힘들다. 이 같은 사정은 양자 이론에서 관찰자와 관찰 대상을 분리할 수 없다는 데서 생긴다. 그러므로 현장 조사에는 현장의 구체적인 정황, 역사 · 지리 · 공간적 배경, 사회 · 정치적 상황, 기후와 생태 등의 자연환경, 조사가 벌어지는 시간대별 추이는 물론 조사자의 심리 · 신체적 상태까지도 고려해야 한다. 더 나아가 조사자로서 갖는 특권까지도 상대화할 필요가 있다.

한편 보다 넓은 의미의 현장 조사에는 감상과 견학도 포함될 수 있으며, 이를 통해서도 필요한 자료를 수집할 수 있다. 미술 전시회 관람이나 음악회 감상, 뉴타운 지구 개발 현장 견학 등이 그 예들인데 앞에서 다룬 현장 조사와 다른 점은 조사자가 조사 대상에 직접 개입하지 않는다는 점이다.

(6) 설문 조사

설문 조사는 어떤 주제를 객관적이고 실증적으로 논하기 위한 조직적 절차로서 매우 중요한 방법이다. 조사 기법에는 방문 면접이나 투영법 등 여러 가지가 있으나 가장 일반적인 것은 설문지를 이용한 설문 조사이며, 최근에는 인터넷 조사(survey)도 주목받고 있다.

설문 조사를 시작할 때에는 먼저 전문가에게 조언을 구하고 책, 잡지, 미디어 등 관련 문헌을 비롯하여 조사 대상에 관한 정보를 가능한 한 충분히 수집하는 것이 좋으며, 다음 사항들을 미리 점검해야 한다.

- 무엇을 목적으로 조사하는가?
- 질문 항목은 어떻게 만들 것인가?
- 조사 지점과 조사 대상은 어떤 기준으로 선정할 것인가?
- 누가 조사할 것인가?
- 통계적 분석을 어떻게 실행할 것인가?
- 조사 결과를 어떻게 적용할 것인가?

이 중에서 가장 중요한 것은 질문 항목의 작성이다. 설문 조사의 성패는 질문지의 질에 달려 있다고 해도 과언이 아니다. 질문 항목을 작성하기 전에, 5~10명의 조사 대상자를 직접 만나 여러 각도에서 인터뷰하고, 조사 목적에 비추어 발언을 분석해 보면 내용이 체계화되고 문제의 구조가 드러난다. 질문 항목은 이를 토대로 작성하면 된다. 이때 문항 수나 조사 비용, 통계와 분석 시간 등을 고려해야 한다.

조사 지점은 특정 지역(영역)이냐 전국이냐, 또는 특정 학과냐 학교 전체냐 등의 문제를 고려해야 하며, 조사 대상은 제보자의 연령, 성별, 학력, 직업, 사회 계층, 전공 등을 감안하여 조사 목적에 따라 어디에 가중치를 둘 것인지 결정한다. 통계와 결과 분석에 대해서는 설문 조사에 관한 전문서적을 반드시 참고하여 중대한 오류를 범하지 않도록 주의한다.

3) 자료의 검토와 분류

주제와 관련해 다양한 자료를 모았다면 이제는 그 자료를 면밀히 검토하고 일정한 기준에 의해 분류해야 한다. 그래야만 글의 얼개를 잡을 수 있고 그에 따라 적절하게 자료를 배치할 수 있다. 그런데 직접 해 보면 알겠지만 자료의 분류 작업은 글의 구상 및 개요와 직접적으로 맞물려 있어서 생각만큼 쉽지 않다. 더욱이 자료의 분류 기준을 하나로 통일시키기 힘들 뿐 아니라, 하나의 자료가 여러 개의 분류 기준에 걸쳐 있을 가능성도 높기 때문에 여간 까다롭지가 않다. 이런 경우에는 자료를 일괄적으로 검토한 후 글의 구상에 따라 개요를 먼저 짠 다음에 거기에 맞춰 분류하는 방법이 가장 효율적이다. 물론 그렇게 하더라도 하나의 자료가 여러 군데에 걸칠 수 있는데, 그것은 집필 과정에서 얼마든지 조절할 수 있으므로 크게 걱정하지 않아도 된다.

다만 위의 방법이 효율적이기는 해도 필자가 머릿속에 글 전체의 윤곽을 파악하고 있어야만 가능하다는 점은 주의를 요한다. 이 점을 간과하면 애써 모은 자료가 사장될 수도 있다. 그래서 자료의 분류를 효과적으로 수행하려면 자료 수집과 검토, 분류, 개요 짜기를 번갈아 반복하면서 부족한 자료를 다시 찾거나 개요를 보완하는 방식을 채택해야 한다. 실제로 글을 쓰다 보면 이런 경우는 거의 빠짐없이 일어난다. 그러므로 여기서는 먼저 자료를 검토하고 분류하는 과정에서 주의해야 할 사항 몇 가지를 짚어보고, 개요 짜기는 그다음에 설명하기로 한다.

자료의 검토에서 가장 중요한 것은 자료의 신뢰성이다. 출처가 분명하지 않거나 지나치게 자의적인 것은 선택하지 말아야 한다. 필자의 지식이나 생각, 체험에 견주어 합리적이고 보편타당하다고 생각되는 자료만 자기주장의 논거로 삼아야 한다.

대학 초년생들이 자료를 검토할 때 곤란을 겪는 또 하나의 사실은 방대한 자료를 전부 다 읽어야 한다는 부담감이다. 하지만 굳이 그럴 필요는 없다. 만일 도서관에서 하나의 글을 쓰기 위해 다섯 권의 책을 빌렸다면 그중에서 가장 기본적이고 중요하다고 생각되는 책을 먼저 통독하고 다른 책들은 주제와 관련된 부문만 찾아 읽으면 된다. 대학 생활에서의 독서법은 모티머 J. 애들러와 찰스 밴 도런이 쓴 명저『독서의 기술』(범우사, 1986)에 잘 나와 있으므로 이를 참고하면 좋다.

앞서 말한 대로 자료를 검토하다 보면 하나의 자료에 서로 다른 항목의 의견이나 정반대의 견해가 발견되기도 하는데, 이때는 색띠나 부전지를 붙여 금방 찾을 수 있도록 메모와 위치 표시를 해두고 별도의 카드를 만들어 두어야만 자료 분류에 곤란을 겪지 않으며 글을 쓸 때도 편리하다. 또 자료를 검토하는 과정에서 떠오르는 생각이나 아이디어는 마찬가지 방식으로 카드에 메모하거나 컴퓨터에 입력하여 자료를 분류할 때 적극 활용하도록 한다.

이와 같은 점에 유의해 자료 검토를 끝냈다면 그 자료들을 적절히 분류해야 한다. 사실 자료만 잘 분류해도 글쓰기는 한결 수월하다. 글의 구상이나 개요의 윤곽을 파악할 수 있기 때문이다. 자료 분류에서는 무엇보다 분류 기준이 분명해야 한다. 분류 기준 자체가 곧 글의 체계가 되는 까닭이다. 다행히 개요가 먼저 잡혀 있어서 거기에 맞춰 분류하면 편하겠지만 실상은 종종 그렇지 못하다.

자료 분류는 단계를 나누어서 한다. 예를 들어 서론-본론-결론의 구성별로 분류할 수도 있고 찬성-반대의 쟁점별로, 1980년대-1990년대-2000년대의 시대별로, 또는 한국-중국-일본-미국의 지역별로도 나눌 수 있는데 이것이 상위 분류이다. 하위 분류는 위의 '본론', '찬성', '1990년대', '중국' 항목에 속한 자료를 다시 주요 논점별로 나누는 방식이다. 그리고 낮은 단계의 분류가 필요하면 더 추가한다. 그러니까 분류에 임할 때는 글의 대략적인 구성이 머릿속에 그려져 있어야 한다. 분류를 수행할 때는 다음의 기준을 적용한다.

■ 자료 분류의 네 가지 원칙

① 비슷한 내용끼리 나눈다.
② 상위 분류와 하위 분류의 구분이 있어야 한다.
③ 분류에는 하나의 기준만 적용해야 한다.
④ 항목별로 분류된 자료의 양이 적정해야 한다.

자료 분류의 기준은 크게 네 가지 원칙에서 생각해 볼 수 있다. 첫째, 비슷한 내용끼리 나누어야 한다. 동일한 사항과 동일한 논점에 속한 것끼리 분류해야 한다. 둘째, 상위 분류와 하위 분류의 구분이 있어야 한다. 상위 분류의 기준에 하위 분류의 기준이 들어 있어서는 안 되며, 그 역도 마찬가지다. 예를 들어 한국의 대중가요를 시대별로 분류하는 데 민요란 장르가 불쑥 끼어들어서는 안 된다. 셋째, 상위 분류든 하위 분류든 하나의 기준만이 적용되어야 한다. 한 학과에 속한 학생들을 성별로 분류하는 데 안경 낀 사람이 따로 분류되어서는 곤란한 것처럼 말이다. 넷째, 특정한 기준에 의해 분류된 자료의 분량이 적절해야 한다. 가령 위 지역별 분류에서 한국, 중국, 일본의 사례는 10여 가지나 되지만 미국의 자료가 두 개밖에 없다면 자료를 더 수집하든지 '미국' 항목을 아예 없애든지 해야 한다. 분류 항목별로 자료가 적절해야 글의 분량도 균형을 갖출 수 있기 때문이다.

✍️ 〈연습 문제〉

1. 학과 학생들을 두 부류, 세 부류, 다섯 부류로 나눌 수 있는 분류 기준을 제시해 보라.

2. 다음 자료들을 일정한 분류 기준에 의해 나누어 보라.

   (1) 대부분의 스포츠 기록에서 남성은 여성을 앞지르고 있다.

   (2) 영국 케임브리지대학의 800년 역사상 처음으로 여학생 수가 남학생을 앞질렀다.

   (3) 중동의 몇몇 국가에서 여성은 고등교육을 받을 권리가 없다.

   (4) 홍콩의 개업 변호사 수에서 여성이 남성을 압도하고 있다.

   (5) 한 개인의 정신과 육체에는 여성성과 남성성이 모두 공존한다.

   (6) 우리나라 태아의 남녀 성비가 정상적으로 되돌아왔다.

   (7) 거의 모든 동물에서 수컷에 대한 선택권은 암컷에 있다.

   (8) "여자애들은 공부도 잘하고 싸움도 잘하고 뭐든지 잘하는데 난 걔들에 비해 잘하는 게 아무것도 없어. 엄마, 내가 딸이 아니어서 후회한 적 없어?"라고 초등학교 2학년인 철수가 말했다.

   (9) 여성들은 남성에게 잘 보이기 위해 화장을 하기 시작했다.

   (10) 여성 시대에는 남성도 화장을 한다.

   (11) 여성은 태아, 출산, 출생 이후 등 어느 단계에서도 남성보다 뛰어나다.

   (12) N. F. 스털링 박사는 인간의 성이 완벽하게 두 개의 성으로 구별될 수 있다는 생각을 포기해야 한다고 주장한다.

   (13) "여자는 남자 잘 만나서 시집만 가면 그만이다."

   (14) 여성은 두 개의 X염색체를 갖고 있지만, 남성은 하나의 X와 Y염색체를 지니고 있기 때문에 전체 성염색체의 3/4은 X이고 Y는 1/4을 차지할 뿐이어서 X염색체의 유전자 공격력은 Y염색체 유전자들의 세 배에 달한다.

   (15) 한국에서 성인 남자는 국방의 의무를 져야 한다.

5. 글의 구성과 개요 짜기

글쓰기는 종종 건축의 집짓기에 비유된다. 자신이 살고 싶은 집을 한 채 짓는다면 먼저 어떤 집을 지을 것인지를 결정해야 한다. 양옥인지 한옥인지, 단층인지 복층인지, 기와집인지 초가집인지, 벽돌조인지 목조인지 등등을 정해야 하는 것이다. 이는 글쓰기의 주제 설정에 해당된다. 그래서 어떤 집을 지을 것인지를 결정했다면 다음 단계로 그 집을 짓는 데 필요한 건축 재료를 확보해야 한다. 건축 재료는 무턱대고 확보하는 것이 아니고 건물의 기초, 골조, 내벽, 외벽, 지붕, 외장 마감, 조경 등에 따라 필요한 만큼 구해야 하는데, 이것이 바로 앞에서 말한 자료의 수집과 분류하고 할 수 있다.

그렇다면 이제 본격적인 집짓기에 들어가야 할 차례이다. 그런데 실제적인 공사에 앞서 모든 건축에는 설계도가 필요하다. 글쓰기 사정도 똑같다. 집을 짓기 전에 어떤 집을 어떻게 지을 것인지 설계도를 먼저 그리는 것처럼, 글을 쓸 때도 글을 어떻게 써나가야 할지 미리 머릿속에서 구성하고 그에 따라 개요를 짜야 한다. 설계도 없이 짓는 집이 날림 공사가 될 수밖에 없는 것처럼, 개요 없이 쓰는 글은 산만하고 빈약해질 수밖에 없다.

그러나 이미 앞에서 말했다시피 주제의 설정, 자료의 수집과 분류, 글의 구성과 개요는 서로 밀접하게 연관되어 있다. 이는 건축 재료를 확보할 때 설계도를 보고 거기에 맞게 재료를 구하는 것과 마찬가지 이치이다. 또 자신만의 독특한 집을 짓고자 나름대로 그럴듯하게 설계를 했지만, 정작 필요한 재료를 구할 수 없거나 건축법 등 제반 여건이 여의치 않으면 어쩔 수 없이 애초의 설계를 변경할 수밖에 없다. 이와 마찬가지로 글을 쓸 때도 주제 설정, 자료 수집, 분류, 구성, 개요 짜기를 되풀이 반복하면서 하나의 밑그림을 완성해 나가야 한다. 여기서는 글의 개요를 짜기 위한 선행 작업으로서 글의 구성에 대해 먼저 설명한 다음 개요 짜기의 실제에 들어가도록 하겠다.

1) 글의 구성

구성은 자신이 말하고자 하는 글의 주제를 효과적으로 전달하기 위한 글 전체의 전략이다. 같은 주제를 가지고도 어떻게 글을 써나가느냐에 따라, 또는 수집한 자료를 어떻게 배치하느냐에 따라 독자에게 전해지는 주제 전달의 효과가 달라진다. 그런데 구성의 더 중요한 기능은 글쓰기에 필요한 여러 가지 자료를 유기적으로 연결하고 통일시킴으로써 글 전체를 질서화한다는 데 있다. 여기서 질서화한다는 말은 그것이 어떤 정해진 규칙을 포함하고 있다는 것을 의미한다. 결국 자료의 분류에서 보았던 것처럼 글의 구성도 확보된 자료를 토대로 나름의 규칙을 찾아내거나 이를 적용해서 글 전체를 체계화하는 작업이라고 말할 수 있다. 그렇게 해야 주제를 효과적으로 전달할 수 있다.

구성의 종류는 어떤 규칙을 적용하느냐에 따라 여러 갈래로 나눌 수 있다. 우선 전개 방식에 따라 공간적 구성과 시간적 구성으로 나눌 수 있으며, 글의 구성 형식에 따라 단계적 구성, 병렬적 구성, 점층적 구성 등으로 갈래지을 수 있다. 전자와 후자는 독립적으로 구성될 수도 있으나 종종 서로 뒤섞이기도 한다.

(1) 공간적 구성

공간적 구성은 시간적 구성과 더불어 비교적 흔하게 쓰이는 전개 방식이다. 이는 크게 나라별, 지역별, 장소별로 구성되기도 하고, 전체와 부분의 관계로 구획되기도 한다. 예를 들어 동아시아-중근동-유럽-북미, 한국-중국-일본, 열대-온대-한대-냉대, 서울-지방-경계도시, 천상-지상-지하, 가정-학교-기업-군대, 실내-실외, 연못-호수-강-바다, 해상-육상-항공, 헤어스타일-옷차림-신발-액세서리 등은 전자의 구성에 속하는 반면, 우주-은하계-태양계-지구, 한국대학교-공과대학-신소재공학과, 개인-사회-국가, 새끼손가락-몸-지구생명체, 종-속-과-목, 중앙도서관-2층-제1개가열람실-800번 서가 등은 거시에서 미시로, 또는 그 반대의 구성으로서 후자에 속한다.

공간적 구성에서 유의할 점은 전체적인 구조 속에서 각 부분이 서로 어떻게 연관되어 있는가를 명확히 드러내 주어야 한다는 데 있다. 이는 특히 구성 자체가 전체와 부분의 관계일 때 더욱 요구된다. 각각의 항목이 동일한 가치를 갖는 병렬적 공간 구성에서도 이 점을 소홀히 취급해서는 안 된다.

공간적 질서에 따른 구성은 어떤 대상의 모양이나 상황을 묘사하는 데 유용한 방법이며, 사물의 구조나 조직, 체계를 설명하는 데도 사용된다.

 사례

집에서 학교까지의 풍경 묘사

우리집 현관 → 골목길 → 마을버스 정류장 → 마을버스 안 → 지하철 입구 → 출발역 지하철 플랫폼 → 지하철 안 → 도착역 지하철 플랫폼 → 학교 셔틀버스 정류장 → 셔틀버스 안 → 학교 앞 거리 풍경 → 학교 정문 → 강의실

(2) 시간적 구성

시간적 구성은 말 그대로 시간적 순서에 따라 글을 전개하는 방식이다. 수집된 자료를 검토하다 보면 어떤 사실이나 사건들이 시대에 따라 다르게 나타난다거나, 시간의 변화에 따라 그 내용이 달라질 때 흔히 사용한다. 예를 들어 고대-중세-근대-현대, 개화기-일제강점기-해방 이후, 1960년대-1970년대-1980년대-1990년대-2000년대, 제1기-제2기-제3기, 태동기-성장기-쇠퇴기, 유소년기-청년기-중년기-노년기, 과거-현재-미래, 어제-오늘-내일, 아침-점심-저녁-심야 등의 구성이 그러한데, 이들 구성의 기본축에는 시간이라는 공통의 분모가 들어 있다.

이러한 구성은 과거의 기억이나 체험을 떠올려 글을 써야 하는 상황에서 특히 유효하다. 일기, 전기, 기행문, 체험기, 역사 기술, 시간의 변화에 따른 실험보고서 등이 여기에 해당한다.

사례 1

나의 대학생활 설계

- 고교 시절: 대학 생활에 대한 설렘과 기대(과거)
- 신입생 시절: 기대는 깨졌지만 동아리 활동에서 나름대로 재미(현재)
- 2학년: 폭넓은 교양 쌓기, 영어와 제2외국어 준비
- 군 입대: 남자니깐 군대는 다녀와야겠지, 카투사 지원(미래)
- 3·4학년: 언론사 취업 준비 구체화

 사례 2

10년 후의 어느 날

- 일어나 보니 남편의 자리가 비어 있음. 남편은 외국 출장 중 (아침)
- 식사 후 4살 된 딸을 놀이방에 데려다주고 개인 작업(프리랜서 카피라이터) (오전)
- 작업을 마친 '마약 근절 공익광고' 카피 시안 전송 (오전)
- 오후에 대학 친구 서영이와 수화 자원봉사 활동 (오후)
- 서점에 들러 필요한 책을 사고 딸과 함께 귀가 (오후)
- 저녁에 남편 전화 받음, 딸 잠든 후 아동심리학 공부(다음 카피 내용 관련) (저녁)

시간적 구성은 글을 전개해 나가는 데 매우 편리한 방법이기는 하지만 글이 자칫 평이하고 지루하다는 인상을 주기 쉽거나 하나의 사건이나 일이 전체의 맥락 속에서 파악되지 못한다는 단점을 지니고 있다. 이러한 단점을 극복하기 위해서는 시간의 순서를 뒤바꾸어서 글에 긴장을 부여하거나, 시간의 추이에 따라 변하는 하나의 사건을 집중적으로 부각하는 전략을 구사할 수 있다.

(3) 단계적 구성

단계적 구성은 크게 3단 구성, 4단 구성, 5단 구성 등으로 나뉜다. 우리가 잘 알고 있는 서론-본론-결론, 도입-전개-결말, 초장-중장-종장 등을 가지고 있는 구성은 3단 구성이다. 4단 구성과 5단 구성은 3단 구성을 발전시킨 형태

이다. 4단 구성은 서론-본론 1-본론 2-결론, 발단-전개-발전-정리, 기-승-전-결의 형식을 취한다. 5단 구성은 현황 파악-문제 제기-원인 분석-해결 방안-정리, 주의 환기-문제 제기-문제 해명-해명의 구체화-요약·남은 과제 등으로 이루어지는데, 이를 보통 문제 해결형 구성이라고 한다.

이 구성은 글 전체가 논리적이고 유기적이어서 자기주장을 탄탄하게 펼칠 수 있다는 장점이 있는 반면, 구성의 틀이 정해져 있어서 비교적 단조롭게 느껴진다는 단점도 있다. 그럼에도 불구하고 논리를 끌어가는 방식이 명쾌해서 요약 발표나 조사 보고서 작성, 질의 응답식의 토론에는 썩 효과적이다. 특히 이공계 학생들의 글쓰기는 대부분 이와 같은 문제 해결형 구성을 취한다. 시대의 흐름과 더불어 이러한 문제 해결형 글쓰기는 최근 들어 그 중요성이 더욱 강조되고 있다.

 사례

기계음이 인간의 일상생활에 미치는 영향

- 서론: 현대인은 다양한 기계음에 노출(문제 제기)
- 본론1: 기계음이 인간에게 미치는 부정적 영향(현황 파악)
- 본론2: 기계음의 특징(원인 분석)
- 본론3: 기계음의 긍정적 활용 방안(문제 해결)
- 결론: 기계음이 인간에 미치는 부정적 영향을 파악하고, 이를 긍정적으로 전환해 활용(주장)

(4) 병렬적 구성

열거식 구성이라고도 하는 병렬적 구성은 핵심적인 내용을 하나로 집약할 수 없을 때 중요하다고 생각되는 여러 가지 내용을 순차적으로 나열하는 구성이다. 이러한 구성은 각 항목의 논리적인 연관성이 필요 없거나 내용의 긴밀성을 요구하지 않을 때 주로 사용하는 형태이다. 그래서 논리가 정연한 긴 글을 쓰는 데는 부적합하지만, 막상 글쓰기를 해 보면 의외로 많이 쓰는 방식이기도 하다. 가령 긍정-부정, 장점-단점, 남성-여성, 보수-진보, 시간-공간, 상위-하위, 개인-사회-국가, 한국-영국-일본-호주, 시-소설-희곡, 멜로-드라마-스릴러-호러-코믹-환타지-액션-다큐멘터리-패러디-로드무비-컬트-단편독립, 텔레비전-라디오-인터넷-휴대폰, 학교-술집-집-피시방, 버스-지하철-도보 등등의 구성은 기본적으로 이 방식에 의존하고 있다.

 사례

대학생들의 화법 실태 조사

- 일상적이고 사적인 대화
- 강의실에서 벌이는 공식적인 토론
- 술자리에서의 대화
- 인터넷 채팅
- 휴대폰 문자팅

(5) 점층적 구성

점층적 구성은 말 그대로 사건의 전개를 점점 더 크고 강하게, 그리고 더 깊고 중요하게 끌어가는 방식이다. 이 방식은 시, 소설, 희곡, 영화 등에서 주로 쓰이며, 일반적으로 발단-전개-위기-절정-파국의 과정으로 이루어진다. 독자와 관객을 작품 속으로 깊이 끌어들이는 데 효과적이다. 매력적인 구성 방식이기는 하지만 일반적인 글쓰기에서는 잘 쓰이지 않는다.

 사례

영화 '301 · 302'

- 301호 여자는 요리사이고 302호 여자는 미식가이다.
- 301호 여자는 점점 더 맛있는 요리를 만들고 싶어 한다.
- 302호 여자는 301호 여자가 해 주는 요리를 먹고 자꾸 살이 찐다.
- 301호 여자는 자기 요리의 극한까지 가보고자 한다.
- 301호 여자는 살찐 302호 여자를 요리 재료로 삼는다.
- 301호 여자는 그 음식을 선보일 사람이 없어서 절망한다.

이제까지 글의 구성에 대해서 살펴보았다. 그런데 실제 글은 이처럼 정형화되어 있지 않다. 대부분은 하나의 구성만 갖는 게 아니고 두세 가지 구성을 복합적으로 차용하기 때문이다. 글을 구성할 때 이를 적절히 활용할 수 있어야 한다. 일반적으로 하나의 구성만으로 글이 이루어지면 글이 너무나도 단순하고 무미건조해질 위험이 있다. 이는 마치 축구에서 442 포메이션을 택했다고 해서 선수가 항상 같은 자리에 서 있어야만 하는 것은 아닌 것과 유사하다. 축구 경기 중에는 다양한 상황이 발생할 수 있고 상황에 맞게끔 적절하게 대응할 수 있어야 훌륭한 선수가 될 수 있는 것과 마찬가지로, 글을 잘 쓰는 사람이 되려면 쓰고자하는 내용에 맞게 적절히 구성을 가져올 수 있어야 한다.

2) 개요 짜기의 실제

구성이 설계도의 밑그림과 같다면 개요는 그 밑그림을 구체화한 것이다. 그러니까 구성에서 잡아놓은 기본적인 틀에다 어떤 내용을 채울 것인지를 결정하는 것이 개요 짜기의 과정인 셈이다. 물론 글의 종류에 따라, 또 필자에 따라 굳이 별도의 개요를 짜지 않은 채 구성 자체만으로도 얼마든지 본격적인 집필에 들어갈 수 있다. 그러나 대부분의 글쓰기에서는 필요한 자료를 토대로 집필이 이루어지기 때문에 정리된 자료를 일목요연하게 파악하기 위해서라도 개요 짜기는 꼭 필요하며, 개요 짜기를 통해 자신이 어떤 부분에서 무엇을 말하고 강조할 것인지를 더욱 분명히 알 수 있어 효과적이다. 대학에 들어와서 처음에는 글쓰기를 어려워하던 학생 중 많은 수가 개요 짜기 과정을 거쳐 글을 쓰면서 어려움을 벗어나곤 한다. 글쓰기를 교육하는 과정에서 종종 이와 관련한 고백을 들었다.

그렇다면 개요는 어떻게 짜야 하는가? 우선 글의 주제가 설정되었다면 주제문을 작성해야 한다. 주제문에는 자신의 구체적인 주장과 생각, 태도가 들어 있어야 한다. 가능하면 완전한 문장 형식을 갖추어야 한다. 주제 설정에서 설명했듯이 추상적이고 막연하거나 범위가 넓어서는 곤란하다.

그런 다음에는 자료의 확보가 필요하다. 많은 학생이 개요 짜기에서 어려움을 겪는데, 실상 그 원인을 살펴보면 자료의 부족이 절대적이다. 자료 없이 머릿속의 생각만으로 글의 개요를 짜려고 하니 선뜻 그림이 그려지지 않고 막연하기만

하다. 여기서 말하는 자료에는 주제를 설정하고 인터넷이나 도서관 등에서 수집한 자료뿐만 아니라 글을 준비하면서 수시로 떠오른 아이디어나 짧은 생각, 자신의 기억과 체험도 포함된다. 오히려 자기의 주장을 분명히 하기 위해서는 수집한 자료보다 자신의 생각과 아이디어, 비판적 논점 등이 더욱 중시되어야 한다. 어떤 측면에서는 수집한 자료보다 오로지 자기 자신의 기억과 상상력에 의존해야 할 때도 있다. 예를 들어 작문 실습 시간에 학생이 확보할 수 있는 자료는 자신의 기억과 체험, 아이디어, 단상뿐일 것이다. 앞에서 누차 말했다시피 그와 같은 자료는 연상 훈련과 질문 만들기를 통해 더 많이 확보할 수 있으며, 그것을 카드에 메모하여 자유자재로 활용할 수 있다면 충분히 좋은 개요를 짤 수 있다. 사정이 여의치 못해서 카드나 메모장을 활용할 수 없다면 백지에 자료 항목들을 늘어놓은 뒤 분류 기준에 따라 각 항목에 ◎, ○, □, −, ☆ 등으로 표시하고 유사한 항목끼리 묶으면 된다. 컴퓨터 활용이 가능하다면 별도의 분류 프로그램을 짜서 이용하거나 소트 기능을 사용하면 될 것이다.

다행히 자료가 이미 확보되어 있다면 크게 걱정하지 않아도 좋다. 글의 구성에 따라 자료를 분류하고 이를 늘어놓기만 해도 개요를 다 짠 것이나 마찬가지이기 때문이다. 물론 자료의 분류가 일정한 원칙에 따라 적절하게 분류되었을 경우에 한해서이다.

개요를 짜는 방식은 크게 두 가지로 나눌 수 있다. 하나는 '글의 구성'에서 '시간적 구성'의 〈사례 1〉, 〈사례 2〉처럼 기본 항목만 간단히 나열하는 비형식적 개요이다. 다른 하나는 바로 위의 사례처럼 개요의 체계적 골격을 제대로 갖추어 구성하는 형식적 개요이다. 형식적 개요는 다시 세 가지로 나눌 수 있다. 첫째, 비형식적 개요 앞에 문자나 번호를 매기는 주제 개요이다. 둘째, 소주제별로 문장 형태로 만들어 놓는 문장식 개요이다. 셋째, 단락별로 쓸 내용을 정리한 단락식 개요이다. 개요 작성 방식의 선택은 글쓰기의 여러 제약 조건, 예컨대 글의 분량, 내용, 종류, 시간, 집필 장소, 글쓴이의 취향 등에 따라 이루어진다.

다음은 개요 짜기에서 우리가 흔히 저지르기 쉬운 실수들과 바람직한 사례들이다. 무엇이 좋고 나쁜지를 살펴보면서 개요 짜기의 실제 요령을 익히도록 하자.

개요 짜기 제시문

유행은 일종의 양가 가치를 갖는다. 유행을 따라가지 못하면 '유행에 뒤처진 사람'이라고 하고, 유행을 지나치게 좇아가면 '유행의 노예'라고 부른다. 이와 관련해 프랑스의 사회학자 페라송은 다음과 같이 말한 바 있다. "유행을 좇는 것은 이상한 행동 방식이다. 이것은 다른 사람들과 닮으려고 노력하면서 자신의 차이점을 주장하는 것이며, 일시적인 방법으로 자기 개성의 영구성을 표현하는 것이기 때문이다." 페라송의 설명에 따르면 유행을 좇는 것은 자신의 개성을 표현하기 위한 것인데, 그 유행에 휩쓸리다 보면 개성 역시 함몰되기 십상이라는 것이다. 여러분의 경험과 지식을 바탕으로, 유행과 개성의 관계를 논하기 위한 글의 주제문과 개요를 작성하시오.

 사례 1

제 목: 머리 염색과 개성

주제문: 머리를 염색하는 것이 자신의 개성을 표현하는 방식이라고 생각하는데 이는 잘못된 생각이다.

1. (서론) 머리 염색이 유행하고 있는데 이것이 과연 개성일까?

2. (본론)

   (1) 머리 염색과 개성 표현의 사례

      1) 같은 학과 친구들

      2) 영화 '노랑머리'

      3) 염색약 회사들의 광고

   (2) 머리 염색의 문제점

      1) 자기 얼굴과 잘 어울리지 않는 경우가 많음

      2) 상업적 전략에 말려들 우려

      3) 모발 손상

   (3) 진정한 개성의 의미와 복제화된 개성

3. (결론) 진정한 개성은 복제화된 유행에서 나오는 것이 아니라 자기의 정신을 드러내는 데서 실현 가능

위의 개요에서는 주제의 범위를 '머리 염색'으로 좁혔기에, 말하고자 하는 바가 뚜렷하고 필자 나름의 구체적인 가치 판단을 내포하고 있어 글의 논지가 비교적 선명하다고 하겠다. 그러나 본론 (3)의 항목이 빈약해서 적절한 균형을 갖추지 못했을 뿐 아니라 내용도 모호하다는 문제점을 안고 있다. 전체 흐름으로 보아 본론 (2)에서 문제점을 지적했으므로 문제 해결의 방향을 제시할 것이라고 짐작할 수 있기는 하지만 제시된 개요에서는 분명히 알 수 없다. 따라서 본론 (3) 항목에 대해 구체적인 내용을 더 확보하거나 그것이 어렵다면 글의 욕심을 줄여서 곧장 결론으로 넘어가는 게 좋다. 머리 염색에는 이와 같은 문제점이 있으므로 진정한 개성으로 보기 어렵다는 식으로 자기주장을 끝맺으면 될 것이다. 실제로 위 개요의 결론 내용도 바로 그것을 의미하고 있다.

 사례 2

제　목: 유행과 개성의 조화
주제문: 유행의 내용을 합리적으로 판단하고 그에 맞추어 자기의 개성을 창출해야 한다.
1. (서론) 유행과 개성은 서로 대립적인 관점에 놓인다.
2. (본론) 유행과 개성의 특징
　(1) 유행의 특징
　　1) 유행의 장점
　　　① 집단 구성원의 상호 동질감 확보
　　　② 시대의 흐름 파악
　　2) 유행의 단점
　　　① 몰개성화로 자아 정체성 상실 우려
　　　② 일시적 현상에 불과해 상업적 소비 조장
　　3) 유행의 예
　(2) 개성의 특징
　　1) 개성의 장점
　　　① 독자적 세계관 확보
　　　② 자신의 가치관, 세계관, 행동 양식의 효과적 표현
　　2) 개성의 단점
　　　① 집단 구성원의 상호 조화에 역행

　　　② 스스로 사회에서 격리될 수 있음

　　　3) 개성의 예

　　(3) 유행과 개성의 관계

　　　1) 유행이 만연하는 세태와 개성 추구의 올바른 관계 정립

　　　2) 집단 구성원 상호 간의 유행 인정과 개성 존중 필요

　3. (결론) 유행과 개성은 상호조화될 수 있다.

　이 개요는 적어도 주제문만 보았을 때 과제 제시문의 주장을 정면으로 반박하고 있다는 점에서 독창적이라고 할 수 있다. 그러나 자세히 살펴보면 많은 문제가 드러난다. 첫째, 분류의 기준이 통일되어 있지 않다. 유행의 예를 유행의 특징이라고 볼 수 있을까? 특징을 장단점으로 구분한 것도 그다지 적절한 방법이 못 된다. 또 본론의 중심 내용인 '유행과 개성의 특징'은 본론 (3)의 '유행과 개성의 관계'를 포함할 수 있을까? 전체 구성상 본론 (3)은 '본론 2'로 따로 분리해야 옳을 것이다. 둘째, 과제의 내용이 '유행과 개성의 관계'를 논하라고 했으므로 (3)의 내용이 본론의 중심 내용이 되어야 하는데 지나치게 축소되어 있다. 주객이 뒤바뀐 꼴이다. 이 경우에는 유행과 개성의 특징에 대해서는 비교적 간단히 처리하고, 이 둘의 상관관계를 중점적으로 부각시켜야 좋을 것이다. 셋째, 정작 중심 내용이 되어야 하는 (3)의 구체적인 내용은 누구나 다 알고 있는 일반적인 사실에 불과하다. 내용이 막연하고 추상적이어서 주제문의 내용을 효과적으로 드러내지 못하고 있는 셈이다. 그러므로 애초의 주장을 제대로 전달하기 위해서는 대폭적인 개요 수정이 필요하다고 하겠다. 참고로 이와 비슷한 주장을 편 다른 사례를 들여다보기로 하자.

 사례 3

제　목: 유행이 없으면 개성도 없다!

주제문: 유행과 개성은 대립적이지 않으며, 오히려 공생 관계라고 할 수 있다.

1. (서론) 유행과 개성은 과연 대립적인 관계인가?

2. (본론) 유행과 개성의 관계

(1) 유행과 개성의 정의

　1) 유행의 정의

　2) 개성의 정의

(2) 유행과 개성의 공생 관계

　1) 유행이 있어야 개성이 나옴

　2) 개성이 없다면 유행도 의미 없음

(3) 유행과 개성의 상호 보완 사례

　1) 패션, 헤어스타일의 경우

　2) 인터넷 아바타, 핸드폰 컬러링의 경우

3. (결론) 유행과 개성은 상호 작용하면서 공존 가능하며, 유행이 개성을 낳고 개성이 유행을 창출한다.

위 학생의 개요는 자기주장이 비교적 분명할 뿐 아니라, 글 전체의 흐름에도 큰 무리가 없다. 먼저 질문 만들기 방식을 통해 과제 내용에 제시된 페라송의 견해에 의문을 제기하면서 서론을 마련하고, 이어 두 개념의 정의와 관계를 살펴본 다음, 이를 입증해줄 구체적인 사례를 예시하였다. 항목별 분량도 적절해 보인다.

그러나 본론의 큰제목이 "유행과 개성의 관계"인데 본론 (1)과 (3)의 내용이 거기에 포함될 수 있는지 의문이다. 본론의 큰제목으로 묶지 말고 병렬적으로 처리하는 게 낫다. 주장의 내용 또한 상호 조화를 이루어야 한다는 식의 '비빔밥' 형으로 일반론에 머물고 말았다. 비빔밥 형의 주장은 결코 좋은 점수를 받을 수 없다. 창의적인 주장이 아쉽다.

〈연습 문제〉

1. 다음에 주어진 (1)~(4)의 글을 읽고 '경쟁과 협동의 관계'에 대한 글의 개요를 짜 보라.

　(1) 공동체가 없는 곳에는 사랑도 없다. 진정한 사랑은 전체 유기체를 위한 성장을 의미하는데, 그 성원들은 모두 의존적이고 서로를 섬긴다. 우리는 벌들에게서 같은 것을 보는데, 그들은 모두 꿀을 모으고자 하는 동등한 열망을 위

해서 일한다. 그들 중 누구도 이기적인 욕구 때문에 망설이지 않는다.

(2) 성공적인 유전자에서 기대할 수 있는 탁월한 자질은 '냉혹한 이기주의'다. 이러한 유전자의 이기주의는 보통 개체의 수준에서 이기적인 행동을 유발한다. 그러나 우리가 알고 있듯이 유전자가 자신의 이기적인 목적을 최대로 달성하기 위해서는 '제한된' 형태의 이타심을 발휘해야 하는 '특수한' 환경이 있다. 가령 벌의 사회에서 일벌이 여왕벌과 교미하면 자기 유전자를 25%밖에 물려주지 못하지만, 이를 수벌에게 맡기고 자기는 일만 할 경우 자기 유전자의 75%를 후대에게 물려줄 수 있다. 믿고 싶지 않겠지만 '사해동포주의'라든가 '종 전체의 이익'이라는 말은 진화론적으로는 아무런 의미도 갖지 못한다.

(3) 데이비드 윌슨과 엘리오트 소버가 제기한 이타주의는 집단이 적응의 한 단위가 되는 집단 선택에 근거를 두고 있다. 어떤 개체의 이타 행위는 자신이 속한 집단 내에서 행하는 이타주의로서, 집단 밖의 다른 개체를 위하는 이타가 아니다. 따라서 이러한 이타가 과연 이기와 완전히 대립적인 이타일 수 있는가 하는 의문은 여전히 남는다. 집단의 성격을 어떻게 규정할 것인가에 따라 이기주의의 새로운 반격도 가능할 것이다. 그뿐만 아니라 이들의 주장은 현실적으로 존재하는 보편적인 이타, 즉 자신이 속한 집단을 넘어서는 이타를 설명해 주지 못한다. 예컨대 이들은 동물권을 인정하며 육식을 거부하는 채식주의를 설명해 주지 못한다.

(4) 지구상의 모든 사람을 하나로 뭉치게 하려면 멀리 떨어진 세계에 사는 외계인이 지구를 공격하게 만들면 된다는 말이 있다. 집단 선택 이론(생물의 자기보존과 발전을 위한 자연적 선택이 개체의 차원뿐 아니라 집단적 차원에서도 일어난다는 설)은 이것이 참으로 논리적일 수 있다고 암시한다. 우리가 아는 한, 지금 당장은 지구를 공격할 만한 외계인이 사는 행성은 없다. 따라서 만약 우리가 지구를 하나의 집단이라고 생각한다면, 우리와 경쟁할 집단은 없는 셈이다. 때문에 지구 차원의 협동은 실패하게 된다.

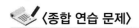 **〈종합 연습 문제〉**

인터넷 문화 또는 소셜 네트워크와 관련된 주제 하나를 정해서 다음 항목대로 글쓰기 작업을 진행해 보자. (아래쪽 사례 참조)

   1. 주제

   2. 주제문

   3. 주제 선정의 배경 또는 목적

   4. 개요

   5. 참고문헌

 사례

1. **주제:** 미니홈피에 나타난 젊은 세대의 나르시시즘

2. **주제문:** 미니홈피는 젊은 세대의 나르시시즘을 자극하고 충족시킨다.

3. **주제 선정 배경**

   최근 우연한 기회에 나르시시즘에 관한 글을 읽었다. 그 글을 읽으면서 요즘 젊은 세대들이 정말로 나르시시즘적 성향이 강한지 의문이 들었다. 그래서 관련 자료를 찾아보니 나르시시즘의 병적인 발달 결과로써 나타나는 증상이 흥미로웠다. 그것은 타인으로부터 끊임없이 반향을 일으키기를 바라며, 자기 과대화와 노출성향이 뚜렷하다는 내용이었다. 그 부분을 읽고 불현듯 떠오르는 것이 바로 젊은 세대들 사이에서 유행하는 미니홈피와 블로그, UCC 제작이었다. 미니홈피 열풍이 시작된 지는 제법 되었지만 아직까지 그 열기가 완전히 사그라들지는 않았다. 블로그도 꾸준한 인기를 끌고 있다. 최근엔 UCC의 인기가 치솟고 있으며, 학생들 사이에서 UCC 제작이 큰 화두로 떠올랐다. 이것은 모두 다른 사람에게 자신을 드러내는 새로운 문명의 요소들이다. 자신을 드러낸다는 측면에서 나르시시즘과 연관이 깊은 것 같다. 미니홈피는 자신의 프로필, 일상생활, 사진 등을 남에게 드러냄으로써 사용자의 나르시시즘을 만족시키기에 용이하다. 블로그 또한 그와 비슷한 성격을 지니고 있으며, UCC는 아마 최첨단을 달리는 것 아닐까? 나는 젊은 세대의 나르시시즘을 만족시키는 이 세 가지 중에서 미니홈피 하나만 선택해 나르시시즘적 요소를 살펴보고자 이 주제를 정하였다.

4. 개요

1. (서론) 미니홈피 제작과 나르시시즘은 어떤 관계가 있는가?

2. (본론) 미니홈피와 나르시시즘의 관계

   (1) 미니홈피 개요

   (2) 미니홈피의 나르시시즘적 요소

      1) 방문자 수 또는 조회 수

      2) 사적인 일기 게시

      3) 사진 게시

      4) 인맥 관계 과시

3. (결론) 미니홈피 만들기는 젊은 세대의 나르시시즘이 적극 반영된 것이며, 젊은 세대의 나르시시즘이 미니홈피 사업의 성공 요소이다.

5. 참고문헌

김민정 · 이길형, 「싸이월드와 트위터에 나타난 나르시시즘 표현 양상에 대한 연구」, 『브랜드디자인학연구』 9(3), 2011, pp. 237–252.

김은영, 「대학생의 나르시시즘 성향과 지각된 부모의 양육태도와의 관계」, 이화여자대학교 석사학위논문, 1995.

「도토리 경제인 20,000,000명」, 『중앙일보』, 2007년 2월 5일, http://article.joins.com/article/article.asp?Total_ID=2626146.

라쉬, 크리스토퍼, 『나르시시즘의 문화』, 최경도 역, 서울: 문학과지성사, 1989.

안영철, 「현대여성에 나타나는 나르시시즘의 표현 연구」, 계명대학교 석사학위논문, 2000.

이선경 · 팔로마 · 베나비데스 · 허용회 · 박선웅, 「한국 대학생들의 나르시시즘 증가」, 『한국심리학회지 일반』 33(3), 2014, pp. 609–628.

프로이트, 지그문트, 『성욕에 관한 세 편의 에세이』, 김정일 역, 서울: 열린책들, 1995.

호치키스, 샌디, 『나르시시즘의 심리학』, 이세진 역, 서울: 교양인, 2002.

홈즈, 제레미, 『나르시시즘』, 유원기 역, 이제이북스, 2002.

어떻게 쓸 것인가

1. 단락을 알면 논리가 선다

이공계 학생들이 글쓰기에서 가장 취약한 부분이 바로 단락이다. 사실 한글맞춤법이나 문장은 약간만 주의를 기울이고 훈련하면 금방 좋아진다. 벌겋게 첨삭된 초고를 되돌려 받은 학생들은 다음 글쓰기에 상당한 주의를 기울인다. 아래 한글 워드프로세서 프로그램 위에서 붉은 줄이 그어진 부분의 맞춤법을 검사하고 자신의 글에 비문이 없나 따져 본다. 다시 말해 글쓰기에 자의식을 갖기 시작한 것이다. 자의식을 갖는 순간 글쓰기는 좋아진다. 이 점은 거의 틀림없는 사실이다. 그러나 단락에 대해서만큼은 대체로 그렇지 못하다. 단락 개념을 안 뒤에는 형식적 구분은 잘하지만 내용상으로는 여러 가지 문제를 여전히 드러낸다. 나열하면 다음과 같다.

- 이공계 학생들은 단락 구성에 취약하다.
- 한 문장을 쓰고 나서 그다음에 무슨 말을 써야 할지 모른다.
- 한 단락의 길이가 짧다; 글의 호흡이 짧다.
- 길게 쓰려고 한 단락에 여러 개의 생각을 이어 붙인다; 혼란스럽다.
- 쓰고자 하는 내용에 대한 배경 지식이 부족하다.
- 그러니까 자기주장에 대한 근거 제시가 미흡하다.
- 한 단락에서 다음 단락으로 넘어가는 것이 자연스럽지 못하다.
- 결국 글의 설득력이 떨어진다.

이러한 문제들은 단락에 대한 인식 부족에서 기인한 것이다. 따라서 단락에 대한 기본적인 이해와 단락을 구성하는 요령만 익혀도 글쓰기 능력이 비약적으로 발전할 수 있다.

■ 단락의 핵심 내용

- 하나의 단락에는 하나의 중심 생각만 들어 있어야 한다.
  한 단락은 하나의 생각 덩어리이다. 단락의 분량을 늘리기 위해 여러 가지 생각을 이어 붙이면 안 된다. 글의 통일성을 해친다.

- 단락은 '화제문(주제문)+뒷받침문장(+작은뒷받침문장)+맺음문장'으로 구성된다. 뒷받침문장 수가 적기 때문에 글줄이 짧아진다.

- 단락은 자기주장(화제문)에 대한 풍부한 배경 지식을 요구한다. 배경 지식이 부족하니까 뒷받침문장을 계속 이어갈 수가 없다. 이 문제는 관련 자료를 찾으면 극복이 충분히 가능하다.

- 단락 구성은 문장과 문장을 연결하는 기술이다. 가장 취약한 부분이다. 자기주장에 대한 근거를 효과적으로 제시할 줄 알아야 한다. 자기주장이 화제문(주제문)이라면 근거는 뒷받침문장들이다. 근거가 많을수록 주장의 설득력은 커진다. 이는 곧 단락의 긴밀성으로 이어진다.

■ 단락을 바로 쓰면

- 말하고자 하는 바가 명료해진다.
- 글이 논리적으로 된다.
- 설득력이 높아진다.
- 긴 글을 쉽게 쓸 수 있다.

1) 단락의 구성

나는 고양이보다 개가 좋다. ① 우선 고양이는 내 말을 잘 듣지 않지만 개는 내 말을 잘 듣는다. ② 또한 집 주변이나 산책길 등에 데리고 다니기에도 개가 훨씬 편하다. ③ 그뿐만 아니라 개와 함께 운동도 할 수 있어 좋다. 그래서 나는 고양이보다 개를 더 좋아한다.

단락은 보통 화제문(주제문)과 뒷받침문장으로 구성된다. 위 단락은 '화제문+뒷받침문장①+뒷받침문장②+뒷받침문장③+맺음문'으로 되어 있다. 그러나 모든 문장이 꼭 이 공식을 따르는 것은 아니다. 화제문의 위치가 다를 수도 있으며, 심지어는 화제문 자체가 없을 수도 있다. 맺음문 역시 없는 경우도 많다. 단락을 어떻게 구사하느냐에 따라 달라질 수 있다는 뜻이다. 실제의 글쓰기에서는 그 사정이 좀 더 복잡하다.

원자의 구조를 태양계에 비유하는 것이 그럴듯하게 들릴 수도 있지만, 둘은 다른 점이 많다.[화제문] ① 태양계 행성의 움직임은 고전역학으로 설명할 수 있지만, 원자핵 주위의 전자 상태를 설명하려면 고전역학과 다른 양자역학이 필요하다. ㉠ 전자는 행성처럼 한 위치에 있다고 할 수도 없어서, 전자의 궤도를 행성의 궤도로 빗대는 것은 물리학자에게는 아주 많이 틀린 얘기로 들린다. 다른 차이도 있다. ② 물리학의 표준모형에 따르면, 태양계의 행성으로 비유한 전자는 놀랍게도 크기가 없다. ㉠ 명왕성까지 거리의 10배 떨어진 곳에서 크기 없는 점 하나가 돌고 있는 것이 원자다. ㉡ 태양으로 비유한 수소의 원자핵은 세 개의 쿼크로 이루어져 있는데, 쿼크 하나도 또 크기가 없다. ㉢ 전자와 쿼크뿐 아니라 우주를 구성하는 다른 기본입자들에 대해서도 표준모형은 크기를 얘기할 수 없다고 말한다. ㉣ 크기가 있다면 내부가 있고, 내부가 있다면 그 입자는 더 이상 나눌 수 없는 근본적인 입자일 수 없기 때문이다.(김범준, 「허공」, 『경향신문』, 2020년 1월 1일자)

우선 이 글에는 하나의 주장만이 들어 있다. "원자의 구조와 태양계는 다른 점이 많다."는 것이 그것이다. 그래서 내용이 분명하다. 구성을 보자. 첫째 문장이 화제문(주제문)이며 그다음은 모두 이 주장을 뒷받침하는 뒷받침문장들과 뒷받침문장을 다시 뒷받침하는 작은뒷받침문장들로 구성돼 있다. 또, 원자의 구조와 태양계가 다른 이유를 크게 두 가지로 제시하고 그 이유 각각에 대해서도 세부적 설명을 하고 있어 배경 지식이 풍부하다는 것을 알 수 있다. 첫 번째 이유와 두 번째 이유 사이에는 연결 문장으로 "다른 차이도 있다."를 넣어주어 독자가 문맥의 변화를 잘 파악할 수 있게 만들어 주었다.

위 단락의 구성을 하나의 표로 만들면 다음과 같다.

화제문(주제문)	뒷받침문장	작은뒷받침문장
원자의 구조와 태양계는 다른 점이 많다.	① 태양계 행성의 움직임은 고전역학으로 설명할 수 있지만, 원자핵 주위의 전자 상태를 설명하려면 고전역학과 다른 양자역학이 필요하다.	㉠ 전자는 행성처럼 한 위치에 있다고 할 수도 없어서, 전자의 궤도를 행성의 궤도로 빗대는 것은 물리학자에게는 아주 많이 틀린 얘기로 들린다.
	② 물리학의 표준모형에 따르면, 태양계의 행성으로 비유한 전자는 놀랍게도 크기가 없다.	㉠ 명왕성까지 거리의 10배 떨어진 곳에서 크기 없는 점 하나가 돌고 있는 것이 원자다.
		㉡ 태양으로 비유한 수소의 원자핵은 세 개의 쿼크로 이루어져 있는데, 쿼크 하나도 또 크기가 없다.
		㉢ 전자와 쿼크뿐 아니라 우주를 구성하는 다른 기본입자들에 대해서도 표준모형은 크기를 얘기할 수 없다고 말한다.
		ⓐ 크기가 있다면 내부가 있고, 내부가 있다면 그 입자는 더 이상 나눌 수 없는 근본적인 입자일 수 없기 때문이다.

글의 구성을 보면 ①의 뒷받침문장으로는 하나만이 보이고 있지만, ②의 뒷받침문장으로는 3개가 보인다. 뒷받침문장은 또 가지를 친다. ⓐ는 ㉢에 대한 뒷받침문장이 되기 때문이다. 그런데 해석 여지에 따라서는 ②에 대한 뒷받침문장으로 볼 수도 있다. 그렇게 되면 ②의 뒷받침문장은 4개가 된다.

이처럼 글을 읽을 때는 아주 단순하고 명쾌해 보이는 구성 같지만, 실제로 단락을 분석해 보면 표와 같이 매우 치밀한 구조를 가지고 있음을 알 수 있다. 뒷받침문장을 또 뒷받침해주는 작은뒷받침문장이 붙어 있는 까닭이다.

다음의 예문은 이보다 더 복잡한 구성으로 이루어져 있다.

그대들은 어떻게 저 하늘과 땅의 온기를 사고팔 수 있습니까? 우리로서는 이상한 생각입니다.[주장] ① 공기의 신선함과 반짝이는 물을 우리가 소유하고 있지도 않은데 어떻게 그것들을 팔 수 있단 말입니까? ② 우리에게는 이 땅의 모든 부분이 거룩합니다. ⊙ 빛나는 솔잎, 모래 기슭, 어두운 숲속 안개, 맑게 노래하는 온갖 벌레, 이 모두가 우리의 기억과 경험 속에서 신성한 것들입니다. ⓐ 나무 속에 흐르는 수액은 우리 인디언의 기억을 실어 나릅니다. ⓛ 백인은 죽어서 별들 사이를 거닐 적에 그들이 태어난 곳을 망각해버리지만 우리는 그렇지 않습니다. ⓐ 우리가 죽어서도 이 아름다운 땅을 결코 잊지 못하는 것은 이것이 바로 우리 인디언의 어머니이기 때문입니다. ③ 우리는 땅의 한 부분이고 땅은 우리의 한 부분입니다. ⊙ 향기로운 꽃은 우리의 자매입니다. 사슴, 말, 큰 독수리, 이들은 우리의 형제들입니다. ⓛ 바위산 꼭대기, 풀의 수액, 조랑말과 인간의 체온 모두가 한 가족인 것입니다.(인디언 거주지를 매입하겠다는 미 행정부의 통지를 받고 행한 시애틀 추장의 연설) (밑줄–인용자)

○ 화제문: 하늘과 땅의 온기를 사고팔 수 있다는 것은 이상한 생각이다.
　뒷받침문장 ①: 우리가 땅을 소유하고 있지 않다.
　뒷받침문장 ②: 이 땅의 모든 것이 거룩하다
　　작은뒷받침문장 ⊙: 솔잎, 기슭, 안개 등은 우리에게 신성한 것들이다.
　　　더작은뒷받침문장 ⓐ: 그것들은 우리 인디언의 기억을 실어 나르기 때문이다.
　　작은뒷받침문장 ⓛ: 우리는 태어난 곳을 망각하지 않는다.
　　　더작은뒷받침문장 ⓐ: 이 땅은 우리 인디언에게 어머니이기 때문이다.
　뒷받침문장 ③: 우리는 땅의 한 부분이고 땅은 우리의 한 부분이다.
　　작은뒷받침문장 ⊙: 꽃, 사슴, 말 등은 우리의 형제자매이다.
　　작은뒷받침문장 ⓛ: 바위산 꼭대기, 풀의 수액, 인간의 체온은 한 가족이다.

　　이 단락은 작은뒷받침문장은 물론 더작은뒷받침문장이 동원된 예이다. 하나의 화제문에 3개의 뒷받침문장이 제시되어 있고(밑줄), 그 사이사이에 뒷받침문장을 다시 받쳐주는 작은뒷받침문장이 있으며, 이를 또 뒷받침하는 더작은뒷받침문장이 들어간 형식이다. 이와 같은 형식은, 보통 일반적인 상식을 넘어서는 주장이거나 사람들이 잘 모르는 새로운 주장에 합당하다. 새로운 주장일수록 그것을 뒷받침하는 근거들이 더 치밀해야 하기 때문이다. 이러한 단락 구성은 사고의 치밀성을 드러내는 동시에 글의 설득력을 높여준다.

2) 이공계 학생들이 자주 범하는 단락 오류

(1) 형식적 길이로 단락을 구분한다

생각 덩어리별로 단락을 나누어 주어야 하는데 그렇지 못하다. 단락은 일정한 길이를 갖는다는 고정관념을 갖고 있어서 형식적 길이를 먼저 고려하는 듯하다. 한번은 강의실에 들어갔더니 바로 앞 시간에 판서한 내용이 그대로 남아 있었다. 그런데 칠판 귀퉁이에 '리포트 제출 요령' 아래 "3~4문장마다 단락을 바꾸어줄 것"이라고 쓰여 있었다. 그러나 이러한 방법은 기계적인 구분이지 단락 개념에 따른 정확한 구분은 아니다. 한 문장만으로도 한 단락을 이룰 수 있으며, 한 단락이 여러 페이지에 걸쳐 길게 이어질 수도 있다. 일정한 형식적 길이가 아니라 생각의 단위, 주장의 단위별로 단락을 구분해야 한다는 사실을 명심하자.

(2) 여러 개의 생각을 한 단락으로 이어 붙인다

> 인터넷은 여러 가지 측면에서 부정적인 요소를 가지고 있다. / 그런데 인터넷이 부정적인 측면을 가지고 있다고 해서 사용하지 않는 것은 옳지 않다. / 바르게 사용하기만 한다면 현대인의 일상생활에 많은 도움을 줄 수 있다.

윗글은 형식적으로 보기에는 세 개의 문장으로 구성된 하나의 단락 같지만 실제로는 그렇지 않다. 세 문장에서 주장하는 바가 저마다 다르다. 그러니까 세 단락으로 나누어 다시 써야 한다.

이공계 학생들이 문장을 구사하는 패턴을 보면, 앞의 예문처럼 마치 수학 문제를 풀 듯이 곧장 다음 단계로 성큼성큼 넘어간다. 글의 호흡이 짧고 문장이 길어지는 것은 그런 글쓰기 습성 때문이다. 물론 이해는 간다. 이공계 학문의 특성상 주로 사실이나 결과를 있는 그대로 기록하기 때문일 것이다. 다시 말해 인문·사회과학 분야처럼 묘사나 대조, 논증이 거의 없고(이공계 글쓰기에서는 주로 도표로 제시하면 된다), 추측이나 상상력을 적극 개입시켜서도 안 되기 때문이다. 그러나 사실이나 결과를 그대로 전하는 기술 못잖게 어떤 사실이나 결과가 갖는 의미와 가치를 설명하는 기술도 필요하다. 어떤 측면에서는 후자의 기술이 더 중요하다. 실험보고서나 과학 논문의 필수 요소인 '고찰(discussion)'은 바로 후자의 기술이 절대적으로 필요한 항목이다.

(3) 뒷받침문장이 부족하거나 아예 없다

앞에서 예로 든 글을 다시 가져와 살펴보자. 형식 단위로 구분한다면 두 개의 뒷받침문장이 있는 것 같지만, 각 문장에서 주장하는 바가 다르므로 화제문만 세 개 제시되어 있고 뒷받침문장은 전혀 없는 셈이다. 각각의 화제문을 다시 정리해 보자.

> ① 인터넷은 여러 가지 부정적 요소를 갖고 있다.
> ② 그렇다고 인터넷을 사용하지 않는 것은 올바른 태도가 아니다.
> ③ 인터넷을 바르게 사용하면 우리의 일상생활에 많은 도움을 준다.

이렇게 화제문이 각기 다르므로 화제문에 따른 뒷받침문장을 제시해야 이 글은 더 큰 설득력을 얻을 수 있다. 가령 ①의 화제문 뒤에는 어떤 부정적 요소들이 있는지 구체적인 사례들을 뒷받침문장으로 제시해야 한다.

> ❷ 화제문 ① 인터넷은 여러 가지 부정적 요소를 갖고 있다.
> 　뒷받침문장 요소: ① 시간 낭비, ② 부정확하고 불건전한 정보 유통, ③ 개인 정보 유출, ④ 각종 소프트웨어 불법 복제, ⑤ 익명성을 이용한 악플 만연, ⑥ 중독 증세 유발, ⑦ 은둔형외톨이 등 파편화된 개인 양산.

②와 ③의 화제문에 대해서도 마찬가지이다. 각각의 주장에 대해 구체적인 근거들을 뒷받침문장으로 적절히 제시해야 글이 살아난다. 그렇게 되면 단 세 문장이던 학생의 토막글은 제법 긴 하나의 통글로 완성될 수 있을 것이다. 앞에서 단락을 바로 알면 긴 글을 쉽게 쓸 수 있다는 것은 바로 이와 같은 측면을 두고 한 말이다.

그런데 많은 학생이 왜 이렇게 쓰지 못하는 것일까? 여기에는 두 가지 원인이 있는 듯하다. 하나는 금방 말한 것처럼 단락의 구성 원리를 제대로 알지 못하기 때문이고, 다른 하나는 자기주장에 대한 배경 지식이 부족하기 때문이다. 따라서 단락을 제대로 구성하기 위해서는 단락의 구성 원리에 대해 제대로 숙지하고 단락을 구성하기 전에 배경 지식을 갖추기 위해 노력해야 한다. 이 중에서도 배경 지식을 늘리는 데 중점을 두어야 한다. 배경 지식이 모자라면 적절한 뒷받침 문장을 이어가지 못하므로 자연히 글의 설득력이 떨어지고 정보량이 줄어들 수밖에 없다. 이때는 검색 기능을 활용하여 자료를 충분히 확보해야 한다. 자료를 확보하는 요령에 대해서는 앞 장에서 이미 설명한 바 있다.

(4) 화제문과 뒷받침문장을 구분하지 않는다

> 인터넷은 공간적 효율성이나 정보의 접근성 면에서 도서관보다 훨씬 더 뛰어난 경쟁력을 갖고 있기 때문에 멀지 않은 장래에 인터넷이 현재의 도서관을 완벽하게 대체하게 될 것이다.

문장을 길게 쓰는 습관은 단락의 구성에서도 여러 문제를 낳는다. 그중에서도 가장 큰 문제가 화제문과 뒷받침문장을 구분하지 않음으로써 생기는 것이다. 위 예문은 인과 관계를 나타내는 문장인데 한 문장에 모든 정보가 한꺼번에 처리되어 있다. 문장 하나가 곧 화제문이자 뒷받침문장인 셈이다. 그렇다고 잘못됐다는 것은 아니다. 다만 정보 전달에서 효과적이지 못하다는 점이 문제이다. 문장이 긴 데다가 너무 많은 정보가 한 문장에 들어 있기 때문이다.

위 문장을 화제문(주제문)+뒷받침문장+작은뒷받침문장+더작은뒷받침문장+맺음문으로 결합시킨다고 가정하고 다시 한번 써 보자.

> 인터넷은 현재의 도서관을 완벽하게 대체하게 될 것이다. 인터넷이 도서관보다 훨씬 더 뛰어난 경쟁력을 갖고 있기 때문이다. 우선 공간적 효율성 면에서 도서관보다 비교할 수 없을 정도로 좋다. 도서관은 수많은 장서를 체계적으로 보관해야 하므로 상당한 규모의 공간이 필연적으로 요구되지만 인터넷은 전혀 그렇지 않다. 컴퓨터를 놓을 공간이 있을 정도면 충분하다. 둘째, 정보 접근성 면에서도 인터넷이 월등히 앞선다. 간단한 키워드 몇 개면 필요한 정보를 순식간에 찾을 수 있다. 도서관까지 직접 찾아갈 필요가 없는 것이다. 그러므로 머지않아 인터넷이 도서관을 대체해 갈 것이 틀림없다.

(5) 문장과 문장의 연결이 자연스럽지 못하다

현재 대부분의 평판 디스플레이는 유리와 같이 단단한 기판에서 제작되고 있다. 한편 유연성과 경량이며 내성이 강한 특성이 요구되는 디스플레이 분야에서는 플라스틱 기판에 대한 연구가 많이 진행되고 있다. 대부분의 플라스틱 기판은 200℃ 이상의 온도에서 손상을 받기 때문에 극저온 박막 트랜지스터(TFT) 공정이 요구된다.

직접 읽어 보면 알 수 있듯이 위 단락은 문장과 문장이 부자연스럽게 연결되어 있다. 첫 문장에서는 유리 기판을 말하다가 둘째 문장에서는 갑자기 플라스틱 기판으로 옮겨 갔다. 셋째 문장도 썩 자연스러운 연결은 아니다.

이렇게 문장 간의 연결이 부자연스러운 까닭은 단락에 대한 인식 부족에서 기인한다. 단락은 문장과 문장 사이에 긴밀성을 요구한다. 그러나 위 예문은 첫 문장과 둘째 문장이 긴밀하게 연결되어 있지 않다. 오히려 느닷없다는 인상을 준다. 이는 둘째 문장이 첫째 문장의 내용을 조금도 뒷받침해주지 않기 때문에 생긴 현상이다.

이 글에서 전하고자 하는 중심 생각은 플라스틱 기판에 대한 것이다. 따라서 첫 문장을 플라스틱 기판에 대한 이야기로 시작해야 자연스럽다. 그렇지 않다면 유리 기판이 가진 문제점을 먼저 나열하고 이런 이유 때문에 플라스틱 기판에 대한 연구가 필요하다는 식으로 글을 풀어가야 한다.

대부분의 평판 디스플레이는 유리와 같이 단단한 기판에서 제작되어 왔지만 최근 들어 플라스틱 기판에 대한 연구 또한 활발히 진행되고 있다. 그 이유는 디스플레이 분야가 유리와 같이 단단한 성질보다는 오히려 플라스틱처럼 유연하고 가벼우며 내성이 강한 특성을 요구하는 데 있다. 그런데 플라스틱 기판은 200℃ 이상의 온도에서 손상을 받기 때문에 특별한 공정을 요구한다. 극저온 박막 트랜지스터(TFT) 공정이 바로 그것이다.

(6) 단락과 단락의 연결이 자연스럽지 못하다

다음은 '인터넷이 대학 사회에 미치는 전반적인 영향'에 대한 내용을 작성한 글이다.

① 대학에 들어와서 가장 많은 시간을 투자한 것이 리포트 작성이다. 그나마 인터넷의 도움으로 많은 시간을 절약했다고 볼 수 있다. 나뿐만 아니라 대부분의 학생이 인터넷을 이용해 리포트를 작성하고 제출한다.

② 인터넷 이용의 가장 큰 목적은 자료를 찾는 것이다. 우리나라는 인터넷 보급률이 꽤 높은 편이기 때문에 자료의 양적인 면과 질적인 면에서 수준이 높다. 그래서 리포트 작성에 큰 도움을 받을 수 있다. 나의 경우 특히 과학 과목의 리포트 작성에 큰 도움을 받고 있다. 용어의 정의를 명확히 알 수 있고, 실험기구의 정확한 사용법을 익힐 수 있기 때문이다.

③ 수업시간에 대부분의 교수는 자신의 전자우편 주소를 학생들에게 가르쳐주며 이 메일로 질문을 하라고 한다. 또한 리포트를 자신의 홈페이지에 업로드할 것을 주문한다. 이와 같이 인터넷은 학생뿐만 아니라 교수들에게도 큰 영향을 미친다.

세 개의 단락으로 구성된 학생의 글이다. 단락의 연결을 다루기 위해서는 먼저 단락 ①이 가지고 있는 문제를 다루어야 한다. 단락 ①에서는 하나의 단락에는 하나의 중심 생각이 들어가 있어야 한다는 기준에서 벗어나 두 가지 생각이 들어가 있다. 하나는 리포트 작성에 가장 많은 시간을 보냈다는 것이다. 다른 하나는 학생 대부분이 인터넷을 이용해 리포트를 작성한다는 것이다. 그런데 글 전체의 내용이 '인터넷이 대학 사회에 미치는 전반적인 영향'이라는 점을 고려한다면, 앞의 생각은 화제문으로서 적절하지 않고 뒤의 생각을 화제문으로 내세워야 할 것이다. 그렇다면 단락 ①은 맨 마지막 문장을 화제문으로 삼아 다시 작성해야 할 것이다. 그래야 단락 ②, ③과 내용이 자연스럽게 이어질 것이다.

전반적으로 단락 간의 연결에서 부자연스러운 점이 보이는데, 특히 단락 ②와 단락 ③의 연결에서 그런 점이 잘 보인다. 학생 이야기를 하다가 갑작스럽게 교수 이야기로 넘어갔다. ③번 단락을 "인터넷은 학생들의 리포트 작성뿐 아니라 교수들의 강의 운영에도 그 활용도가 높다." 정도로 시작했으면, 현재의 상태보다는 더 자연스러웠을 것이다.

단락에 대한 인식은 글 전체의 구성을 이해하는 데도 도움이 된다. 즉, 화제문은 서론부에 해당하고, 뒷받침문장들은 본론부에, 맺음문은 결론부에 각각 상응한다고 볼 수 있다. 이렇게 이해하고 보면 위 예문의 단락들이 지닌 문제가 무엇인지 좀 더 확연하게 드러난다. 그러니까 ①번 단락은 화제문에 상응하는 것이므로 인터넷이 대학 사회에 미치는 전반적인 영향을 거론하는 것이 좋다. 그리고 이어지는 뒷받침문장에 해당하는 ②번 단락에는 대학생과 인터넷의 관련성을, ③번 단락에는 교수와 인터넷의 관련성을 거론하고, 맺음문으로 결론을 끝맺으면 매우 짜임새 있는 글을 만들 수 있다.

〈연습 문제〉

다음 단락의 문제점을 지적하고 바르게 고쳐 보자.

(1) 공간적 경계가 없는 환경오염 문제는 20세기 최대의 전 지구적 해결과제이다. 그러나 이런 환경적 폐해에도 불구하고 도시는 이미 전 세계 인구의 80% 이상이 거주하는 그 자체가 포기할 수 없는 삶터이다.

(2) 21세기를 정보화 시대라고 한다. 우리는 이제 어디를 가나 인터넷에 쉽게 접속할 수 있으며, 휴대전화 하나로 통화는 물론 음악 듣기, 영화 보기, TV 시청, 메일 주고받기, 길 찾기, 금융 거래 등 웬만한 일은 다 처리할 수 있다. 특히 최신의 정보통신 기기에 익숙한 대학생일수록 그 영향력은 크다. 하지만 시대 흐름을 이끌어가는 대학생들에게 인터넷은 약이 될 수도 있고 독이 될 수도 있다. 대학생에게 인터넷은 분명 많은 장점을 가져다준다. 자신의 전공과목이나 교양과목에 대해 더 자세한 정보를 알고 싶을 때 인터넷을 이용하면 매우 편리하다. 또한 바쁜 대학생활에서 시간을 절약할 수 있다. 인터넷을 이용하면 도서관에 직접 가는 수고를 덜 수 있기 때문이다. 이 뿐만 아니라 요즘 같은 취업난 시대에 취업 정보를 제공하고 알선해주는 인터넷은 대학생들에게 희망의 빛이 되기도 한다. 그러나 대학생에게 인터넷이 언제나 달콤한 사탕이 될 수는 없다. 인터넷이 대학생들의 자발적인 문제 해결 능력을 저하시키고 창의성을 빼앗아갈 수도 있기 때문이다. 가장 흔한 예로 리포트 작성을 들 수 있다. 요즘 대학생들은 리포트를 작성할 때 스스로 고민하고 생각하기보다는 몇 번의 마우스 클릭으로 인터넷의 정보를 그대로 옮겨 오는 경우가 많다. 그렇게 하면 리포트를 작성하면서 배양되어야 할 창의성이나 문제해결 능력은 떨어질 수밖에 없다. 이처럼 대학생에게

있어서 인터넷은 약이 될 수도 있고 독이 될 수도 있다. 여기서 중요한 것은 인터넷이 나에게 약이 될지 독이 될지 선택하는 주체가 바로 나 자신이라는 점이다. 우리는 인터넷의 이런 양면성을 깨닫고 현명하게 대처할 수 있는 대학생이 되도록 노력해야겠다.

〈연습 문제〉

다음은 여러 글 중에서 단락을 추려낸 것이다. 3~4명이 조를 이루어 단락 구성이 잘 되었다고 생각되는 것부터 차례로 번호를 매기고 그 이유를 써 보자.

(1) 텔레비전은 우리에게 다양한 경험과 지식을 제공해 준다. 드라마의 경우 다양한 인물들과 그들이 겪는 이야기를 보여줌으로써 타인의 삶을 이해하는 데 도움을 준다. 그리고 다큐멘터리를 비롯한 교양 프로그램은 인문, 사회, 자연 전반에 대한 풍성한 볼거리를 통해 지식과 경험을 제공해 준다. 예컨대, 세계 곳곳의 문화를 소개하는 다큐멘터리나 퀴즈 프로그램을 보면서 미처 몰랐던 것들을 알 수 있다. 그리고 산악 등반이나 남극 탐험 다큐멘터리를 보면서 주인공들이 겪는 극한 상황을 간접적으로 경험하기도 한다. 끝으로, 뉴스를 포함한 시사 프로그램을 보면서 국내외 정치, 사회, 문화 전반에 대한 정보를 얻을 수 있다. 이처럼 텔레비전의 각종 프로그램은 시청자의 경험과 지식을 늘리는 데 일정한 역할을 담당한다.

(2) 생명공학 세기에 부모들은 자식들이 어떤 〈바람직하지 않은〉 형질을 유전받을지 모른다는 사실을 알면서도 자신들의 난자와 정자의 유전자를 변형시키지 않고 전통적인 방법으로 운에 맡겨 아이를 낳을 것인지, 또는 자신들의 정자, 난자, 배, 태아 또는 시험관 수정과 대리모 출산을 위해 기증받은 타인의 난자나 정자의 유전자를 교정하여 아이를 낳을 것인지 결정하지 않으면 안 될 것이다. 전통적인 방법을 선택하여 아이의 생물학적 운명이 유전자의 운명에 따라 좌우되도록 내버려 두었을 경우, 발생하고 있는 태아에 치명적인 유전자 이상이 나타나고, 이것이 성세포나 배 단계에서 유전자 교정으로 치유될 수 있었던 것이라면, 그 부모는 비난을 면치 못할 것이다.

(3) 언제부터인가 우리는 놀라움 반 두려움 반으로, 급속도로 변해 가는 현대 사회를 바라보고 있다. 그중에서도 가정과 직장과 학교에 파고든 컴퓨터와 인

터넷은 불과 십수 년 만에 우리의 사고방식과 생활양식을 송두리째 뒤바꾸어 놓았으며, 그 어느 때보다도 더 심각한 세대 간의 단절을 불러왔다. 어른들은 컴퓨터의 놀라운 속도와 용량과 기억에 경탄하면서도 그것을 제어하고 조정할 능력의 부재로 인해 좌절감과 거부감 속에 빠져들었고, 컴퓨터가 삶의 일부가 된 아이들은 그런 어른들로부터 점점 더 멀어져 갔다.

(4) 금은 두 가지 중요한 특징을 가지고 있다. 무엇보다도 부식되거나 변하지 않는 광택을 지니고 있다. 그래서, 보석, 동전, 장신구 등을 만들기에 적합하다. 따로 광을 낼 필요도 없으며, 그 아름다움을 영원히 유지한다. 예를 들어, 고대 마케도니아의 동전은 그것이 주조된 2300년 전과 똑같은 상태를 유지하고 있다. 금의 또 다른 특징은 공업이나 과학 분야에서 유용하게 사용된다는 것이다. 그동안 금은 수백 가지의 산업적 용도에 이용되어 왔다. 최근에는 우주복을 만드는 데 사용되고 있다. 우주비행사는 우주선 바깥에서 자신의 몸을 보호하기 위해 금으로 도금된 장비를 착용한다. 결론적으로, 금은 그 미적인 측면뿐만 아니라, 그 실용적인 측면에서도 가치를 인정받고 있다.

(5) 미국 사람들은 약간 정신이 오락가락하는 사람을 가리켜 뻐꾸기라 부른다. 아마도 영국에서 건너온 표현일 것이다. 왜냐하면 미국대륙에서는 뻐꾸기가 할 일을 찌르레기의 일종인 쇠새가 도맡아 하기 때문이다. 쇠새들은 소들을 따라다니며 그 주변에 나는 곤충들을 잡아먹고 사는데 역시 뻐꾸기처럼 자기는 둥지를 틀지 않고 남의 둥지에 알을 낳는다. 미국에서는 목장의 증가와 함께 쇠새들이 워낙 많이 늘어 목장 주변 숲속의 새들이 곤욕을 치르고 있다. 한 집 건너 하나씩 쇠새들에게 당한다.

(6) 영어공부도 내가 가지고 있는 다른 꿈에 있어서 상당히 중요한 부분이다. 여행은 지금 현재의 삶을 돌아보게 하며 내 미래를 스스로 개척하는 데 있어 많은 도움을 줄 것이라 생각한다. 전국을 순회하며 우리나라를 돌아보는 여행뿐 아니라, 해외여행도 많이 다니고 싶다. 내가 원하는 해외를 여행하기 위해서 영어는 반드시 필요한 수단이다. 물론 어학시험에서 좋은 성적을 거두어 학교에서 주최하는 어학연수를 가기 위해서도 필요하다. 그러나 그런 학문적인 영어뿐만 아니라 실질적인 의사표현도 능숙하게 하고 싶은 것이 내 목표다. 우리나라뿐 아니라 외국에 나가서 자원봉사를 하고 싶다는 꿈을 품기 시작하면서 사람들에게 친숙하게 다가가기 위해서는 의사소통이 반드

이안제 글쓰기 노하우

시 필요함을 느꼈기 때문이다. 영어에 좀 더 능통해진다면 고등학교 시절에 배웠던 중국어에도 다시 도전하고 싶다.

(7) 사랑에 사로잡힌 연인들의 행동은 강박관념에 빠져 정신장애 증상을 보이는 환자들과 크게 다르지 않다. 실제로 이탈리아 과학자들의 연구에선, 사랑에 빠진 연인의 뇌에 존재하는 세로토닌이라는 신경전달물질의 수치가 과도한 강박장애를 앓고 있는 환자들의 뇌에 존재하는 세로토닌의 양과 크게 다르지 않다고 한다. 세로토닌이 적게 분비되면 우리는 강박관념에 사로잡히게 되는데, 사랑에 빠진 연인의 몸에서도 이런 증상이 벌어진다는 것이다.

2. 취약한 문장력, 이렇게 극복하자

1) 글쓰기와 문장력

글을 잘 쓰고 못 쓰고는 문장력에서 판가름 난다. 문장력은 비단 한 문장에만 국한되지 않는다. 문장과 문장을 연결하는 능력도 포함한다. 좋은 문장은 독자가 글을 잘 읽도록 할 뿐만 아니라 오래 기억하게 만든다. 어떤 글은 술술 잘 읽히는가 하면 어떤 글은 처음부터 인상을 찌푸리게 한다. 어떤 글은 의미가 간결하면서도 명료하게 다가오는 반면, 어떤 글은 도무지 요령부득인 경우도 있다. 기억에서 금방 사라지는 글이 있는가 하면, 오랜 시간이 지나도 잊히지 않는 글이 있다. 이 모두가 문장력에 의해 결정된다.

좋은 문장을 쓰려면 어떻게 해야 하는가? 우선 바르고 정확하게 써야 한다. 그래야만 전하고자 하는 뜻이 명료해진다. 요즘 학생들은 바르고 좋은 글보다 그렇지 않은 글을 더 많이 접하기 쉽다. 인터넷의 발달 덕분에 글쓰기의 민주주의(?)가 이루어지면서 벌어진 현상이다. 그래서 문법에 맞지 않는 비문(非文)을 써놓고도 그것이 잘못되었는지조차 모른다. 적절한 어휘 선택, 자연스러운 문장 호응, 정확한 조사와 어미의 사용 등이 문장을 정확하게 쓰기 위해 유의해야 할 사항이다.

그다음은 효과적인 문장을 써야 한다. 같은 의미를 표현하더라도 더 쉽게 전달되고 더 오래 기억하게 만들어야 하기 때문이다. 동일한 낱말을 지루하게 반복한다든가, 한 문장을 지나치게 길게 쓰는 것은 효과적인 문장이라고 할 수 없다. 풍부한 어휘, 짧고 간명한 표현, 문장 성분에 어울리는 적절한 배치 등이 효과적인 문장을 만드는 기본적인 요소이다.

2) 학생들이 자주 범하는 문장 오류

(1) 문장을 길게 쓴다

글쓰기에서 이공계 학생들이 느끼는 두려움 중 하나는 정해진 분량을 어떻게 다 채우느냐는 것이다. 이러한 두려움 때문에 학생들은 자신도 모르게 문장을 길게 쓴다. 중간에 짧게 끊어버리면 글의 양이 줄어들어 정해진 지면을 다 채우지 못할 것이라고 여기기 때문이다. 실제로 이공계 학생들의 경우 글을 끌어나가는 호흡이 대체로 짧다. 그래서 리포트 분량을 채우기 위해 글자의 포인트를 크게 키우거나 행간을 넓히기도 한다.

그런데 문제는 문장을 길게 쓰면 문장 호응이 제대로 이루어지지 않는 비문(非文)이 발생한다는 것이다. 길게 쓰다 보면 의미가 모호하고 어색한 문장이 되기도 한다. 글을 써 나가는 과정에서 주어가 무엇인지, 목적어로 무엇을 취했는지 잊어버리거나 놓치기 때문이다. 설령 바르게 썼다 할지라도 독자가 싫어한다. 문장이 길면 호흡이 가빠 읽기 힘들어질 뿐만 아니라, 한 문장에서 취해야 할 정보량이 많아 가독성도 떨어진다. 자연히 메시지 전달력도 떨어질 수밖에 없다.

문장은 가능한 한 짧게 쓰는 게 좋다. 그래야 읽기도 편하고 의미가 분명해진다. 좋은 문장은 간결하고 명료하다. 그렇다고 무조건 짧게만 써야 하는 것은 아니다. 글에도 일정한 리듬이 있다. 음악에 '강약중강약'이 있듯이 글에도 단-단-중-단-장 등의 리듬이 있다. 이 리듬을 살려 써야 좋은 문장이 된다. 다음 두 예문을 비교해 보자.

사람들은 아버지를 난쟁이라고 불렀다. 사람들은 옳게 보았다. 아버지는 난장이었다. 불행하게도 사람들은 아버지를 보는 것 하나만 옳았다. 그 밖의 것들은 하나도 옳지 않았다. 나는 아버지·어머니·영호·영희, 그리고 나를 포함한 다섯 식구의 모든 것을 걸고 그들이 옳지 않다는 것을 언제나 말할 수 있다.

— 조세희, 「난장이가 쏘아올린 작은 공」

◐ 사람들은 아버지를 난쟁이라고 불렀는데 그것은 사람들이 옳게 본 것이다. 왜냐하면 아버지는 난장이었기 때문인데 불행하게도 사람들은 아버지를 보는 것 하나만 옳았지 그 밖의 것들은 하나도 옳지 않았다. 나는 아버지·어머니·영호·영희, 그리고 나를 포함한 다섯 식구의 모든 것을 걸고 그들이 옳지 않다는 것을 언제나 말할 수 있다.

* 아래의 글은 위의 글을 길게 이어본 것이다. 글의 느낌이 얼마나 달라졌는지 알 수 있다.

이공계 학생들이 염려하는 것처럼 문장을 짧게 끊어 써도 글의 분량은 줄지 않는다. 오히려 더 늘어나는 경우가 많다. 계속해서 문장이 길어져서 생기기 쉬운 오류를 분석해 보도록 한다.

이렇게 된다면 결국 외국에서의 저명한 건축물 설계도 우리나라의 유능한 건축가들이 수주를 받아 세계 건축시장에 우리나라의 명성을 떨칠 날이 꿈처럼 멀게만 느껴지지는 않을 것이라고 확신한다.

이 문장의 핵심은 '이렇게 된다면, 무엇이 어찌하게 될 것이다'이다. 그런데 여기서는 '나는, (이렇게 된다면, 무엇이 어찌하게 될 것이다)가 꿈처럼 멀게만 느껴지지는 않을 것이라고 확신한다'의 꼴이 되었다. 비문에다가 문장이 늘어진 것은 둘째로 치고, 의미의 핵심이 뒤로 물러나고 내 느낌과 확신이 전면화되었다. 그래서 정작 전달하고자 하는 자기 메시지가 약해졌다.

❍ 이렇게 된다면 결국 외국의 저명한 건축물 설계도 우리나라의 유능한 건축가들이 수주를 받아 세계 건축 시장에서 대한민국의 명성을 떨치게 될 것이다. 나는 이와 같은 일들이 결코 꿈처럼 멀게만 느껴지지는 않는다. 앞에서 제시한 것들만 잘 실천하면 충분히 실현 가능하다고 확신한다.

글의 양이 줄어들었는가? 오히려 늘었다. 뜻이 명료해졌을 뿐 아니라, 말하고자 하는 바도 더 강해졌다. 물론 비문도 바로잡혔다.

이들 유전자는 종간에는 염기 배열 차이를 보이는 반면 종내 두 유전자 사이에는 염기 배열 차이가 거의 없는데, 이는 세포 분열 시 두 유전자 사이에 빈번한 재조합이 일어나 유전자 전환(gene conversion)이 일어난 결과로 추정되며, 이 과정에서 유전자 전환과 더불어 두 유전자 간에 역위가 일어날 수 있다.

한 문장 안에 정보량이 너무 많다. 읽다가 숨이 막힐 정도이다. 또 '추정되며'(피동)와 '일어날 수 있다'(능동)가 등가성을 잃고 있어 어색하다. 이를 의미 단위로 끊어 써 보자.

❍ ① 이들 유전자는 종 사이에서는 염기 배열 차이를 보인다.
② 그러나 같은 종 안의 두 유전자 사이에는 염기 배열 차이가 거의 없다.
③ 이는 세포 분열 시 두 유전자 사이에 빈번한 재조합이 일어나 유전자 전환이 일어난 결과일 것이다.
④ 특히 세포 분열 과정에서 유전자 전환뿐 아니라 두 유전자 간에 역위가 일어날 수도 있다.

이렇게 따로 떼어 놓아도 아무런 문제가 없다. 어색한 느낌도 사라졌다.

문장을 짧게 끊어 쓸 때는 문장과 문장의 자연스러운 연결에 특히 유의해야 한다. 적절한 접속사와 지시어를 사용하여(② 그러나, ③ 이는, ④ 특히) 문장과 문장을 매끄럽게 이어주어야 한다. 이 점은 특히 과학적이고 논리적인 이공계 글쓰기의 특성상 각별히 유의해야 한다. 이에 대한 자세한 내용은 단락 쓰기를 참조하기 바란다.

(2) 주어와 서술어가 호응하지 않는 비문이 많다

앞에서 언급한 것처럼 문장을 길게 쓰다 보니 비문이 자주 발생한다. 어법에 맞지 않는 비문은 내용을 오해하게 만들 수 있다. 또한 비문은 글에 대한 신뢰성을 크게 떨어뜨린다.

> 일본의 독도 침탈 야욕에 맞서 독도지킴이가 되겠다는 의도로 제작했다는 이 게임은 3D 엔진을 자체 개발해 사용하는 등 기술력과 독창성이 우수하다는 평이다.

이 문장의 주어는 "이 게임은"인데 서술어는 "평이다"이다. 다시 말해 "이 게임은 …… 우수하다는 평가이다"의 뜻으로 주술이 호응되지 않는다. 따라서 서술어를 "평가를 받았다"나 "평가를 받고 있다"로 바로잡아야 한다. 이와 유사한 문장이 신문에 자주 등장한다. 바르지 못한 문장이 잘못 관습화된 예라고 할 수 있다.

> 이 제품은 수입에 의존하던 고가의 프리즘시트를 사용하지 않고 도광판 양쪽 표면에 직접 미세 프리즘 패턴을 형성함으로써, 기존 제품 대비 두께와 제조비용을 각각 30%씩 낮추고 밝기도 20% 향상시킨 신기술이다.

주어와 서술어만 보면 "이 제품은 …… 신기술이다"가 된다. 신기술로 제품이 만들어질 수는 있지만 제품 자체가 신기술이 될 수는 없다. 비문이다. "직접"은 부사이므로 동사나 형용사 바로 앞에 써야 옳다. "씩"에는 "각각"의 의미가 들어 있다. 즉, 의미가 중복되었다. 또 단가를 낮춘 사실과 밝기를 높인 사실을 대비시켜야 전달하고자 하는 효과가 살아난다. 이 문장은 제품의 우수성을 강조하느냐, 아니면 새로운 기술을 강조하느냐에 따라 다르게 바뀔 수 있다. 가능한 예를 하나씩 들면 다음과 같다.

> ➡ ① 연구진은 수입에 의존하던 고가의 프리즘시트를 사용하지 않고 도광판 양쪽 표면에 미세 프리즘 패턴을 직접 형성케 하는 새로운 기술을 적용함으로써, 기존 제품 대비 두께와 제조비용은 30%씩 낮되, 밝기는 오히려 20%나 높은 제품을 개발했다.

> ➡ ② 연구진은 수입에 의존하던 고가의 프리즘시트를 사용하지 않고 도광판 양쪽 표면에 미세 프리즘 패턴을 직접 형성케 하는 새로운 기술을 적용했다. 그 결과 기존 제품 대비 두께와 제조비용은 30%씩 낮되, 밝기는 오히려 20%나 높은 제품을 개발할 수 있었다.

(3) 어휘의 선택이 부적절하다

이공계 학생들이 글쓰기에서 겪는 애로 중 하나는 어휘력 부족이다. 생각은 있는데 이를 제대로 반영할 적당한 어휘가 떠오르지 않아 종종 애를 먹는다. 이러한 일이 생기는 주된 원인은 독서 부족이다. 다양한 교양서적이나 문학책을 읽기보다는 수식이나 도표를 더 많이 접하기 때문에 많은 학생이 어휘를 적절히 구사할 줄 모른다. 따라서 이에 대한 해결책은 의외로 간단하다. 본인 스스로 문제를 인식했다면 우선은 책을 많이 읽어야 한다. 틈틈이 한자도 익혀야 한다. 우리말 어휘의 70% 정도가 한자어이고, 특히 대학에서 쓰는 용어 중에 한자어가 많기 때문이다.

> 이는 대부분의 <u>개발도산국</u>을 비롯한 많은 국가에서 환경 문제에 대한 본질적이고 적극적인 <u>자세</u>를 <u>취하기보단</u> 경제 성장을 고무시킬 수 있는 개발에 무게를 두고 있는 일반적인 양상이다.

'개발도상국'을 '개발도산국'으로 표현한 것은 글쓴이의 기본 지식을 의심케 한다. '자세'는 완전히 틀린 단어는 아니지만 국가 단위에서는 '태도'나 '입장'이란 표현이 더 자연스럽다. '취하기보단'은 준말이다. 공식적인 글쓰기에는 '했다' 등의 일반화된 경우를 제외하고 줄인 형태를 쓰지 않는다. '취하기보다는'으로 고쳐야 한다. '고무' 역시 잘못 쓰인 단어이다. '촉진'으로 바꾸어야 한다.

암유발 화학물질을 포함하는 많은 환경 암유발 물질은 생명체의 이물질 대사에 관여하는 효소에 의하여 사람 몸 밖으로 <u>제거되고</u> 있다.

"제거"가 아니고 "배출"이다.

이 회사의 홍길동 대표는 "복합기능 도광판의 개발과정에서 특히 금형기술이 취약해 어려움이 많았다"며 "대학이 보유한 초정밀 금형가공 기술을 지원받아 <u>애로기술</u>을 해결하면서 제품 개발에 성공할 수 있었다"고 밝혔다.

"애로기술"은 "기술적 애로" 또는 "기술적 문제"로 고쳐야 자연스럽다.

또 이 제품에 사용된 알루미늄 섬유는 머리카락 굵기의 3분의 1에 불과한 20미크론(㎛)으로, 기존 제품(50㎛이상)보다 <u>월등히</u> 가늘어 경량화는 물론 통전성이 우수하고 소재의 특성상 <u>내열성, 통기성, 내식성</u>이 탁월한 것으로 나타났다.

"월등히"는 크게 뛰어나다는 뜻이므로 "훨씬"이 맞는 표현이다. 또한 "내열성, 통기성, 내식성" 등의 한자어도 가능하면 "통풍이 뛰어나고 열과 부식에 강하다" 정도로 풀어주는 것이 좋다.

(4) 동일한 어휘나 어구를 반복해서 쓴다

같은 낱말이나 어구가 반복되면 독자를 쉽게 지루함을 느낀다. 문장의 품위도 떨어진다. 이 문제 역시 어휘력 부족에서 기인한 것이다. 그러나 이 문제는 조금만 주의를 기울이면 상당 부분 개선할 수 있다. 우선 글을 다 쓴 다음 소리 내어 직접 읽어 보는 방법이 있다. 비슷한 말은 발음과 호흡이 똑같으므로 금세 찾아낼 수 있다. 처음엔 금세 찾아낼 수 없더라도, 몇 번만 훈련하면 충분히 가능하다. 또 한 단락 안에서 같은 주어와 술어가 반복되고 있지는 않은지, 단락의 시작과 끝이 비슷하지 않은지 점검해 보면 쉽게 찾아낼 수 있다. 같은 어휘나 어구는 생략하거나 다른 형태로 바꾸어 준다.

> 오늘 실험일지를 쓰지 말고 쉴까 하다가 내일 일지를 써도 마찬가지겠다 싶어서 그냥 오늘 실험일지를 쓰기로 한다.

"일지" 또는 "실험일지"가 세 번이나 반복되고 있다. 둘째와 셋째는 생략해도 아무런 문제가 없다.

> 실험에 사용된 모든 용액에 사용된 3차 증류수(J. T. Baker, USA)를 사용하였고, 반응기 초자는 121℃에서 15분간 멸균하여 사용하였다.

"사용"이라는 낱말이 세 번이나 반복되고 있다. 다음과 같이 고쳐 보자.

> 실험에는 모든 용액에 쓰인 3차 증류수를 사용하였고, 반응기와 초자는 121℃에서 15분간 멸균하여 이용하였다.

> ❏ 이 법에서는 모든 도시계획시설을 설치할 때는 도시계획에 의해서만 설치할 수 있도록 하고 예외적으로 시행령으로 정한 시설은 건설부장관의 승인 또는 허가를 받아 도시계획으로 결정하지 않고도 설치할 수 있도록 하였으나 시장시설은 여기에 포함되지 않아 반드시 도시계획으로 결정해야만 설치할 수 있게 된 것이다.

위 예문은 "~으로"라는 조사가 중복된 예이다. "시행령에서 예외로"로 바꾸어야 한다.

> 서인석 교수는 또 "기존의 실리마린 제제는 경구 투여시 체내 흡수율이 낮은 단점을 가지고 있으나, KPU-1은 100% 흡수됨으로써 생체 이용률을 극대화함으로써 만성 염증성 간질환 및 간경변에 대한 보조치료제로도 사용될 수 있을 것"이라고 말했다.

비슷한 구문이 반복되고 있다. 앞부분을 "흡수되어"로 바꾼다.

따라서 이 연구에서는 지역주민에게 지구단위계획이 경제가치에 미칠 영향에 대한 이해를 도모하고, 지구단위계획의 필요성 및 정당성을 객관화하여 해당구역의 개발을 바람직하고 원만하게 진행시킬 수 있도록 하기 위하여 <u>지구단위계획이 해당지역의 지가에 어떠한 영향을 미치며 어떠한 요인이 지구단위계획의 지가 및 지가변화에 영향을 미치고 있는가를</u> 분석하였다.

같은 내용이 중언부언 반복되고 있다. 밑줄 부분을 다음과 같이 수정해야 한다.

> ❍ 지구단위계획이 해당 지역의 지가 및 지가 변화에 어떤 영향을 미치고 있는가를

삼성전자는 판 아메리카 대회와 성화 봉송 행사를 <u>진행하며</u> 브라질 전 계층과 삼성이 함께하는 감동의 스토리를 엮어갈 <u>것이며</u>, 이를 통해 삼성 브랜드가 자연스럽게 브라질의 국민 브랜드로 승화될 수 있도록 할 예정이다.

동일한 연결어를 사용했다. 앞엣것을 "함으로써"로 바꾸어야 하는데, "진행"은 행사 주최 측이 하는 것이므로 "후원함으로써"가 정확한 표현이다. 다른 어휘들도 잘못 쓰인 게 많다. "승화" 대신 "자리 잡을"이 옳다. "예정" 또한 적절한 어휘는 아니다. "계획"이 낫다. 또 "브랜드"라는 어휘가 두 번 반복되고 있는 점도 거슬린다. "자연스럽게"의 위치 역시 부사이므로 "자리 잡을" 바로 앞에 와야 한다.

> ❍ 삼성전자는 판 아메리카 대회와 성화 봉송 행사를 후원함으로써 브라질의 전 국민과 삼성이 함께하는 감동의 스토리를 엮어갈 것이며, 이를 통해 'SAMSUNG'이 브라질의 국민 브랜드로 자연스럽게 자리 잡을 수 있도록 할 계획을 가지고 있다.

이밖에 동일한 접속사의 반복, 비슷한 구문의 반복, 문장 및 단락에서 동일한 주어의 반복 등도 삼가야 한다.

(5) 전문용어와 외국어를 지나치게 많이 사용한다

이공계의 특성상 전문용어를 사용하지 않을 수 없다. 학문 분야마다 사용하는 용어들이 따로 있듯이 이공계 역시 각 분야의 전문용어가 정해져 있다. 이때는 전공 분야의 전문용어 술어집을 반드시 참고해서 용어를 올바르게 사용할 수 있도록 한다. 일반적으로 외국의 용어를 그대로 사용하는 경향이 강한데, 이 방식은 과학 기술의 대중화를 위해서도 바람직하지 않다. 번역 투의 한자어나 영어 사용 역시 자제해야 한다. 꼭 쓸 수밖에 없을 때는 별도의 설명을 달아줄 필요가 있다.

> 이 연구팀은 코팅된 초전도체로 제작한 초전도 권선의 양 끝 배열을, 기존의 물리적 접합 대신 감아 넘기기 방법을 사용해 고자장이 계속 같은 방향으로 흐르도록 만드는 데 성공했다고 밝혔다.

> ❑ 이 연구팀은 coated conductor로 제작한 초전도 권선의 양 끝을 기존의 물리적 접합이 아닌 'wind and flip 방법'으로 고자장이 같은 방향으로 영구히 흐르도록 배열하는, 이른바 '고자장 영구전류모드'의 시험작동에 성공했다고 밝혔다.

> ▶ coated conductor: 얇은 박판형 금속테이프에 산화물 초전도체를 코팅하여 만드는 (단위 단면적당 흘릴 수 있는 전류가 1 MA/cm² 이상인) 초전도 선재
> ▶ wind and flip 방법: 감아 넘기기 방법

다음의 문장은 위에서 살펴본 것보다 그 정도가 심한 경우이다.

> 박막전지의 bottle neck technology는 음극과 전해질 기술이며, 본 연구에서는 thermal CVD(Chemical Vapor Deposition)법으로, toluene을 탄화 증착시켜, 탄소박막 전극을 개발하고, 박막전지용 음극으로서의 적용 가능성을 검토하였다.

> ❑ 본 연구에서는 온성 화학 증착법(CVD: Chemical Vapor Deposition)으로 톨루엔을 탄화 증착시켜 탄소박막 전극을 개발하고, 이를 박막전지의 음극으로 적용할 수 있는 가능성을 검토하였다.

이 문장의 중대한 오류인 대등하지 못한 연결은 바로 다음에서 다룬다.

(6) 문장 성분을 대등하게 연결할 줄 모른다

바로 앞에서 다룬 두 번째 문장은 서로 다른 내용이 한 문장에 뒤섞여 있어 어색하다. 서두 부분인 "박막전지의 bottle neck technology는 음극과 전해질 기술이며,"는 뒤에 이어지는 내용과는 별개이다. 따라서 위 문장의 논리 구조는 다음과 같이 바로잡아야 한다.

① 박막전지의 병목기술은 크게 음극과 전해질 기술로 나뉜다.
② 본 연구에서는 그중 음극 기술과 관련된 것으로,
③ 구체적으로는 온성 화학 증착법으로 톨루엔을….

그런데 원 문장에서는 ②의 논리를 생략한 채 ①+③의 형식으로 붙여 놓음으로써 문장을 이상하게 만들어 놓았다. 이러한 오류는 처음에 지적한 대로 문장을 길게 쓰는 나쁜 습관과 일정 정도 관련을 지니고 있다. 문장을 짧게 쓰되, 성분과 성분이 대등하게 되도록 써야 글의 리듬도 좋아지고 의미도 명확해진다.

문장 성분을 대등하게 연결해야 한다는 관점에서 다음 예문들의 오류를 짚어보자.

A 시공사는 다른 참여 업체들에 비해 가장 규모가 크고 체계적인 조직을 갖추고 있을 뿐 아니라, 직원들의 팀워크가 뛰어나다는 것이 큰 장점이라고 판단된다.

글쓴이는 A 시공사의 장점으로 ① 큰 규모, ② 체계화, ③ 구성원의 유기적 협동을 내세우고 있다. 그러나 ①과 ③은 여러 단어를 쓴 구로 제시한 반면에 ②

번은 단어 하나만 달랑 내세우고 있어 무엇이 체계화되었다는 것인지 알 수 없다. 문장의 구성 요소들을 대등하게 연결하지 못함으로써 비문을 만들고 만 것이다. 다음과 같이 고쳐 보자.

> ● A 시공사는 다른 참여 업체들과 비교하면 가장 큰 규모를 지니고 있을 뿐 아니라, 체계화된 조직을 갖추고 있으며, 조직원들끼리 유기적인 협동을 한다는 것이 큰 장점이라고 판단된다.

그러나 이 문장은 대등한 연결에서는 무리가 없지만, 썩 효과적인 표현은 아니다. 체계화된 조직은 어느 회사나 다 갖출 수밖에 없고 회사끼리는 체계화의 정도에서 차이를 보이기 때문이다. 그리고 한국어에서 '가장'이라는 단어는 최상급에만 쓰이므로 '비해'와 같이 쓰일 수는 없다. 여전히 깔끔하지 못한 면이 남기는 하지만, 원 글을 살려서 수정안을 제시하면 다음과 같다.

> ● A 시공사는 참여 업체 중 규모가 가장 클 뿐만 아니라 다른 업체들에 비해 훨씬 체계화된 조직을 갖추고 직원들이 뛰어난 팀워크를 발휘해 효율적으로 일을 처리한다는 장점을 갖고 있다고 판단된다.

이렇게 고쳐 놓고 보니 A 시공사의 장점은 다음과 같이 바뀌었다. ① 가장 큰 규모, ② 가장 체계적인 조직, ③ 직원들의 뛰어난 팀워크. 아마 글쓴이가 원래 주장하고자 했던 것도 바로 이 내용이었을 것이다.

그러나 이처럼 하나의 문장으로 처리하기보다는 여러 개의 문장으로 처리하는 방안이 더 깔끔하다.

> ● A 시공사의 장점은 다음과 같다. 첫째, 참여 업체 중 규모가 가장 크다. 둘째, 다른 업체들에 비해 훨씬 체계화된 조직을 갖추고 있다. 셋째, 직원들이 체계화된 조직 속에서 뛰어난 팀워크를 발휘해 일을 효율적으로 처리한다.

이 제품은 7~19인치의 중대형 LCD에도 적용할 수 있어, 앞으로 국내 시장점유율 10% 이상과 연 매출 100억 원을 올릴 수 있을 것으로 회사 측은 전망하고 있다.

접속조사 '과'를 기준으로 좌우 내용이 대등하게 연결되어 있지 않다. 또 '점유율을 10% 이상 올린다'는 것이 아니라, '점유율 10% 이상을 올린다'는 표현도 어색하다. 더욱이 연 매출 100억 원을 올린다는 표현은, 연간 매출 규모가 100억 원이라는 것인지, 기존의 매출액에 100억 원이 더 늘어난다는 뜻인지 분명히 알 수 없다. 문맥으로 보아 다음 정도로 수정해야 옳을 듯하다.

❍ 이 제품은 7~19인치의 중대형 LCD에도 적용 가능해, 앞으로 국내 시장점유율을 10% 이상 끌어올려 연간 매출액 규모가 100억 원에 달할 것으로 회사 측은 전망하고 있다.

(7) 수식어를 연달아 늘어놓는다

이 또한 문장을 길게 쓰는 데서 생기는 오류이다. 분량을 늘려야 한다는 무의식적 욕망이 작용한 탓도 있을 것이다. 그러나 꾸며주는 말(수식어)이 많으면 문장이 늘어진다. 또 무엇을 꾸며주는지 잘 모르게 된다. 자연히 읽기에도 불편하다. 두 개 이상의 관형어를 꼭 써야 한다면 쉼표를 이용해서 뜻을 분명히 해 주거나, 따로 떼어서 별도의 문장을 만드는 것이 좋다.

제품 매뉴얼 개발자는 <u>제품의 사용에 필요한 적절한 방법</u>이나 사용 중의 위험을 충분히 인지하고 예견할 수 있는 또는 합리적으로 생각할 수 있는 오용의 위험에 관해서도 충분히 검토해야 한다.

밑줄에서 알 수 있는 것처럼 위 문장은 관형어를 연달아 사용했다. 문장이 늘어지고 조악해 보인다. 언뜻 보아 무슨 말을 하려는지 의미 전달도 안 된다. 일단 의미 파악부터 해 보자. 위 문장대로라면 제품 매뉴얼 개발자가 해야 할 일은 세 가지이다.

① 제품 사용에 필요한 적절한 방법의 인지

② 사용 중의 위험을 충분히 인지

③ 예견할 수 있는 또는 합리적으로 생각할 수 있는 오용의 위험에 관해서도 충분히 검토

①에서 나열된 수식어는 용인될 만하다. 그러나 굳이 거슬린다면 아래와 같이 바꿔 쓸 수 있다. ②에서 '위험'은 인지보다는 '감지'나 '예견'이 적절하다. 이는 앞서 살펴본 대로, 대등한 연결을 하지 않아서 발생한 오류이다. ③의 경우는 이상하기 짝이 없다. '예견'과 '합리적으로 생각하는 것'이 왜 따로 구분되어야 하는지 모르겠다. 전자는 후자에 포함된다. 그리고 이 둘은 다시 '검토'에 포함된다. 의미가 과도하게 중복되었다. 따라서 다음과 같이 바꾸어 다시 써 보자.

① 제품을 편리하게 사용할 수 있는 방법의 인지

② 제품 사용 중 일어날지도 모르는 위험의 예견

③ 제품 오용 시 발생할 수 있는 위험의 검토

> ❖ 제품 매뉴얼 개발자는 다음 세 가지 사항을 고려해야 한다. ① 소비자가 제품을 편리하게 사용할 수 있는 방법을 충분히 알아야 하고, ② 제품 사용에 따른 위험을 종합적으로 예견해야 하며, ③ 제품 오용 시 발생할지도 모르는 위험을 적극 검토해야 한다.

(8) 수식어의 위치를 잘 모른다

이공계 학생은 대체로 문학적 표현에 서투르다. 또한 학문의 특성상 수식어를 많이 쓰지 않는다. 그러다 보니 수식어 사용에 서투를 수밖에 없다. 앞에서 살핀 것처럼 수식어를 연달아 나열하는 것도 문제이지만 수식어의 위치를 제대로 모르는 것도 문제이다. 특히 부사 사용에 취약하다.

> 점박이송사리는 자연 상태에서뿐 아니라 인공 사육 때에도 매우 생리적 저항성이 강하다.

꾸미는 말은 꾸밈을 받는 말 바로 앞에 오는 게 효과적이다. 부사는 대체로 동사·형용사를 꾸민다. 따라서 부사 "매우"는 형용사인 "강하다" 바로 앞에 와야 한다.

독특한 아이디어와 우수한 기술력을 인정받은 41개 출품작이 오는 27일 열리는 시상식에서 <u>중기청, 특허청 등 산업기술 육성에 뜻을 함께하는 정부 유관기관장 및 지자체장</u>으로부터 수상의 영예를 안는다.

수식어가 여러 가지로 꼬인 문장이다. 의미 단위에 따라 밑줄 부분을 다음과 같이 묶어 보자.

① (중기청, 특허청 등) <u>산업기술 육성에 뜻을 함께하는 정부 유관기관장 및 지자체장</u>
② (산업기술 육성에 뜻을 함께하는) 중기청, 특허청 등 정부 유관기관장 및 지자체장
③ (중기청, 특허청 등 산업기술 육성에 뜻을 함께하는 정부 유관기관장) 및 (지자체장)

①의 의미라면 대등한 연결은 맞지만 괄호 안에 중소기업청장 등 기관장과 서울특별시장 등 지방자치단체장을 함께 밝혀주어야 한다. ②의 뜻이라면 수식어의 위치를 바꾸어야 한다. 대등한 연결도 문제이다. ③번 역시 대등한 연결에 어긋난다. 위 문장을 다음과 같이 고쳐 보자.

❑ (독특한 아이디어와 우수한 기술력을 인정받은 41개 출품작에 대한) 시상식은 오는 27일 중소기업청에서 열리며, 이 자리에는 (산업기술 육성에 뜻을 함께하는) 중소기업청장, 특허청장, 서울특별시장, 경기도지사 등 (정부기관장 및 지방자치 단체장)이 참석한다.

그러나 괄호 안의 내용은 다른 문장으로 처리하거나 차라리 없애는 게 더 좋다. 그다지 중요한 정보가 아니기 때문이다.

> ● 시상식은 오는 27일 중소기업청에서 열리며, 이 자리에는 중소기업청장, 특허청장, 서울특별시장, 경기도지사 등이 참석한다.

(9) 조사를 잘못 사용한다

국어는 조사를 어떻게 사용하느냐에 따라 의미가 달라진다. 따라서 조사 사용에도 신중을 기해야 한다.

> 이러한 디스플레이 소자의 대형화 추세로 인해 고화질 디스플레이의 연구 개발의 필요성이 부각되었다.

연구의 배경을 서술한 부분인데 조사 '의'가 반복해서 사용됨으로써 어색한 문장이 되었다. 어휘 사용도 부적절하다.

> ● 이처럼 디스플레이 소자가 대형화됨으로써 고화질 디스플레이에 대한 연구 개발이 필요해졌다.

(10) 문장 부호를 적절히 이용할 줄 모른다

국어의 어문 규정을 보면 문장 부호의 사용법이 종류별로 자세히 나와 있다. 여기에서는 학생들이 주로 잘못 사용하는 쉼표(,)에 대해서만 언급한다. 우리 말은 쉼표를 어디에 찍느냐에 따라 의미가 달라지며, 문장의 호흡도 구분된다.

> 이때 한 용감한 시민이 소리를 지르면서 도망가는 범인을 뒤쫓기 시작했다.

> ① 이때 한 용감한 시민이, 소리를 지르면서 도망가는 범인을 뒤쫓기 시작했다.
> ② 이때 한 용감한 시민이 소리를 지르면서, 도망가는 범인을 뒤쫓기 시작했다.

쉼표에 따라 소리를 지르는 주체가 달라진다. 상식적으로 생각하면 범인이 소리를 지르면서 도망갈 리가 없으므로 ②의 뜻이 맞겠다.

기존의 PMP 사용자들이 주로 영화, 음악 등 멀티미디어 자료를 PC에서 다운로드해 이용하는 용도로 사용했다면, 이번에 출시된 핸드스토리 PMP를 통해서 개인이 선호하는 다양한 웹 콘텐츠를 매일매일 쉽게 업데이트하고, 편리하게 즐길 수 있어 PMP 활용의 폭을 한층 넓혔다는 점에서 의미가 있다.

일반적으로, 세 개 이상의 항목을 대등하게 나열할 때 쉼표를 쓴다. 여기에서는 '영화·음악'처럼 가운뎃점을 쓰는 게 좋다. 후행절의 '하고'에 쓰인 쉼표는 위치 선정이 잘못되었다. 바로 다음에 오는 절인 '즐길 수 있어' 다음에 찍어야 의미 단위로 구분될 수 있으며, 문장의 호흡도 바르게 된다.

(11) 복합적인 문장 오류

학생들에게 문장 훈련을 시켜 보면 한두 개의 명백한 오류는 잘 찾아낸다. 그런데 학생들이 실제로 쓰는 문장은 뭐라고 딱 꼬집어 말할 수 없을 정도로 희한하게 뒤틀려 있는 경우가 많다. 어색하거나 이상한 문장들이 많은 것이다. 다음의 문장이 대표적인 사례이다. 이 문장이 지닌 오류를 차근차근 뜯어보면서 문장을 분석하는 능력을 기르는 한편, 자신의 문장에 대해서도 동일한 잣대를 들이대 보자.

운전자가 터널 내 밝기에 순응된 상태에서 터널을 나와서 다음 터널 <u>입구로의</u> 진입시 선행 터널의 출구로부터 다음 터널 진입 때까지 주행 시간에 따라 연속 터널의 입구 조명 <u>노면휘도는 터널 간 거리에 따라 감소시킬 수 있다.</u>

위 문장은 여러 가지 측면에서 잘못된 문장이다.

① 우선 한 문장에서 '터널'이라는 어휘를 무려 일곱 번이나 썼다.
② '노면휘도'라는 전문용어 사용도 거슬린다. '도로 밝기' 정도로 풀어주면 좋겠다. '순응'이라는 어휘 선택도 부적절해 보인다.
③ '입구로의'에서 조사 사용이 잘못되었다.
④ 문장 구조도 잘못되었다. '따라'가 연속되어 나와 이중의 조건을 만든, 이

상한 문장이 되어버렸다. 같은 구문의 반복이다.

⑤ 쉼표를 사용하지 않아서 그 혼란이 커졌다. 앞에 나오는 '따라'에 쉼표를 찍어주면 의미 혼란이 줄어든다.

⑥ 이 문장은 띄어쓰기를 포함해 모두 124자나 될 정도로 길다. 이처럼 문장을 길게 쓰면 문장에 오류가 생길 가능성이 커진다.

⑦ 가장 큰 문제는 의미가 명확하지 않다는 점이다. 원래 이 문장의 핵심적인 의미는 터널이 연속된 경우 주행 시간에 따라, 터널 사이의 거리에 따라 다음 터널 입구의 조명을 '조절'('감소'가 아니다)해야 한다는 것이다. 그런데 운전자의 주행 속도는 저마다 다르므로 정량화할 수 없다. 굳이 이를 논거에 포함하고 싶다면 '도로의 제한속도에 따라'로 바꾸어주는 게 좋다.

이상의 내용을 반영해서 고쳐 쓰면 다음과 같다. 이처럼 뜻이 잘 들어오는 문장을 만들어 주면 글의 분량이 늘어난다.

> ● 운전자의 안전한 운행을 위해서는, 연속되는 터널의 입구 조명이 터널 간 거리와 도로의 제한속도에 따라 조절되어야 한다. 앞 터널 내부의 밝기에 적응된 운전자의 시력은, 그 터널을 빠져나와 다음 터널로 진입하기까지 걸리는 시간에 따라 자기조절 정도가 다르기 때문이다. 터널 간 거리가 짧으면 다음 터널 입구의 노면 밝기를 낮춰야 하며, 거리가 길면 다음 터널의 입구 조도를 높여야 한다.

3) 문장 작성의 기본 원칙

(1) 적절한 어휘를 사용해야 한다

⑩ 통행에 큰 불편을 드려 대단히 죄송합니다.

　☞ 통행에 큰 불편을 끼쳐 대단히 죄송합니다.

⑩ 누군가의 발자국 소리가 들리는 것 같아서 창밖을 내다보니 반갑게도 가을비가 내리고 있었다.

　☞ 누군가의 발(걸음) 소리가 들리는 것 같아서 창밖을 내다보니 반갑게도 가을비가 내리고 있었다. (발자국이 소리를 낼 수는 없다)

예 나는 기타 연습에 너무 열중한 나머지 손가락에 군살이 박히는 것도 몰랐다.
☞ 나는 기타 연습에 지나치게 열중한 나머지 손가락에 굳은살이 박이는 것도 몰랐다.

(2) 주어와 서술어가 호응해야 한다

예 나와 내 동료들이 생각하기에 우리가 여기저기서 채취한 식물들이 루게릭병의 치료제 역할을 할 것이라고 믿고 있다.
☞ 나와 내 동료들은 우리가 여기저기서 채취한 식물들이 루게릭병의 치료제 역할을 할 것이라고 믿고 있다.

예 생선의 신선도는 눈보다 아가미를 보고 고르는 것이 요령이다.
☞ 생선의 신선도는 눈보다 아가미를 보고 판단해야 한다.
☞ 신선한 생선은 눈보다 아가미를 보고 고르는 것이 요령이다.

(3) 주어나 서술어, 목적어를 부당하게 생략해서는 안 된다

예 우리가 한글과 세계의 여러 문자를 비교해 볼 때, 매우 조직적이며 과학적이고 독창적인 문자라고 하는 사실은 널리 알려져 있다.(주어가 부당하게 생략된 경우)
☞ 우리가 한글과 세계의 여러 문자를 비교해 볼 때, 한글이 매우 조직적이며 과학적이고 독창적인 문자라고 하는 사실은 널리 알려져 있다.

예 물질과 편의는 인간 생활의 행복을 증진하기 위한 수단에 불과한데도 사회 전체가 맹목적으로 추구하게 되었다.(목적어가 부당하게 생략된 경우)
☞ 물질과 편의는 인간 생활의 행복을 증진하기 위한 수단에 불과한데도 사회 전체가 그것을 맹목적으로 추구하게 되었다.

예 주목할 사실은, 사람들은 자기의 이기심이 자기 자신을 해치고 있다는 것을 모른다.(서술어가 부당하게 생략된 경우)
☞ 주목할 사실은, 사람들은 자기의 이기심이 자기 자신을 해치고 있다는 것을 모른다는 것이다.

우리말은 영어와 달리 주어를 생략할 수 있다. '나는', '우리는' 외에도 다음 문장에서 반복되는 동일한 주어는 생략이 가능하다. 그러나 의미가 분명한 문장을 구사하기 위해서는 가능한 한 주어를 살려 쓰는 습관을 들이는 게 좋다. 그것이 익숙해지면 주어를 없애고도 의미가 통하는 문장을 구사할 수 있다.

부사어와 서술어의 호응 사례

① 부정어와 호응하는 것

여간, 별로, 일절, 전혀, 조금도, 절대로, 그다지, 결코, 좀처럼 +~아니다, 않다, 없다/~치고 ~것 없다/비단 ~뿐만 아니라/정작 ~면 ~않다(없다)

② 의문 표현과 호응하는 것

설마, 누가, 오죽(이나), 얼마나, 뉘라서, 도대체, 대관절, 어찌, 하물며, 아무려면+~랴?, ~이냐?, ~까?, ㄴ가?

③ 양보적 표현과 호응하는 것

비록 ~ㄹ지라도(~지만, ~더라도)/설령(설사, 설마, 설혹, 가령) ~ㄹ지라도(~고 하더라도, ~다손 치더라도)/하다못해 ~라도 해서

④ 가정적 표현과 호응하는 것

만약(만일, 가령) ~ㄴ다면(~라면)/혹시 ~거든(~면)

⑤ 당위적 표현과 호응하는 것

모름지기, 마땅히, 응당+~해야 한다.

⑥ 기타

왜냐하면 ~때문(까닭)이다, 아무리~해도, 마치 ~같다, 차라리 ~ㄹ지언정(ㄹ망정), 드디어 ~하다, ~를 ~듯이 한다, 부디 ~하여라(하십시오), 실로 ~하다(이다), '에 따르면, ~라고 한다', 바야흐로 ~려 한다, 오직 ~ㄹ 뿐이다/오직 ~만 ~한다, 자칫 ~하기 쉽다.

(4) 조사를 올바르게 사용해야 한다

- 예 오는 4월 17일에는 대강당에서 총장과 학생과의 대화가 열린다.
  - ☞ 오는 4월 17일에는 대강당에서 총장과 학생의 대화가 열린다.

- 예 민수는 장난삼아 거짓말을 했을 뿐인데 철수로부터 흠씬 두들겨 맞았다.
  - ☞ 민수는 장난삼아 거짓말을 했을 뿐인데 철수에게 흠씬 두들겨 맞았다.

- 예 지금부터 공부를 시작한다.
  - ☞ 지금 공부를 시작한다. 지금부터 공부를 한다.(시작된 때는 지금에서 끝나는 것이지, 언제까지나 계속되는 것이 아니다.)

(5) 수식 관계가 명확해야 한다

- 예 바람직한 노인 문제의 극복 방안을 사회 제도적 차원에서 마련해야 한다.
  - ☞ 노인 문제의 바람직한 극복 방안을 사회 제도적 차원에서 마련해야 한다.

(6) 논리 관계가 명확해야 한다

- 예 사이비 종교 집단의 광신적 행태는 개인 문제가 아니라 사회적인 문제이다.
  - ☞ 사이비 종교 집단의 광신적 행태는 개인 문제일 뿐만 아니라 사회적인 문제이기도 하다.

(7) 단어 · 구 · 절을 대등하게 연결해야 한다

- 예 어머니는 독서를 좋아하고, 아버지의 취미는 바둑이다.
  - ☞ 어머니는 독서를 좋아하고, 아버지는 바둑을 좋아한다.
  - ☞ 어머니의 취미는 독서이고, 아버지의 취미는 바둑이다.

- 예 기재 사항의 정정 또는 취급자의 날인이 없으면 무효입니다.
  - ☞ 기재 사항의 정정이 있거나 취급자의 날인이 없으면 무효입니다.

연결어 사례

1. 이유나 원인을 나타내는 연결어: 왜냐하면 ∼, ∼ 때문에, ∼기에, ∼므로, ∼라는 점에서, ∼라는 까닭(이유)으로, ∼의 근거(사실)에 비추어 볼 때, ∼라는 사실로 인하여, ∼하면 등

2. 결론을 나타내는 연결어: 그러므로 ∼, 따라서 ∼, 이렇게 볼 때 ∼, 앞에서 살펴본 바에 따르면 결국 ∼, 결론적으로 ∼, 결과적으로 ∼ 등

3. 등가성을 나타내는 연결어: 즉, 곧, 다시 말해서, 그 말은 결국 ∼, 바꾸어 말하면 ∼, ∼와 마찬가지로, ∼와 같이, ∼처럼 등

4. 요약을 나타내는 연결어: 요컨대, 요약해서 말하자면(요약하자면), 앞에서 살펴본 바와 같이, 단적으로 말해서, 한마디로 말하자면

5. 목적을 나타내는 연결어: ∼하기 위하여, 그것을 위하여, 이러한 목적(취지)에서, ∼하려면(그러려면), 이 같은 시각에서 등

6. 예시를 나타내는 연결어: 예컨대, 예를 들면, 예를 들어, 이를테면, 가령 등

7. 관련성이나 동시성을 나타내는 연결어: 그와 관련하여, 그 점을 감안(고려)하여/(∼인) 동시에, ∼와 함께 ∼도 등

8. 나열이나 첨가를 나타내는 연결어: 첫째(먼저)∼, 둘째(다음으로) ∼, 셋째(그리고) ∼/∼뿐만 아니라 ∼도, ∼하고 아울러 ∼도, 게다가, 또한 등

9. 선택을 나타내는 연결어: ∼이나(하거나) ∼, ∼ 또는 ∼ 등

10. 대립을 나타내는 연결어: 그러나, 그렇지만, 하지만, 반면에, 반대로, 거꾸로, 역으로, 이와 달리, 한편 등

11. 양보를 나타내는 연결어: ∼라 할지라도(하더라도), ∼이기는 하지만, ∼이지만, 어느 경우든 등

12. 제한을 나타내는 연결어: 적어도, 최소한, ∼인 한, 다만, ∼한다면 등

13. 비교나 대조, 유추를 나타내는 연결어: 'A와 B는 다 같이 ∼인 점에서 같다(동일하다).', 'A와 B의 공통점은 ∼하다는 것(사실)이다.' / A는 ∼하고, B는 ∼하다는 점에서 서로(완전히) 다르다(구별된다).'/ '만약 ∼한다면, 그것은 ∼과 같다.', '이런 의미(점)에서 ∼A는 B와 같은 구실을 한다.' 등

⑻ 가능하면 능동형으로 표현하고, 피동을 사용할 때는 이중피동을 삼가야 한다

　例 이 문제는 끝내 해결되어지지 않았다.
　　☞ 이 문제는 끝내 해결되지 않았다.

　例 이번 사건은 많은 사람의 관심을 끌 것으로 보여집니다.
　　☞ 이번 사건은 많은 사람의 관심을 끌 것으로 보입니다.

⑼ 문장 부호가 정확해야 한다

　例 소크라테스는 '악법도 법이다'라고 말했다.
　　☞ 소크라테스는 "악법도 법이다"라고 말했다.
　　　* 직접 인용은 큰따옴표, 강조는 작은따옴표를 붙인다.

　例 최근 나는 「오늘의 세계적 가치」를 읽었으며, 바벨이란 영화를 보았다.
　　☞ 최근 나는 『오늘의 세계적 가치』를 읽었으며, '바벨'이란 영화를 보았다.
　　　* 일반적으로 본문 안에 표시된 단행본 책에는 겹낫표(『』)를, 논문에는 낫표(「」)나 큰따옴표("")를 붙인다. 또 신문 기사나 칼럼, 인터넷 웹 사이트에 게시된 글에는 큰따옴표 ("")를 붙이고, 책 이외의 예술 작품, 영화 등의 제목에는 작은따옴표를 달아서 그것이 제목임을 표시해 준다. 또 서양의 구미어 책(원서)일 경우 책 제목을 이탤릭체로 표시한다.

〈연습 문제〉

다음은 여러 가지로 잘못된 문장이다. 문제점을 지적하고 바르게 고쳐 보자.
- 이번 기술대회에는 시민가요제, 마임공연 등 다채로운 프로그램과 볼거리를 마련함으로써 산업기술에 익숙지 않은 지역 일반주민들의 참여를 적극 유도하기 위해서이다.

- 높이가 1.5m에 달하는 낙엽관목으로서 꽃은 대개 꽃자루가 짧고 잎겨드랑이에 달리며 꽃부리는 깔때기 모양으로 엷은 황백색이며 여름에 피고, 열매는 타원형으로 7~8월에 자흑색으로 익고 백분으로 덮이며 식용이 가능하다.

- 시화·반월공단의 대기환경 개선을 위해 기금을 출연 받아 운영하는 「악취 및 대기오염물질 배출업체 시설개선 지원 사업」이 자금사정이 취약한 공해배출 업체들에게 큰 호응을 얻으며 지역 대기환경 개선의 견인차 역할을 톡톡히 해내고 있다.

- 박홍근 대표는 "일본이 선점한 알루미늄섬유 부직포 제조기술을 보다 향상시켜 국산화에 성공했다는 점에 큰 의미가 있다"며 이번 기술 개발의 의의를 밝혔다.

3. 한글맞춤법은 기본이다

1) 한글맞춤법은 어렵다

우리는 처음 한글을 배울 때부터 맞춤법과 인연을 맺게 된다. 대학생이라면 벌써 10년을 넘게 한글맞춤법을 알게 모르게 공부한 셈이다. 그런데도 여전히 한글맞춤법이 어렵다. 그냥 소리 나는 대로 적으면 쉬울 텐데 복잡하게 규칙을 마련하고 어렵게 적는다. 그러다 보니 외울 내용이 너무나도 많고 적용할 때도 까다롭다. 혹 여러분이 이런 생각을 해본 적이 있다면, 그것은 틀린 생각이 아니다. 실제로 한글맞춤법은 까다롭고 복잡하기 때문이다.

그렇다면 왜 이런 문제가 생길까? 이것은 우선 문자가 가진 태생적 한계와 관계가 있다. 이러한 문자로 인간의 언어를 적는 방법이 맞춤법이다. 인간의 언어는 문자보다 훨씬 다양하고 복잡한데 제한된 수의 문자로 복잡한 인간의 음성을 읽기 쉽게 만들어 주어야 하므로 맞춤법은 한계를 지닐 수밖에 없다. 그렇다고 해서 단순히 소리 나는 대로 적기 위해서 문자를 더 만들면 문자가 생기는 것만큼 더 복잡해질 수밖에 없다.

그리고 문자는 보수적이라는 점도 맞춤법 습득의 어려움에 한몫을 한다. 소리가 변해도 맞춤법은 대체로 이 변화를 따라가지 못한다. 변한 소리에 맞춤법이 따르기도 하고 따르지 않기도 하면서 다양한 표기 층위가 뒤섞인다. 이러다 보니 시간이 지나면 맞춤법은 더욱 복잡해진다. 예컨대 영어에서 'knight'의 'k'는 묵음이 된 지 오래되었지만 맞춤법은 보수적이라 아직도 변하지 않았다. 이처럼 표기법은 음성이 변해도 그냥 놔두는 경우가 많으니 시간이 지날수록 표기법은 복잡해진다.

이런 게 마음에 안 들어서 오늘 소리가 변했다고 내일 바로 표기법을 바꾸면 어떻게 될까? 이것도 큰 문제가 될 수 있다. 표기법이 언어의 변화에 따라 하루에 한 번씩 바뀐다면, 우리는 이러한 사항을 매일 체크해야 할 것인데, 어느 누구도 이러한 상황을 바라지 않을 것이다. 심지어는 맞춤법이 소리의 변화를 따르지 못한다고 해서 나쁘기만 한 것도 아니다. 우리는 'night'와 'knight'를 다르게 표기하기 때문에, 발음만 들었을 때는 이 둘의 차이를 알아듣지 못해도 표기한 것을 보았을 때는 둘의 차이를 금방 알 수 있다. 따라서 맞춤법이 소리의 변화를 따라 시시각각 변할 필요는 없다.

더욱이 한글맞춤법은 전 세계의 표기법 중에서도 어려운 편에 속한다. 언어학자인 헨리 로저스의 설명에 따르면 한글은 영어와 더불어 매우 어려운 표기법을 가지고 있다. 자세한 설명은 줄이겠지만, 한글이 어려운 표기법을 갖게 된 것은 음절 단위로 모아 쓰고 형태를 밝혀 적는 데도 그 이유가 있다.

그러므로 한글맞춤법이 어렵다고 해서 없애자고 주장할 필요도 없다. 한글맞춤법이 없다면 다양한 표기법이 생길 것이고 독자의 입장에서는 읽는 데 불편함이 커질 것이기 때문이다. 게다가 사실 따지고 보면 맞춤법이 어렵다는 것은 쓰는 쪽의 입장에 기울어진 의견이다. 문자의 목적은 쓰기보다는 오히려 읽기에 우선성이 있다. 우리의 문자 생활을 살펴보면 쓰기보다 읽기의 비중이 훨씬 더 높다. 하루 동안 책이며 신문이며 잡지며 읽는 것은 몇 만 자씩 쉽게 읽지만 쓰는 것은 몇 자 되지 않아 읽는 것의 100분의 1도 안 되기 십상이다. 그러므로 문자와 문자의 운용인 표기법은 쓰기보다는 읽기 쉬운 데 초점을 맞추어야 한다. 쓰기에도 쉽고 읽기에도 쉽다면 물론 그 방식이 가장 좋을 것이다. 그런데 어느 한쪽을 살리면 다른 한쪽이 희생되는 상황이라면 당연히 읽는 쪽에 비중을 두어야 한다. 한글맞춤법은 여기에 맞추어 읽는 쪽에 비중을 두고 만들어졌다. 그래서 한글맞춤법이 어려운 것이다.

혹시 알고 보면 한글맞춤법이 쉽다는 말을 기대했던 학생에게는 실망스러운 정보일지 모르겠다. 상황이 이러하므로 우리는 편법을 기대하지 말고 평소에도 한글맞춤법 공부를 게을리하지 말고 사전을 항상 옆에 두고 글을 쓰는 습관을 들여야 할 것이다.

2) '금새'가 맞을까, '금세'가 맞을까

아마도 많은 학생이 '금새'를 골랐을 것이다. 하지만 '금세'가 맞다. '금새'를 답으로 고른 사람들의 대부분은 이를 '금사이'의 준말이라고 여긴다. 하지만 국어사전에 '금사이'라는 낱말은 없다. '금세'는 '금시(今時)에'의 준말이다.

우리말에는 이와 같이 우리가 잘못 알고 있는 것들이 많다. 다음 문제를 풀어 보면서 자신의 우리말 실력이 어느 정도인지를 스스로 판단해 보자.

* 어법에 맞는 표기를 골라 보라.

거친/거칠은
구레나루/구레나룻/구렛나루
굽신거리다/굽실거리다
기부스/기브스/깁스
깊숙이/깊숙히
깊이/깊히
끼어들기/끼여들기
남녀/남여, 회계년도/회계연도
나노라하는/내노라하는/내로라하는
널따란/넙다란/넓다란

넝굴/넝쿨, 덩굴/덩쿨

높여/높혀, 눈 덮인/덮힌

대가/댓가, 초점/촛점, 허점/헛점, 이점/잇점, 전세방/전셋방, 뒤풀이/뒷풀이

된장찌개/된장찌게

떼려야/뗄래야/뗄려야

라면이 붇다/불다/붓다, 살림이 붇다/불다/붓다

먹으려고/먹을려고

무/무우

미라/미이라

미소를 띠고/미소를 띄고

바디/보디

부페/뷔페

비스캣/비스켓/비스킷

삼가주세요/삼가해주세요

샌달/샌들

생각건대/생각컨대/생각컨데, 예컨대/예컨데

서투른/서툰

센타/센터

설레임/설렘

수캐/숫개, 수놈/숫놈, 수양/숫양, 수나사/숫나사, 수염소/숫염소

수퍼마켓/슈퍼마켓, 수퍼맨/슈퍼맨

아닐는지/아닐른지/아닐런지

악세사리/악세서리/액세서리

안되/안돼

알맞는/알맞은

알코올/알콜

예부터/옛부터, 예스럽다/옛스럽다

오랜동안/오랫동안

오랜만에/오랫만에

오손도손/오순도순

오십시오/오십시요

왠만큼/웬만큼, 왠일이니/웬일이니, 왠지/웬지

으레/으례

장난기/장난끼

정안수/정한수/정화수

주스/쥬스

주야장창/주야장천/주야장철/주구장창

짜깁기/짜집기

청소할게요/청소할께요

취업률/취업율

커닝/컨닝

텔레비전/텔레비젼

푸껫/푸켓/풋켓

풍비박산/풍지박산/풍지박살

플랑카드/플래카드/플랭카드

하마터면/하마트면

했대요/했데요

허섭스레기/허섭쓰레기/허접스레기/허접쓰레기

모두 76문제이다. 과연 몇 문제를 맞히었을 것 같은가? 이 중에서 표기법을 확실히 알고 있는 것이 과연 몇 개나 되는가? 이 책에 해답은 없다. 국립국어원 홈페이지(www.korean.go.kr)에 접속, '표준국어대사전'에서 검색하면 정답을 알 수 있다. 워드프로세서 프로그램을 띄워 직접 입력해도 상당수 문제의 답을 알 수 있다. 낱말에 빨간 밑줄이 그어진 것이 틀린 표기이다(이 방법이 더 빠르지만 10문제는 확인이 불가능하므로, 국립국어원 사이트를 이용해야 한다). 다만, 맨 끝에서 둘째 문제는 둘 다 맞는 표현이다. 앞엣것은 내가 알고 있는 사실을 일러바칠 때, 뒤엣것은 과거에 직접 경험하여 알게 된 사실을 현재의 말하는 장면에 그대로 옮겨 와서 전달할 때 쓰는 표현이다. 이 차이를 알고 있으면 맞는 것으로 처리하면 된다.

정도의 차이가 있겠지만, 아마도 60개 이상을 맞춘 학생이 드물 것이다. 60개를 맞췄다고 해도 80점이 채 못 된다. 또 답을 맞힌 것 중에는 운 좋게 '찍은' 것도 많을 것이다. 어쨌거나 채점 결과는 예상외로 좋지 않을 것이라 짐작된다. 여기에다 띄어쓰기 문제까지 포함하면 그 정도는 더욱 심각해진다.

하지만 이 테스트의 본래 목적은 우리말 실력을 평가하자는 데 있지 않다. 원래 목적은 우리가 한글을 모국어로 쓰고 있음에도 불구하고 잘 모르고 있는 것이 의외로 많다는 사실을 깨닫게 하는 데 있다. 그뿐만 아니라 한글의 쓰임새가 다양하고 또 복잡하다는 사실을 알려주는 데 있다. 다양하고 복잡한 만큼 우리가 맞게 쓴다고 알고 있는 어떤 표현이 틀릴 수도 있다는 점을 깨달아야 할 것이다.

그렇다면 어떻게 해야 할까. 가장 좋은 것은 규정을 외우고 익히는 것이다. 그러나 더 시급한 것은 우리말에는 수많은 규칙이 존재한다는 사실을 기억하는 것이다. 내가 잘 모르는 법칙들이 있다는 사실을 알면 글을 쓸 때 함부로 쓰지 않는다. 혹시 잘못 쓰고 있는 것은 아닐까 한 번쯤 의심해 보는, 글쓰기에 대한 자의식을 갖게 된다. 글쓰기는 자의식을 갖는 그 순간부터 비약적으로 늘기 시작한다. 한글맞춤법 실력은 암기 과목을 외우듯 해서는 결코 늘지 않는다. 규정을 외워서 알고 있다고 하더라도 실제의 글쓰기에서는 이를 적용하지 못하는 경우를 많이 보았다. 하나의 사례만 들어보자. 위에 나온 문제 중에 사이시옷 규정이 있다. 그중 하나는 두 음절로 된 몇몇 한자어 외에는 사이시옷을 받쳐 적지 않는다는 규정이다. 그런데 학생들은 해당 낱말이 한자어인지 순우리말인지 몰라서 사이시옷을 적어야 하는지 말아야 하는지를 알지 못한다. 많은 사람이 '양말'을 서양 버선(洋襪)이라는 뜻의 한자어가 아니라 순우리말로 알고 있는 것처럼 말이다. 현행 맞춤법에는 순우리말이냐 한자어냐에 따라 표기가 달라지는 것들이 많은데 한자를 잘 모르는 요즘 세대들은 그 부분에 취약할 수밖에 없다.

따라서 책을 읽을 때나 글을 쓸 때, 모르는 단어는 물론 확실하지 않은 어휘 표현이나 띄어쓰기 등이 나오면 무조건 사전을 찾아보는 습관이 중요하다. 학생 대부분이 국어사전을 영어사전의 10분의 1, 아니 20분의 1도 활용하지 않는다.

요즘은 대부분 PC로 작업하기 때문에 인터넷 사전 활용이 매우 용이하다. 이때 포털 사이트의 사전보다는 가능한 한 앞서 언급한 국립국어원 사이트를 즐겨찾기 해두고 열어보면 풍부한 용례를 확인할 수 있다.

3) 한글맞춤법을 틀리지 않는 요령

- 인터넷 사전을 자주 활용하라. 일반적인 포털 사이트보다 국립국어원 홈페이지(www.korean.go.kr)를 방문할 것을 적극 권유한다. 거기서 '표준국어대사전 찾기'를 이용해보자. 가장 정확하고 풍부한 용례를 찾을 수 있다.
- 게시판에 직접 쓰지 말고 한글 프로그램을 띄워놓고 써라. 맞춤법과 띄어쓰기의 90%가량은 바로잡을 수 있다.
- 적절한 어휘가 떠오르지 않는 것은 독서량 부족이 절대적이다. 다독으로 풍부한 어휘력을 갖추어야 하고, 전공 분야 자료를 많이 읽어서 전문적인 개념어에 익숙해져야 한다. 당장 급할 때는 필요로 하는 어휘의 주변 문장을 키워드로 넣어 검색하면 도움을 받을 수 있다.
- 우리말의 70% 정도가 한자어이다. 한자어에 능해야 자유로운 어휘 구사가 가능하다. 학교에 개설되어 있는 한자 관련 과목을 반드시 이수하라.

4. 글은 고칠수록 좋아진다

1) 빨리 쓰고 천천히 수정하라

글쓰기 과정에서 가장 중요한 것을 들자면, 자료 수집과 글의 수정이다. 자료 수집이 글을 쓰기 위한 기초적인 작업이라면, 글의 수정은 실제의 글쓰기에서 가장 본격적인 작업에 해당한다. 맨 처음 쓰는 글(초고)은 알고 있는 지식이나 경험, 기타 자료들을 구성하고 배열하는 작업에 불과하다. 본격적인 글쓰기는 초고를 끊임없이 수정해 나가는 과정이라 할 수 있다. 그런데 학생들은 이 사실을 잘 모르거나 알게 되더라도 실천하지 않는다. 여간해서 글의 수정에 정성을 들이지 않는 것이다. 대략 다음과 같은 이유가 있을 것이다.

■ 학생들이 글을 안(못) 고치는 이유

• 수정의 중요성을 잘 모른다; 한 번 쓰면 끝이라고 생각한다.
• 글을 수정할 시간이 없다; 마감시간에 쫓겨 제출하기도 바쁜데 수정할 시간이 어딨어?
• 수정하기가 짜증 나고 귀찮다; 글을 쓰는 것만도 엄청난 스트레스다.
• 강제로라도 수정해 볼 기회가 없다; 첨삭 교육을 제대로 받아본 적이 없다.
• 수정에 대한 동기 부여가 약하다; 수정해도 글이 좋아진다는 믿음이 없다.

이 중에서 '시간 없음'이 가장 큰 원인이다. 대개는 제출 마감을 하루나 이틀 앞두고 컴퓨터에 앉아 무엇을 쓸 것인지 고민한다. 그러니 사실 글을 완성하기에도 바쁘다. 수정은 엄두도 못 낸다. 글을 쓴다는 데 대한 부담과 스트레스도 커서 얼른 끝내놓고 게임에 몰두한다. 그러면서 스트레스를 푼다.

그러나 수정하지 않으면 절대로 글이 좋아지지 않는다. 글이 좋고 나쁜 것은 글을 다듬는 데 쏟는 시간과 정성에 비례한다. 고치면 고칠수록 글은 좋아진다. 이는 학생들 스스로 글쓰기 프로그램을 통해 실제로 느끼고 고백하는 바이기도 하다. 수정의 과정을 통해 자기 글쓰기의 문제점을 구체적으로 인식하고 이를 고쳐 나감으로써 더 나은 글을 쓸 수 있는 까닭이다.

그렇다면 수정은 어떻게 해야 할까? 글을 쓰는 스타일에 따라 조금씩 다르다. 일반적으로 글을 쓰는 스타일은 크게 두 가지로 나눌 수 있다.

■ 글쓰기의 두 가지 스타일

1) 초고를 공들여 쓰고 수정을 쉽게 끝낸다.
2) 초고를 대충대충 쓰고 수정을 꼼꼼히 한다.

두 가지 방식 중 어느 것이 절대적으로 옳다고 말할 수는 없다. 하지만 수정을 중시한다는 면에서는 둘 다 동일하다. 1)번의 경우가 써 나가면서 계속 수정하는 스타일이라면 2)번은 다 써놓고 수정하는 스타일이다.

글쓰기에 익숙지 않고 별다른 습관이 배지 않은 사람이라면 2)번의 스타일을 적극 권한다. 1)의 스타일로 쓰려면 글쓰기 과정 자체가 몹시 힘들어 쉽게 지치게 된다. 진도도 느려서 마음이 급하고 답답해진다. 그만큼 시간이 오래 걸리는 유형이다. 잘 써보겠다던 애초의 각오가 차츰 희미해지면서 마지막에 가서는 대충 타협하게 되고, 표절의 유혹을 강하게 느낀다. 끝마무리가 시원찮아 용두사미의 꼴을 면하기 어렵다. 중간에 새로운 자료가 나오면 글의 방향이 급선회하게 되어 글의 목적이 흐려지기도 한다. 반면에 2)번의 경우는 크게 욕심내지 않기에 초고를 빨리 쓸 수 있다. 자료가 부족하면 부족한 대로 놔두고 건너뛴다. 맞춤법이나 어휘, 문장 등에 구애받을 필요가 없어서 자연스럽게 흘러간다. 그래서 처음 의도했던 글의 목적이 끝까지 유지된다. 또 초고를 다 써 놓았기 때문에 글 전체를 조망할 수 있는 시선을 확보할 수 있다. 이러한 조망권은 글에 휘둘리지 않고 오히려 글을 장악해 나갈 수 있어서 더욱 좋다. 이것이 글을 쓸 때 빨리 시작하고 천천히 수정하라는 주된 이유이다.

2) 글을 수정하는 요령

결국 글쓰기는 끊임없는 다시 쓰기의 과정이다. 심지어 결론을 다 쓴 다음에 서론을 새롭게 고쳐 쓰기도 한다. 글의 수정에 들이는 정성이 소홀해서는 결코 좋은 글을 쓸 수 없다.

■ 글을 수정하는 원칙

- 남의 글을 보듯이 냉정하고 객관적인 시각을 가져야 한다.
- 전체에서 부분으로 나아간다.
- 형식에서 내용으로 나아간다.
- 필자 수준에서 독자 수준으로 나아간다.
- 글을 쓰는 데 1시간 걸렸다면 수정에 적어도 3시간은 들여야 한다.
- 버릴 줄 알아야 좋은 글을 쓸 수 있다.
- 반드시 소리 내어 읽으면서 수정한다.

글을 고칠 때에는 무엇보다 객관적인 시각을 가져야 한다. 남의 글을 보듯 냉정하게 평가해야 잘못된 점이 제대로 보인다. 그런데 대부분은 그렇지 못하다. 자기 글에 빠져 있어서 거리 유지가 힘들어 잘못된 점이 잘 보이지 않는 것이다. 객관적인 시각을 확보하려면 글을 다 쓴 후 일정한 시간이 지나야 한다. 시간이 정 없다면 가볍게 산책을 하든가 게임이라도 한판 하고 다시 검토하는 게 좋다.

전체적인 틀을 먼저 살피고 세부적인 항목으로 들어간다. 대개는 지엽적이고 부분적인 내용에 빠져서 전체의 틀을 보지 못하는 경향이 짙다.

형식을 먼저 검토하고 내용은 나중에 보완한다. 이 원칙은 특히 저학년일수록 특별히 명심해야 한다. 대부분의 리포트 평가자는 형식적인 면을 먼저 살핀다는 점을 잊어서는 안 된다. 일반적으로 저학년에게는 대단한 내용을 요구하지 않는다. 학습량의 점검이 목적인 경우에는 말할 것도 없다.

글을 수정할 때에는 항상 담당교수 입장에서 검토하는 게 원칙이다. 리포트 작성의 제1원칙이 '교수의 취향에 맞추는 것'임을 잊지 말자. 이 원칙은 글을 처음 시작하는 기획 단계에서부터 수정에 이르기까지 줄곧 견지해야 할 사항이다. 글은 언제나 독자를 위한 것이다. 자신은 'A'라고 생각했는데 평가가 'C'로 나왔다면 그 글은 'C'일 수밖에 없다. 첫 강의 시간에 나눠주는 '강의계획서'의 리포트 제출 요령이나 이에 대한 설명은 반드시 숙지하고 리포트 작성에 적극 반영해야 한다.

앞에서 빨리 시작하고 천천히 수정하라는 말을 한 적이 있다. 수정에 들이는 시간은 '적어도 쓰기의 3배'라는 원칙을 반드시 기억하자. 그러기 위해서라도 초고 작성은 재빨리 끝내야 한다.

초보자들이 겪는 어려움 중의 하나가 자신이 쓴 글을 버리지 못한다는 것이다. 힘들게 자료를 찾아 썼으니 버리기 아까운 것이 인지상정이다. 글쓰기와 관련된 흔한 표현 중에 "뼈를 깎고 피를 흘린다"라는 말이 있는데 이는 공들여 쓴 자신의 글을 버려야 하는 데서 비롯된 고통이기도 하다. 하지만 좋은 글을 쓰려면 잘 버려야 한다. 사실 글쓰기는 버림의 미학이다. 과감해야 한다. 아깝지만 어쩔 수 없다. 전체의 흐름에 도움이 되지 않는다면 주석으로 처리하든지 아니면 아예 빼버려야 한다. 그렇다고 아주 버리는 것은 아니다. 자신만의 '글쓰기

뱅크' 디렉토리를 만들어 거기에다 옮겨 놓으면 나중에 다른 곳에 쓸 기회가 생길 것이다. 그러니 아까워 말고 과감히 버리자.

수정한 후에는 반드시 종이로 프린트해서 한 번 소리 내어 읽어 보는 것이 좋다. 모니터로만 고쳤다가 막상 프린트해서 보면 수정 내용이 반영되지 않은 경우도 있고, 한두 줄이 빠져 있거나 중복되어 있는 경우도 허다하다. 또 소리 내어 읽어 보면 문장의 흐름이나 글의 리듬이 적절한지 부적절한지 쉽게 알 수 있다. 이 과정을 소홀히 여기기 쉽지만 절대로 그렇지 않다. 오히려 매우 중요한 과정이다. 대표 첨삭을 할 때 자기 글을 발표하는 학생이 그 글을 소리 내어 읽으면서 어디가 잘못되었는지 짚어내는 경우가 허다하다. 반드시 소리를 내어 읽어 봐야 한다.

다음은 글 수정의 구체적인 요령이다.

■ 전체적인 구성과 흐름의 검토

• 서론에서 밝힌 글의 목적이 잘 드러났는가?
• 최초의 주제나 의도와 달라진 점은 없는가?
• 주제와 관련해서 오해의 소지는 없는가?
• 글 전체의 흐름이 유기적이고 통일되어 있는가?
• 선택한 구성은 주제를 전달하는 데 효과적인가?
• 글의 앞뒤를 새롭게 배치할 필요는 없는가?
• 두세 항목을 통합하거나 한 항목을 세분화할 것은 없는가?

■ 부분적인 세부 사항 검토

〈제목〉
• 큰제목과 작은제목이 적절한가?
• 전체 제목을 죽 훑어보았을 때 지나치게 무겁고 딱딱한 것 일색이거나, 그 반대로 너무 가볍거나 선정적이지만은 않은가?

이공계 글쓰기 노하우

〈단락〉

- 단락을 구분하고 있는가?
- 단락과 단락의 연결이 자연스러운가?
- 하나의 단락에는 하나의 생각 덩어리가 들어 있는가?(동일한 내용과 논점)
- 자기주장의 논증과 예시는 적절하고 충분한가?
- 앞뒤로 모순되는 주장은 없는가?

〈문장〉

- 문장이 올바로 써졌는가?(비문, 오문, 악문)
- 첫 문장이 매력적인가?
- 지나치게 긴 문장이 없는가?
- 문장의 리듬과 호흡이 적절한가?
- 문장과 문장의 연결이 자연스러운가?
- 불필요한 접속사나 수식어가 없는가?
- 문장 부호는 바르게 사용했는가?

〈어휘〉

- 명백한 오타가 없는가?
- 한글맞춤법과 외래어 표기법에 어긋난 표현은 없는가?
- 이상하거나 어색한 어휘는 없는가?
- 한 단락 내에서 동일하게 반복되고 있는 어휘는 없는가?
- 각 단락의 처음과 끝에 같은 어휘가 반복되고 있지는 않은가?
- 각 문장의 처음과 끝에 같은 어휘가 반복되고 있지는 않은가?
- 숫자, 고유명사, 한자, 외국어는 정확한가?
- 팬시어, 채팅 언어, 은어, 이모티콘, 외계어 등이 사용되지 않았는가?

〈기타〉

- 자료의 인용은 정확한가?
- 주석은 제대로 달았는가?
- 참고문헌 정리가 가나다순, 알파벳순인가?

- 구미어 저자의 성, 이름을 바꾸어 정리했나?
- 주석에 달린 자료만 참고문헌으로 정리했나?
- 도표는 적절하게 활용하고 있는가?

■ 형식적인 부분 검토

- 표제부에 필요한 항목이 표기되었나?
  (과목명, 과제번호, 학과, 학번, 이름, 담당교수명, 제출일 등)
- 글꼴, 글자 크기, 줄 간격, 여백, 들여쓰기(2Space), 양끝 맞추기, 쪽번호는?
- 큰제목과 작은제목을 적절히 강조하고 있는가?(크고 진하고 굵게)
- 직접 인용과 간접 인용이 제대로 처리되었나?
- 주석의 형식을 제대로 갖추었나?
- 참고문헌란을 완성했는가?
- 전체적으로 글의 분량이 적절한가?
- 항목별 배분이 적정한가?
- 시각적으로 깔끔하고 단정하게 편집되었는가?

■ 독자의 입장에서 검토

- 담당교수가 요구하는 형식을 갖추었나?(리포트 제출 요령 등)
- 담당교수가 요구하는 내용을 갖추었나?
- 일반 독자가 이해하기 어려운 어휘나 전문용어는 없는가?
- 자신의 개인적인 이야기를 지나칠 정도로 장황하게 늘어놓지 않았는가?
- 독자가 더 궁금해할 점이 없는가? 있다면 그에 대한 설명은 충분한가?
- 주위의 다른 사람들(선배나 동료)에게 읽혀도 문제점이 발견되지 않는가?

■ 첨삭 원고 수정

- 첨삭된 부분만 고쳐서는 결코 좋은 평가를 받을 수 없다.
- 충분히 수정했다는 인상을 주어야 한다. 부적절한 제목, 단락의 첫 문장을 바꾸어 본다.

- 부분의 수정보다 전체 총평에 주의를 기울여야 한다.
- '일반론', '추상적', '막연함' 등의 논평이 있다면 완전히 개작하거나 구체적인 사례를 충분히 제시해야 한다.
- 평가에 민감하게 반응해서는 안 된다.
- 원고 말미에 별도로 수정하면서 느낀 점을 간략히 밝혀두면 좋다.

수정할 시간을 벌려면

첨삭한 원고를 글쓰기교실에서 찾아가라고 학생들에게 문자를 보내면 절반가량은 하루나 이틀 만에 찾아가지만 나머지는 제출 기한이 임박해서야 찾아간다. 그래서는 수정을 제대로 할 수가 없다. 수정할 시간을 버는 데 필요한 몇 가지 조언을 보탠다.

- 글쓰기는 빨리 시작하는 만큼 이익이다.
- 글쓰기를 미루면서 받는 스트레스를 게임으로 풀지 말라. 악순환이다.
- 글쓰기 과제가 주어지면 그날 당장 자료를 찾아 개요를 작성하라.
- 개요는 엉성해도 좋다. 일단 먼저 쓰고 보라.
- 미리 주어진 과제는 최소한 2주 전에 시작하라.
- 최소한 제출일 이틀 전에는 초고를 완성해야 한다.
- 초고를 쓴 후에는 하루를 쉬었다가 수정에 들어가라. 거리 유지가 관건이다.
- 리포트 일정 관리를 반드시 하라. 개요–초고–수정 계획을 짜라.
- 대학생의 시간 관리를 꼭 익혀 두라. 중요한 것을 먼저 해야 한다.
- 누구나 바쁘고 힘들다. 그럼에도 불구하고 누군가는 그것을 해낸다.

상호 첨삭 점검 사항

학생들은 주로 피교육자 입장에서 첨삭을 받기만 할 뿐 남의 글을 수정해볼 기회가 거의 없다. 그러나 남의 글을 직접 첨삭해봄으로써 잘못된 부분을 타산지석으로 삼을 수 있을 뿐 아니라, 자신의 글을 더 잘 보고 더 잘 고칠 수 있다. 다음은 학생들끼리 상호 첨삭할 때 필요한 점검 사항이다. 물론 이는 자신을 글을 수정하는 데에도 그대로 적용할 수 있다.

1. 전체 구성

1) 도입부

   – 글의 목적이나 의도, 배경 설명이 적절한가?

2) 결론부

   – 내용 요약형인가, 새로운 주장 제시형인가?

3) 본론부: 주장과 근거 제시

   – 논리적이고 합리적이며 타당한가?

   – 적절한 배치가 이루어졌나?

2. 형식

1) 표제부

   – 과목명, 글쓰기 번호, 학과, 학번, 이름, 담당교수명, 제출일이 표기되었나?

2) 글꼴(신명조 · 바탕), 글자 크기(10포인트), 줄 간격(160), 여백주기(좌우 30, 상 20, 하 15), 들여쓰기(2 Space), 양끝맞추기, 쪽번호

   – 제대로 지켰나?

3) 큰제목

   – 달았나?, 적절한가?, 크고 진하게 강조했나?

4) 작은제목(항 · 목 · 절 제목)

   – 달았나?, 적절한가?, 진하게 강조했나?

5) 인용문 처리

   – 직접 인용이 적절한가?

   – 간접 인용이 적절한가?

   – 인용문과 학생의 글이 자연스럽게 연결되었나?

6) 주석 및 참고문헌

   – 주석 달기를 제대로 지켰나?

   – 5개 이상인가?

   – 참고문헌 정리가 가나다순, 알파벳순인가?

   – 구미어 저자의 성, 이름을 바꾸어 정리했나?

   – 주석에 달린 자료만 참고문헌으로 정리했나?

7) 분량

   – 전체적으로 글의 분량이 적절한가?

   – 항목별 배분이 적정한가?

3. 내용

1) 단락

- 단락을 나누었나?
- 부적절한 부분은 없는가?
- 주장과 논거 제시가 타당한가?
- 단락과 단락의 연결이 자연스러운가?

2) 문장

- 첫 문장이 효과적인가?
- 비문, 오문, 악문은 없는가?
  (조사와 어미 사용, 주어와 서술어 호응, 목적어와 서술어 호응, 부사어와 서술어 호응,
  접속의 등가성, 의미중복, 번역 투, 중의성 등)
- 지나치게 긴 문장은 없는가?
- 효과적인 표현을 사용했는가?(구체성, 창의성 포함)
- 문장의 연결이 자연스러운가?

3) 어휘

- 적절한 어휘를 사용했는가?
- 중복된 어휘는 없는가?
- 동일한 주어나 술어, 어구를 사용하지 않았나?
- 한자나 외국어, 숫자를 바르게 표기했나?
- 팬시어를 사용하지 않았나?

4) 문장부호

- 올바른가?
- 이모티콘(그림문자)을 사용하지 않았나?

맞춤법은 배워도 자꾸 잊어버린다. 비슷비슷해서 계속 헷갈리기 때문이다. 잊지 않으려면 글을 많이 써봐야 할 것 같다. 그래서 평소에 글을 쓸 수 있는 기회가 많았으면 좋겠다. 수업을 일주일에 한 시간씩 두 번 하는 것도 한 방법일 것이다. 그래야 맞춤법을 비롯해 글에 대한 관심이 높아지지 않을까.

우리말 띄어쓰기는 참으로 어렵다. 내 생각에 띄어쓰기나 맞춤법은 한 번에 고칠 수 없는 성격을 지녔다. 그래서 글을 쓰는 내내 사전을 뒤져가며 올바로 익히려고 노력했다. 띄어쓰기는 규정을 읽어가며 익혔다. 그 때문인지 몰라도 2차 첨삭본을 받았을 때는 띄어쓰기와 맞춤법에 대한 지적이 1차 첨삭에 비해 확실히 줄어들었다.

글을 읽거나 쓸 때 어휘의 뜻을 모르거나 적절한 어휘가 떠오르지 않아 어려움을 겪었다. 평소 책을 읽을 때 모르는 단어가 나오면 앞뒤 문맥에 맞춰 어림짐작으로 이해하고 넘어가는 습관 때문에 어휘력이 많이 부족한 것 같다. 앞으로는 글을 읽을 때 모르는 단어가 나오면 반드시 사전을 찾아 뜻을 제대로 알고 넘어가도록 해야겠다.

글쓰기에서 가장 크게 지적을 받았던 것은 내용의 긴밀성이다. 평소 홈피에 일기를 쓸 때 그냥 생각나는 대로 썼던 습관이 리포트나 다른 글쓰기를 할 때에도 그대로 나타나는 것 같다. 생각나는 대로 선택한 소재들은 연관성 없이 각각의 단락을 이루기 때문에 글 전체적으로는 통일성과 긴밀성을 잃게 된다. 따라서 주제가 일관된 글을 쓰기 위해서는 떠오르는 소재들을 서로 연관시켜 어떻게 배열하고, 어떤 방향으로 이끌어갈 것인지를 먼저 고민해야 한다.

나는 본격적인 글쓰기 앞에서 쓸 만한 화제를 떠올리며 생각나는 대로 아무렇게나 적어본다. 그러고는 그중 좋은 내용만 골라서 개요를 짜고 심도 있게 단락을 쓰기 시작한다. 그러나 나의 글은 단락과 단락 간의 유기적인 관계가 부족하다. 응집력이 없다. 갑자기 다른 이야기가 튀어나온다. 그 이유는 내가 좋다고 생각되는 내용은 모두 쓰고 싶어서 이리 저리 엮어 놓기 때문이다. 다음 글쓰기에서는 모든 이야기를 쓰려고 하지 말아야겠다. 즉, 포기할 줄 알아야겠다.

인용과 표절

1. 표절하지 말고 인용하라

짜깁기는 대학생들이 애용하는(?) 글쓰기 방식이다. 인터넷에서 이런저런 자료를 내려받아 적당히 짜 맞추어서 마치 자신이 쓴 것처럼 위장한다. 이는 표절이며 명백한 범죄 행위다. 모든 글과 작품에는 지적재산권이 있다. 그런데 남의 글을 허락도 받지 않고 자기 마음대로 가져다 썼으니 타인의 지적재산권을 침해한 것이다. 하지만 요즘 대학생들은 그런 범죄를 서슴지 않고 저지른다. 대학생뿐만이 아니다. 심지어는 드라마 작가, 작사가, 작곡가, 가수, 광고 제작자, 소설가, 시인, 교수도 표절을 하는 경우가 있다. 좋은 표현과 아이디어를 노골적으로, 혹은 은근슬쩍 훔친다.

그런데 대학에서 이루어지는 글쓰기도 상당 부분 남의 글에 의존할 수밖에 없다. 여기저기 남의 글을 끌어다가 쓰는 것이다. 이른바 인용의 글쓰기다. 주어진 제시문만 가지고 자신의 머릿속에서 모든 지식을 끌어내어 빈칸을 채워야 하는 대입논술과는 차원이 다르다. 이른바 인용의 글쓰기다. 인용의 글쓰기를 쉽게 설명하자면, 날실과 씨실로 옷감을 짜듯이 나의 글과 남의 글을 적절히 배치하면서 하나의 글을 짜나가는 것이라고 할 수 있다. 이렇게 말하면 많은 학생들이 '짜깁기'를 쉽게 떠올릴 것이다. 그렇다. 인용의 글쓰기 형태는 엄밀히 말해 짜깁기와 같다고 해도 크게 틀린 말은 아니다. 다만 그 행위 자체가 정당하고 윤리적이라는 점에서, 흔히 학생들이 리포트를 제출할 때 저지르는 짜깁기와 다르다. 인용의 글쓰기는 나의 글과 남의 글을 구분하는 동시에 남의 글을 어디서 가져왔다는 것을 밝혀주지만, 짜깁기는 그렇게 하지 않고 마치 자기가 쓴 것인 양한다. 그래서 인용의 글쓰기는 윤리적이지만 짜깁기는 표절이고 범죄인 것이다.

거듭 말하지만 대학에서 작성되는 연구논문이나 리포트 대부분은 나의 글과 남의 글을 상호 교직시키는 인용의 글쓰기로 이루어진다. 구체적인 작품을 해석하거나 다른 사람의 주장을 비판하기 위해 인용하는 경우도 있지만, 자기주장의 근거로 삼기 위해 인용하는 경우가 많다. 따라서 특정 주제에 관한 배경 지식이 부족하다고 해서 글쓰기를 두려워할 필요가 없다. 관련 자료를 찾아서 검토하다 보면 쓸 만한 내용이 저절로 생기게 마련이다.

2. 인용의 목적과 방법

1) 인용의 목적

- 해당 자료를 해석하거나 비평하기 위해서
- 해당 자료를 근거로 자신의 의견을 입증하기 위해서
- 해당 자료의 적절한 표현을 이용하기 위해서
- 해당 자료의 아이디어를 활용하기 위해서

2) 인용의 방법

인용에는 두 가지 방법이 있다. 직접 인용과 간접 인용이 그것이다. 직접 인용은 인용할 내용을 원문 그대로 가져오는 방법으로, 자신의 글과 인용한 글을 반드시 구분해 주어야 한다. 간접 인용은 인용문을 요약해서 가져오거나 자신의 언어로 풀어 쓰는 방법이다.

■ 직접 인용

원래 표현한 대로 옮기는 것이 중요한 인용문, 또는 특수한 표현 방법이 쓰인 인용문에서는 직접 인용의 방법을 사용해야 한다. 법률 조문 · 정부 시행령 · 중요 포고문, 수학이나 과학에서 쓰는 공식 또한 마찬가지이다. 다음은 직접 인용이 필요한 경우이다.

- 사료, 기본서, 문학작품
- 원문의 표현 이외에 다른 표현 방법을 찾을 수 없을 때
- 직접 인용을 택하지 않으면 내용 전달에 오해가 발생하는 경우
- 비판이나 코멘트가 필요한 입장이나 논증 제시
- 특별히 감동적이거나 역사적으로 중요한 내용을 포함할 경우

직접 인용을 하는 경우에는 맞춤법, 구두점, 문단 등을 원문 그대로 가감 없이 옮겨야 한다. 그리고 원전을 세밀하게 검토하여 정확한 원문을 찾아서 인용해야 한다. 원문에 오류가 있는 경우에도 수정하지 말고 잘못된 부분 다음에 [원문대로]라

고 기입하여 원문의 내용 그대로 옮기고 있음을 명시해야 한다(①). 부득이하게 수정이 필요할 경우에는 수정 사실을 밝혀야 한다(②). 또한 원문의 특정 부분을 강조하고 싶은 때에, 밑줄을 긋거나 글꼴을 바꾸는 경우가 있는데, 이러한 경우에도 반드시 필자가 원문에 없는 밑줄을 긋거나(③) 글꼴을 바꾸었다는(④) 사실을 명시해야 한다.

① 과학 논문은 본질적으로 반역사적 성격을 띠게[원문대로] 마련이다.
② 과학 논문은 본질적으로 반역사적 성격을 띠게[띠게: 인용자 수정] 마련이다.
③ 모든 첨가제는 <u>DEC 시스템</u>에서 환원전위가 더 높게 나타났다.(밑줄: 인용자)
④ 모든 첨가제는 **DEC 시스템**에서 환원전위가 더 높게 나타났다.(강조: 인용자)

 직접 인용 사례 1: 본문 속에 인용

나는 저자가 염려하고 있는 것처럼 이 땅의 수많은 과학자가 기만행위를 일삼는다고 생각하지는 않는다. 하지만 "프톨레마이오스, 갈릴레오, 뉴턴, 돌턴, 밀리컨조차 굴복했던 유혹은 19세기와 20세기에 들어서 과학이 전문화됨에 따라 더 강해졌다"[2)]는 사실은 우리에게 시사하는 바가 적지 않다. 그것은 아마도 과학과 자본이 밀접한 관계를 맺기 시작하면서 과학자들 스스로 성과주의 혹은 출세주의에 빠졌기 때문일 것이다.

---

2) 윌리엄 브로드·니콜라스 웨이드, 『진실을 배반한 과학자들』, 김동광 역, 서울: 미래M&B, 2007, p. 300.

앞서 말했듯이 직접 인용은 자신의 글과 남의 글을 분명히 구분해 주어야 한다. 구분해 주는 요령은 두 가지이다. 인쇄된 행수로 3행 이내일 경우, 행을 바꾸지 않고 인용문 양쪽에 큰따옴표("")를 붙이고 그 끝에 주석을 달아준다. 본문 속 인용이다. 4행 이상일 경우에는 인용부호(큰따옴표) 없이 인용문 전체를 별도의 단락으로 처리해야 한다. 이때 단락 아래위로 한 줄씩 띄우고 인용문의 좌우폭을 본문보다 들여 써야 하며, 글자 크기 또한 본문보다 작게 처리한다(본문이 10포인트라면 8.5포인트나 9포인트로 처리).

직접 인용 사례 2: 별도 단락 인용

동경대에서 행한 다치바나 다카시의 강의록 중에 내게 인상적인 구절을 꼽으라면 다음 구절을 빼놓을 수 없다.

> 그런(사상의—인용자) 함정에 빠지지 않으려면 '절대적 진리 따위는 없다'는 것을 알아 두어야 합니다. 물론 '절대적 진리는 있을지도 모른다. 없다고 단정하는 것 자체가 도그 마 아니냐'는 생각도 있을 법합니다. 그렇습니다. 내 말은 최종적으로는 그렇게 믿는 수 밖에 방법이 없다는 정도의 뜻입니다.[3]

위 구절에서 일차적으로 확인할 수 있듯이 저자가 대학생인 우리에게 강조하고 싶은 내용은, 특정한 사상의 도그마에 함몰되지 말고 가능한 한 다양한 사상을 접하라는 것 이다. 더 나아가 "절대적 진리 따위는 없다"는 단정 그 자체도 의심해 보라고 한다.

3) 다치바나 다카시, 『뇌를 단련하다』, 이규원 옮김, 서울: 청어람미디어, 2004, p. 27.

■ **간접 인용**

남의 생각을 필자의 말로 바꾸어 인용하는 방식을 간접 인용이라고 한다. 간 접 인용은 인용부호를 쓰지 않고 인용문 끝에 주석 번호를 달고 주석에서 그 출 처를 명시하게 되므로, 자칫 필자의 생각과 인용문 내의 내용이 구분되지 않고 모호하게 될 수도 있다. 필자의 말로 바꾸어 인용하더라도 인용문과 필자의 생 각이 혼동되지 않도록 명확하게 써야 하므로 간접 인용이 직접 인용보다 더욱 주의를 요한다. 원래 인용하고자 한 원문에서 특별한 용법으로 사용되거나 강조 된 용어는 작은따옴표를 붙여 표기하고, 간접 인용을 한 끝에 각주를 붙여 인용 의 출처를 밝혀야 한다.

잘못된 간접 인용 사례

모두들 알고 있듯이 지금은 예전처럼 암기 위주의 공부 방법은 통하지 않는다. 논술의 경우만 봐도 그렇다. 대부분의 논술이 통합적 사고력을 요구한다. 그와 같은 통합적 사고는 외워서 되는 것이 아니라 스스로 생각해야만 길러질 수 있는 성질의 것이다. 당연히 한 가지만 좁게 공부한다고 해서 되는 것도 아니다. 총체적으로 파악할 수 있는 능력이 떨어지기 때문이다. 전문화된 신체를 지닌 동물이 특정 환경에는 잘 적응하지만 다른 환경에서는 살지 못하듯, 좁은 분야만을 아는 전문인도 특정한 직업을 갖기에는 유리하겠지만 사회 전체에 대한 적응력은 그만큼 약해질 수밖에 없다.[4]

4) 양형진, 『양형진의 과학으로 세상 보기』, 서울: 굿모닝미디어, 2004, p. 235.

위의 인용 방식은 학생들이 자주 범하는 오류이다. 이렇게 해 놓으면 학생의 글과 인용한 글이 전혀 구분되지 않는다. 어디서 어디까지 인용했는지 알 수 없기 때문이다. 이 형식대로라면 단락 전체를 인용한 것으로 오해하기 쉽다. 따라서 이런 경우에는 가능한 한 직접 인용으로 처리하든가 아니면 인용한 부분 바로 뒤에 주석을 달아 인용 범위를 분명히 알 수 있도록 처리하는 것이 좋다. 간접 인용을 할 때에는 "칼 포퍼에 따르면 반증 가능성의 원리란……" 식으로 일정한 단서를 달아주어야 한다.

 적절한 간접 인용 사례

모두들 알고 있듯이 지금은 예전처럼 암기 위주의 공부 방법은 통하지 않는다. 논술의 경우만 봐도 그렇다. 대부분의 논술이 통합적 사고력을 요구한다. 그와 같은 통합적 사고는 외워서 되는 것이 아니라 스스로 생각해야만 길러질 수 있는 성질의 것이다. 당연히 한 가지만 좁게 공부한다고 해서 되는 것도 아니다. 총체적으로 파악할 수 있는 능력이 떨어지기 때문이다. 이는 마치 전문화된 신체를 지닌 동물이 특정 환경에는 잘 적응하지만 다른 환경에서는 살지 못하는 것[5]처럼, 좁은 분야만을 아는 전문인도 특정한 직업을 갖기에는 유리하겠지만 사회 전체에 대한 적응력은 그만큼 약해질 수밖에 없다.

4) 양형진, 『양형진의 과학으로 세상 보기』, 서울: 굿모닝미디어, 2004, p. 235.

이공계 글쓰기 노하우

인용문의 길이는 짧을수록 좋다. 인용문의 길이가 한 페이지를 넘어간다면, 독자는 인용문과 필자의 생각을 구분할 수 없게 된다. 따라서 논지 전개에 있어 꼭 필요한 부분만 인용해야 한다. 만약 어쩔 수 없이 많은 분량의 인용이 필요하다면, 필요한 부분을 본인의 글 중간중간에 짧게 나누어 인용하는 것이 좋다.

3. 주석을 달면 표절이 아니다

인용과 표절의 명백한 차이는 주석의 유무에 있다. 내가 누구의 글을 인용했는가를 밝혀주면 표절이 아니다. 여기에서는 주석에 대해 먼저 설명한다. 그리고 표절에 대해 다루게 되는데, 표절과 관련해서는 적절한 자료를 뒤에 제시하는 것으로 대신하겠다.

■ 주석을 다는 이유

- 연구의 기반을 마련해 준 연구자의 노력에 고마움을 표현하기 위해
- 지적재산권을 보호하고 정보에 접근할 권리를 확보하기 위해
- 증거자료의 타당성과 신빙성을 입증하기 위해
- 본문의 흐름상 본문 속에서 다루기 곤란하지만 글의 이해를 돕는 데 필요한 내용을 보충하기 위해
- 논의에 참고가 되었던 다른 사람들의 견해를 밝혀 주기 위해

주석을 다는 것은 무엇보다 다른 사람의 글을 정당하게 사용했음을 표시하는 행위이다. 그렇지 않고 남의 글을 함부로 도용하면 지적재산권을 위배하게 되어 법적 책임을 물을 수 있다. 특히 최근에는 인터넷에 떠도는 글을 저자의 동의 없이 마구잡이로 끌어다 쓰는 경향이 농후한데 이는 반드시 경계해야 할 일이다. 또한 주석을 달아줌으로써 다른 사람의 정보에 접근할 권리를 확보하는 동시에, 그렇지 않은 부분(인용하지 않은 부분)은 모두 자신의 글이라는 뜻에서 자기 스스로 지적재산권을 확보할 수 있다.

필자가 주장하는 명제는 증거자료에 의하여 뒷받침된다. 이때 증거자료의 출전을 명확하게 밝히고 참고 사항을 제시함으로써, 증거자료가 타당하고 믿을 만하다는 것을 증명해야 비로소 필자의 주장이 뒷받침될 수 있다.

주석란은 논지 전개의 흐름을 방해하거나, 독자의 흥미를 지속시키기 어려운 부수적인 내용들(기술적인 논의, 부수적인 비판, 추론 자료, 부대 설명, 참고 자료, 도표)을 처리하는 역할을 한다. 본문에 꼭 들어가야 할 정도로 중요하지는 않지만 독자가 논지를 이해하는 데에 좀 더 참고했으면 할 만한 내용들은 주석에 기술한다.

글을 쓰는 과정에서 하나의 사실에 대한 의견을 정립하고 타당성을 증명하기 위해서는 저서, 논문, 신문 기사, 에세이, 인터넷 자료, 설문 등 여러 방면에서 자료를 얻어 도움을 받는다. 자신의 의견이 어디에서 출발하였는지, 참고가 된 다른 사람의 의견은 무엇인지를 밝히는 것은 연구에 있어서 가져야 할 기본적인 정직성을 증명하는 행위라 할 수 있다. 연구에 있어 도움이 된 선배들에게 감사의 뜻을 밝힘과 동시에 자신의 글을 읽는 독자들이 좀 더 공부하고자 할 경우 참고 도서를 안내해 주는 의미에서 논의에 참고가 되었던 모든 자료의 전거와 출처를 주석에서 밝혀준다.

4. 주석을 다는 방법

주석은 내용에 따라 **출전 표기를 위한 참조주(인용주)**와 **부연 설명을 위한 내용주(설명주)**로 나뉜다. 형식에 따라 A형(K. L. Turabian)(외주)과 B형(APA: American Psychology Association)(내주)으로 나뉜다. 외주는 본문의 바깥에 따로 작성하는데, 이 외주는 다시 본문의 하단에 작성하는 각주(脚註)와 본문의 말미에 작성하는 미주(尾註)로 나눌 수 있다. 내주는 본문에서 괄호 안에 작성하는 방식을 택한다.

형식에 따라 나뉘는 두 주석, 즉 A형과 B형 중 어느 방식을 선택할지는 전공에 따라 차이가 있다. 그리고 A형과 B형 중 하나를 택하더라도 그 안에 다양한 주석 방식이 존재한다. 따라서 글을 쓰기 전에 어떤 형식으로 작성해야 하는지를 미리 확인해 두는 절차가 필요하다.

사례를 통해 인용 방식을 살펴보면 다음과 같다. 먼저 참조주와 내용주이다. 참조주는 출처만을 표시하는 방법이다. 이제까지 위에서 작성한 주석은 참조주이다. 내용주는 다음처럼 부연 설명을 위한 것이다.

 내용주 사례

개별 건축물 관련하여 사유지 내의 옥외공간인 공개공지[3]는 개방적인 사적공간으로 공공공간에 포함된다.

---

3) 문화 및 집회시설, 판매 및 영업시설 등 다중이용시설의 건축 시 도심지 등의 환경을 쾌적하게 조성하기 위해 『건축법』에 의해 확보해야 하는, 일반이 자유롭게 이용할 수 있도록 개방된 소규모 휴식 공간이다. 다음의 시설을 건축하는 경우 소규모 휴식시설 등의 일정한 개방된 공간을 건축부지 내에 설치하도록 규정하고 있으며 이 공간을 공개공지라고 한다. ① 연면적의 합계가 5,000m² 이상인 문화 및 집회시설, 종교시설, 판매시설, 운수시설, 업무시설 및 숙박시설 ② 그 밖에 다중이 이용하는 시설로서 건축조례로 정하는 건축물

A형은 지금까지 인용하는 방식에서 이미 확인한 바 있다. 반면 B형은 본문 속에 필자명과 출판 연도, 면수를 간단하게 기재하고 참고문헌을 인용한 글의 맨 뒤에 붙이는 방식이다. 일반적으로 A형을 훨씬 많이 쓴다. 두 유형의 차이는 다음 표를 통해 확인할 수 있다.

	항목	A형(외주)	B형(내주)
1	참조주	각주에 서지 사항을 모두	필자명과 출판 연도만을 씀
2	각주의 내용	서지 사항과 부연 설명 모두	부연 설명
3	출판 연도의 순서	서지 사항의 맨 뒤	필자명 다음
4	참고문헌	참고문헌을 생략하기도 함	참고문헌이 필수적
5	인명 기재 방식	주석과 참고문헌의 기재 방식에 약간의 차이가 있음	

A형과 B형의 차이는 내용주를 달 때는 각주나 미주로 단다는 점에서는 차이가 나지 않는다. 그러나 출전 표기를 할 때 A형은 본문에 필자명과 출판 연도를 기재하는 형식, B형은 외주 형식으로 기재하는 형식을 취한다.

A형(외주) 사례

모두들 알고 있듯이 지금은 예전처럼 암기 위주의 공부 방법은 통하지 않는다. 논술의 경우만 봐도 그렇다. 대부분의 논술이 통합적 사고력을 요구한다. 그와 같은 통합적 사고는 외워서 되는 것이 아니라 스스로 생각해야만 길러질 수 있는 성질의 것이다. 당연히 한 가지만 좁게 공부한다고 해서 되는 것도 아니다. 총체적으로 파악할 수 있는 능력이 떨어지기 때문이다. 이는 마치 전문화된 신체를 지닌 동물이 특정 환경에는 잘 적응하지만 다른 환경에서는 살지 못하는 것[5]처럼, 좁은 분야만을 아는 전문인도 특정한 직업을 갖기에는 유리하겠지만 사회 전체에 대한 적응력은 그만큼 약해질 수밖에 없다.

5) 양형진, 『양형진의 과학으로 세상 보기』, 서울: 굿모닝미디어, 2004, p. 235.

 B형(내주) 사례

모두들 알고 있듯이 지금은 예전처럼 암기 위주의 공부 방법은 통하지 않는다. 요즘 이슈가 되고 있는 논술의 경우만 봐도 그렇다. 대부분의 논술이 통합적 사고력을 요구한다. 그와 같은 통합적 사고는 외워서 되는 것이 아니라 스스로 생각해야만 길러질 수 있는 성질의 것이다. 당연히 한 가지만 좁게 공부한다고 해서 되는 것도 아니다. 총체적으로 파악할 수 있는 능력이 떨어지기 때문이다. 이는 마치 전문화된 신체를 지닌 동물이 특정 환경에는 잘 적응하지만 다른 환경에서는 살지 못하는 것(양형진, 2004: 300)처럼, 좁은 분야만을 아는 전문인도 특정한 직업을 갖기에는 유리하겠지만 사회 전체에 대한 적응력은 그만큼 약해질 수밖에 없다.

위의 두 사례를 보면, 두 형식의 차이가 잘 드러난다. 양형진이 2004년에 쓴 책의 300쪽을 참고했다는 표시를 하기 위하여, A형에서는 각주로 따로 빼서 처리하고 있지만 B형에서는 본문에 간략하게 필자명, 출판연도, 인용면을 적어서 처리하고 있다. 인용한 책이 어떤 것인지는 글의 맨 뒤에 정리해 놓은 참고문헌을 보면 알 수 있다. A형에서는 출처를 완전히 갖추어서 작성하기 때문에 참고문헌을 안 다는 경우도 있으나 B형에서는 반드시 참고문헌을 달아야 한다. 그렇게 해 주지 않으면 어떤 문헌인지 알 방법이 없다.

이공계 글쓰기 노하우

다음은 자료별 주석을 다는 순서이다. A형을 중심으로 설명하게 되는데, 처음에는 복잡해 보이지만 실제로 몇 번 달아보면 그다지 어렵지 않다. 따라서 실제로 직접 해 보는 것이 중요하다(분야마다 차이가 있으므로 여기서는 기본적인 내용만 밝힘).

■ 책으로 된 출판물(단행본)

국문

주석 번호) 저자명, 『논저명』, 발행 판수; 발행지: 출판사명, 출간 연도, 인용(참고한 부분) 면수.

1) 박종범, 『과학사 이해』, 형설출판사, 2021, p. 56.

국문 번역

주석 번호) 저자명, 『논저명』, 편자명 편 혹은 번역자명 역, 발행 판수; 발행지: 출판사명, 출간 연도, 인용(참고한 부분) 면수.

2) 윌리엄 브로드 · 니콜라스 웨이드, 『진실을 배반한 과학자들』, 김동광 역, 서울: 미래M&B, 2007, p. 278.

구미어

주석 번호) 저자명, 논저명, 편자명 ed., 번역자명 trans., 발행 판수; 발행지명: 출판사명, 출간 연도, 인용 면수.

3) L. A. Olsen and T. N. Huckin, *Technical Writing and Professional Communications*, 2nd ed., New York: McGraw-Hill Inc., 1991, pp. 34-35.

종합 정리

- 공저인 경우
  - 국문은 저자가 세 사람 이하면 가운뎃점(·)이나 쉼표(,)를 사용하여 이름을 다 쓰고, 그 이상이면 최초 저자명을 쓴 후 '외'라고 쓴다.
  - 구미어는 저자가 세 사람 이하면 쉼표(,)와 'and'(마지막 저자 앞)를 사용하여 이름을 다 쓰고, 그 이상이면 최초 저자명을 쓴 후 'et al.'(영 and others)이라고 쓴다.
- 구미어 저자의 경우에는 성명을 쓸 때, '이름-성'의 순으로 쓴다.
- 편자만 있고 저자가 없는 경우에는 저자명 자리에 편자명을 쓴다.
- 편자는 성명 뒤에 '편'(국문) 또는 'ed.'(영문, 여러 명일 때는 'eds.')를 붙인다.
- 번역자는 성명 뒤에 '역'이나 '옮김'(국문), 또는 'trans.'(영문, 여러 명일 때도 'trans.')를 붙인다.
- 학술단체, 협회, 정부 기관 등의 법인이 저자인 경우에는 그 법인명이 저자가 된다.
- 국문 책일 경우 책 제목에 『 』표시를 달고(생략하기도 함), **영문 책**일 경우에는 **이탤릭체**로 표시한다.
- 발행 판수는 '쇄'가 아니라 '판'이 바뀌었을 때 쓴다.
  - '개정판', '수정판', '제2판' 등으로, 책에 나와 있는 그대로 가져온다.
  - '초판'인 경우에는 쓸 필요가 없다.
- 발행지명은 **도시 이름**으로 작성한다. 단, 한국일 경우 생략해도 좋지만, 외국 서적의 경우는 반드시 넣어야 한다.
- 한 페이지를 인용할 경우에는 'p.'를, **두 페이지 이상**을 인용할 경우에는 'pp.'를 쓴다. 'p.' 대신 '면', '쪽'을 쓰기도 한다.

♨ 여기까지 정리한 내용은 대부분 단행본뿐만 아니라 나머지에 대해서도 동일하게 적용된다.

■ 일반 논문

국문

주석 번호) 필자명, 「논문명」(또는 "논문명"), 『게재지명』, 권호수, 발행처명, 출간 연도, 인용 면수.

> 4) 조재경, 이민아, "백화점 옥상공원의 계획요소 중요도 및 구성공간과 시설에 대한 선호도 조사", 『한국실내디자인학회논문집』 23(1), 2014, p. 133.

- 논문명은 책 이름과 달리 반드시 홑낫표(「 」)나 큰따옴표(" ")로 묶는다.
  - ☞ 논문명과 책명(논저명 또는 게재지명)은 구분해서 제시해야 한다는 데 주의한다.
- 권호수는 '제23권, 제1호'의 형식으로 표시할 수도 있다.
- 권과 호 중 하나만 있을 때는 하나만 표시하는데, 괄호는 쓰지 않는다.
- 잘 알려진 학술지는 발행처를 생략할 수 있다.

구미어

주석 번호) 필자명, "논문명", *게재지명*, 권호수, 발행처명, 출간 연월, 인용 면수

> 5) P. B. Chinoy, "Reactive Ion Etching of Benzocyclobutene Polymer Films", *IEEE Transactions on Components, Packaging, and Manufacturing Technology* 20(3), 1997, pp. 199–206.

- 논문명은 큰따옴표(" ")로 묶는다.
- 권호수는 'Vol. 20, No. 3'의 형식으로 표시할 수도 있다.
- 게재지명은 이탤릭체로 표시한다.

■ 학위 논문

주석 번호) 필자명, 「논문명」(또는 "논문명"), 학위수여기관명 및 학위 구분, 수여 연도, 인용 면수.

6) 김동민, 「지상파 DMB 콘텐트 연동형 상업광고 이벤트 기능구현」, 서울시립대학교 석사학위논문, 2007, p. 37.

■ 보고서

주석 번호) 저자명, 「보고서 제목」(또는 "보고서 제목"), 연구 기관명, 출판 연도, 인용 면수.

7) 홍정명, 「한강 수자원의 효율적인 이용을 위한 개발보고서(9)」, 서울시정개발연구원, 2007, p. 26.

■ 신문 자료

주석 번호) 필자명, 「기사 또는 칼럼명」(또는 "기사 또는 칼럼명"), 『신문명』, 발행일자: 면수.

〈기사〉 8) 「트위터 폭로단에 떠는 영국 유명인들」, 『한겨레신문』, 2011년 5월 15일: 24면.
〈사설〉 9) 「휴대전화감청, 오·남용 차단이 먼저」, 사설, 『중앙일보』, 2007년 6월 27일: 3면.
〈칼럼〉 10) 정우성, 「바이러스와 정보」, 『한국일보』, 2015년 6월 8일: 30면.

- 기사와 사설은 필자명(기자 또는 논설위원 이름)을 쓰지 않는다.
- 신문은 책이나 논문과 달리 매일 발행되므로 날짜까지 밝혀 준다.
- 최근에는 신문 면수가 늘어났으므로 독자의 편의를 위해 면수를 밝힌다.

■ 인터넷 자료(전자 자료)

주석 번호) 필자명, 「글 제목」(또는 "글 제목"), 『사이트명』, 마지막 수정일, URL.

11) 감성맨(kimnewok), 「이타적 유전자(매트 리들리)」, 『책을 좋아하는 사람들』, 2011
년 5월 20일, http://cafe.naver.com/bookishman.
12) 「화학술어」, 『대한화학회』, http://www.kcsnet.or.kr/.
13) 신영전, 「코로나 유행은 언제 끝나나요?」, 『한겨레신문』, 2021년 12월 22일,
https://www.hani.co.kr/arti/opinion/column/1024184.html.

- 필자명이 없을 경우에는 아이디, 애칭, 대화명을 기입하되 그것조차 없을
경우에는 생략한다.
- 업로드 날짜 또는 마지막 수정 날짜를 알 수 없을 경우에는 생략한다.

■ 이미 한 번 달았던 자료의 주석 달기

앞에서 한 번 인용한 자료를 또다시 인용할 경우에는 경제성의 원칙에 따라
약식으로 간단히 처리한다.

- A형에서만 쓰이지 B형에서는 쓰이지 않는 방식
- 이제는 A형에서도 Ibid.를 제외하고는 잘 쓰지 않는 방향으로 가고 있음
- 현재도 많이 쓰이고 있는 방식이므로 소개

＊바로 앞의 자료를 또 인용할 경우

주석 번호) 위의 책(외국 자료일 경우 Ibid.), 인용 면수.

1) 윌리엄 브로드·니콜라스 웨이드, 『진실을 배반한 과학자들』, 김동광 역, 서울: 미
래M&B, 2007, p. 278.
2) 위의 책, p. 280.
3) L. A. Olsen and T. N. Huckin, *Technical Writing and Professional
Communications*, 2nd. ed., New York: McGraw-Hill, Inc., 1991, pp. 34-35.
4) Ibid., p. 36.

- '같은 곳에서'라는 뜻으로 **바로 앞에서** 소개했던 자료를 가리킬 때 사용한다.
- 위 주석의 2)번과 4)번이 여기에 해당한다.
- 'Ibid.'는 라틴어 'ibidem(영 in the same place)'의 약자이다.
- 페이지가 같다면 인용 면수는 생략해도 무방하다.
- 한국어로는 일반적으로 '위의 책', '위의 논문'으로 번역하여 사용한다.
  - '위의 책'과 '위의 논문'을 구분하지 않고 '위의 글'로 묶어서 사용하기도 한다.
- 'Ibid.'와 뒤에 나오는 'op. cit.'는 영미권에서는 라틴어가 외국어이기 때문에 전통적으로는 이탤릭체로 써 왔으나 일반적 용어로 인식되면서 많은 학술 서적에서 이탤릭체로 바꾸지 않고 쓰이고 있다.

＊한 번 건너뛴 자료를 또 인용할 경우

주석 번호) 필자명, 앞의 책(외국 자료일 경우 op. cit.), 인용 면수.

---

3) L. A. Olsen and T. N. Huckin, *Technical Writing and Professional Communications*, 2nd. ed., New York: McGraw-Hill, Inc., 1991, pp. 34-35

4) Ibid., p. 36.

5) 윌리엄 브로드 · 니콜라스 웨이드, 앞의 책, pp. 327-328.

6) L. A. Olsen and T. N. Huckin, op. cit., p. 41.

- 바로 위에서가 아니라 그 앞의 어디에선가 일단 인용했던 문헌을 다시 인용하는 것이기 때문에 필자명을 밝혀 주어야 한다. 그렇지 않으면 앞에서 인용한 자료 중 누구의 논저를 인용했는지 알 수 없다.
- 위 주석 5)번과 6)번이 이 예에 해당한다.
- op. cit.는 라틴어 opere citato(영 the work cited)의 약자이다.
- 한국어로는 일반적으로 '앞의 책', '앞의 논문', '앞의 글'로 번역하여 사용한다.
- op. cit.는 첫 글자를 소문자이지만 Ibid.는 문장의 처음에 오므로 첫 글자가 대문자

- 한국어로는 일반적으로 '앞의 책', '앞의 논문', '앞의 글'로 번역하여 사용한다.
  - '앞의 글'과 '앞의 책'을 구분하지 않고 '앞의 논문'으로 묶어서 사용하기도 한다.
- 같은 저자의 여러 저서가 자주 인용될 경우에는 필자명 다음에 책 이름까지 표기한 뒤에 이 표현을 사용한다.

  ☞ 이미 달았던 인용의 약식 주를 다는 관행은 구미에서는 시들해졌으니 라틴 인용어 사용은 피해도 무방하다.
  - 단, ibidem에서 나온 Ibid.만은 여전히 사용

5. 참고문헌 정리

참고문헌을 정리하는 방법은 A형과 B형이 많이 비슷하다. 다만 A형은 각주 순서와 동일하게 저자명, 저서명, 출판사, 출판 연도로 기재한다. 반면에 B형은 출판 연도를 저자명 또는 글 제목(저자명이 없을 때) 다음에 괄호하고 집어넣는 다는 점이 다르다.

■ 참고문헌 정리 요령

- 참고한 모든 문헌을 ① 국내서 ② 동양서 ③ 서양서로 구분한다(이를 다시 ① 단행본 ② 논문 ③ 기타 자료로 구분하기도 하지만 학부 수준에서는 크게 신경 쓰지 않아도 무방하다).
- 주석 번호를 지운다. 단, 이공계 논문의 경우 분야에 따라 번호를 그대로 살려 두기도 있다.
- 인용 면수를 지운다. 단, 논문집에 실린 논문인 경우 논문의 처음과 끝 페이지를 밝힌다.
- 국내서와 동양서는 필자명의 가나다순으로 정리한다. 필자명이 없는 자료는 맨 처음 나오는 항목의 첫 자음을 따른다.

- 구미어(서양권) 저자의 경우 각주에서와 달리 성을 먼저 쓰고 쉼표(,)를 찍은 후에 이름을 쓴다. 주석의 표시와 거꾸로 한다.(브로드, 윌리엄 또는 촘스키, N.)
- 서양권 저자의 공저인 경우, 첫 사람만 성명으로, 나머지는 명성 순으로 쓴다.(Chomsky, N. & M. Halle)
- 한글로 된 외국 번역물은 구미어 저자라 하더라도 성씨의 가나다순으로 정리한다.
- 외국어로 된 서양서는 구미어 저자의 알파벳순으로 한다.
- 같은 저자의 자료가 여러 개일 경우에는 저서를 가나다순 또는 출간 연도순으로 정리하여 쓴다.

■ 참고문헌 정리의 실제

외주(A형)

1) 박종범, 『과학사 이해』, 형설출판사, 2021, p. 56.
2) 윌리엄 브로드 · 니콜라스 웨이드, 『진실을 배반한 과학자들』, 김동광 역, 서울: 미래M&B, 2007, p. 278.
3) L. A. Olsen and T. N. Huckin, *Technical Writing and Professional Communication*, 2nd ed., New York: McGraw-Hill Inc., 1991, pp. 34-35.
4) 조재경 · 이민아, "백화점 옥상공원의 계획요소 중요도 및 구성공간과 시설에 대한 선호도 조사", 『한국실내디자인학회논문집』 23(1), 2014, p. 133.
5) P. B. Chinoy, "Reactive Ion Etching of Benzocyclobutene Polymer Films", *IEEE Transactions on Components, Packaging, and Manufacturing Technology* 20(3), 1997, pp. 199-206.
6) 김동민, 『지상파 DMB 콘텐트 연동형 상업광고 이벤트 기능구현』, 서울시립대학교 석사학위논문, 2007, p. 37.
7) 홍정명, 『한강 수자원의 효율적인 이용을 위한 개발보고서(9)』, 서울시정개발연구원, 2007, p. 26.
8) 『트위터 폭로단에 떠는 영국 유명인들』, 『한겨레신문』, 2011년 5월 15일: 24면.

9) 「휴대전화감청, 오ㆍ남용 차단이 먼저」, 사설, 『중앙일보』, 2007년 6월 27일: 3면.

10) 정우성, 「바이러스와 정보」, 『한국일보』, 2015년 6월 8일: 30면.

11) 감성맨(kimnewok), 「이타적 유전자(매트 리들리)」, 『책을 좋아하는 사람들』, 2011년 5월 20일, http://cafe.naver.com/bookishman.

12) 「화학술어」, 『대한화학회』, http://www.kcsnet.or.kr/.

13) 신영전, 「코로나 유행은 언제 끝나나요?」, 『한겨레신문』, 2021년 12월 22일, https://www.hani.co.kr/arti/opinion/column/1024184.html.

참고문헌 (A형)

김동민, 「지상파 DMB 콘텐트 연동형 상업광고 이벤트 기능구현」, 서울시립대학교 석사학위논문, 2007.

박종범, 『과학사 이해』, 형설출판사, 2021.

브로드, 윌리엄ㆍ니콜라스 웨이드, 『진실을 배반한 과학자들』, 김동광 역, 서울: 미래M&B, 2007.

정우성, 「바이러스와 정보」, 『한국일보』, 2015년 6월 8일.

조재경ㆍ이민아, 「백화점 옥상공원의 계획요소 중요도 및 구성공간과 시설에 대한 선호도 조사」, 『한국실내디자인학회논문집』 23(1), 2014, pp. 132-142.

「트위터 폭로단에 떠는 영국인들」, 『한겨레신문』, 2011년 5월 12일.

홍정명, 「한강 수자원의 효율적인 이용을 위한 개발보고서(9)」, 서울시정개발연구원, 2007.

「휴대전화 감청, 오ㆍ남용 차단이 먼저」, 사설, 『중앙일보』, 2007년 6월 27일.

Chinoy, P. B., "Reactive Ion Etching of Benzocyclobutene Polymer Films", *IEEE Transactions on Components, Packaging, and Manufacturing Technology* 20(3), 1997, pp. 187-208.

Olsen, L. A. and T. N. Huckin, *Technical Writing and Professional Communications*, 2nd ed., New York: McGraw-Hill, Inc., 1991.

감성맨(kimnewok), 「이타적 유전자(매트 리들리)」, 『책을 좋아하는 사람들』, 2011년 5월 20일, http://cafe.naver.com/bookishman.

신영전, 「코로나 유행은 언제 끝나나요?」, 『한겨레신문』, 2021년 12월 22일, https://www.hani.co.kr/arti/opinion/column/1024184.html.

「화학술어」, 『대한화학회』, http://www.kcsnet.or.kr/.

참고문헌 (B형)

김동민(2007), 「지상파 DMB 콘텐트 연동형 상업광고 이벤트 기능 구현」, 서울시립대 석사학위논문.

박종범(2021), 『과학사 이해』, 형설출판사.

브로드, 윌리엄, 니콜라스 웨이드(2007), 『진실을 배반한 과학자들』, 김동광 역, 서울: 미래M&B.

정우성(2015, 6월 8일), 「바이러스와 정보」, 『한국일보』.

조재경, 이민아(2014), 「백화점 옥상공원의 계획요소 중요도 및 구성공간과 시설에 대한 선호도 조사」, 『한국실내디자인학회 논문집』 23(1): 132-142.

「트위터 폭로단에 떠는 영국인들」(2011, 5월 12일), 『한겨레신문』.

한겨레신문, 「트위터 폭로단에 떠는 영국인들」.

홍정명(2007), 「한강 수자원의 효율적인 이용을 위한 개발보고서(9)」, 서울시정개발연구원.

「휴대전화 감청, 오·남용 차단이 먼저」(2007, 6월 27일), 사설, 『중앙일보』.

Chinoy, P. B.(1997), "Reactive Ion Etching of Benzocyclobutene Polymer Films", *IEEE Transactions on Components, Packaging, and Manufacturing Technology* 20(3): 187-208.

Olsen, L. A. and T. N. Huckin(1991), *Technical Writing and Professional Communications*, 2nd ed., New York: McGraw-Hill Inc..

감성맨(kimnewok)(2011, 5월 20일), 「이타적 유전자(매트 리들리)」, 『책을 좋아하는 사람들』, http://cafe.naver.com/bookishman.

신영전(2021, 12월 22일), 「코로나 유행은 언제 끝나나요?」, 『한겨레신문』, https://www.hani.co.kr/arti/opinion/column/1024184.html.

「화학술어」, 『대한화학회』, http://www.kcsnet.or.kr/.

6. 표절의 기준

일반적으로 다른 사람의 글, 창작품 등을 아무런 인용 표시 없이 그대로 가져다 쓰는 것을 표절이라 한다. 우리나라는 정확한 법적 기준이 없지만 보통 네

어절 이상을 그대로 따 온 경우 표절이라고 본다. 다음은 하버드대의 표절 방지 교재 '출처를 인용하는 글쓰기 가이드북(『Writing with Sources-A guide for Students』)'에 나오는 표절 기준이다.

1. 출처를 명시하지 않고 무단 전재한 정보나 데이터

예를 들어, "2020년 한 해 동안 ** 대학교에서 30건의 부정행위가 적발됐다."를 출처를 밝히지 않고 무단 전재하면 표절이다. '** 대학 부정행위 30건 적발'은 어디에서나 구할 수 있는 상식적인 정보가 아니기 때문이다.

2. 무단 전재한 아이디어

첫 문장에서 출처를 밝혔다 할지라도 그 후 다른 문장에서 인용문 원저자의 독특한 아이디어, 표현을 계속 설명할 때는 인용부호를 쓰지 않거나 출처를 다시 밝혀야 한다. 그렇지 않으면 '아이디어 표절'에 해당한다. 글 전개 구조를 출처 없이 본떠도 표절이다.

3. 인용부호 없는 요약문

출처를 밝히고 원저자의 주장을 요약하는 요약문을 썼더라도 저자의 표현 일부를 빌려올 경우 인용부호가 없으면 표절이다.

4. 출처를 밝히지 않은 글 구조 인용

출처와 다른 단어, 표현을 썼더라도 글의 구조, 전개 방식을 본뜨면서 출처를 밝히지 않으면 표절이다.

＊ 하버드 대학의 표절 예방 노하우
• 마감 직전에 급하게 논문을 쓰는 일을 피하기
• 메모할 때 내 생각과 다른 사람의 견해를 구분하기
• 실제보다 더 잘 아는 것처럼 보이려 들지 말기
• 시간 안에 숙제를 제출하기 힘들면 교수와 상의하기
• 컴퓨터 작업 때는 항상 백업 사본을 만들어 두기

도표의 이해와 활용

이공계 글쓰기에서 도표 활용은 필수적이다. 주로 수치 변화를 다루는 이공계 학문의 특성상 사용 빈도가 매우 높기 때문이다. 또 의사 전달의 효과에서도 표와 그래프 등의 시각적 자료는 문장으로만 이루어진 언어적 서술보다 훨씬 뛰어나다. 따라서 어떤 도표를 선택해서 어떻게 배치하고 구성할 것인가가 중요한 관건이 된다.

1. 도표의 특징

- 간결하고 명료해서 한눈에 알 수 있다.
- 기본적인 정보를 재가공한 것이다.
- 독립변인과 종속변인이 체계적으로 조직되어 있다.
- 작성자의 의도를 알 수 있다.
- 본문과 독립적으로 읽힐 가능성이 높다.

2. 도표를 읽는 요령[1]

1) 도표는 원래 난해하기 마련이라고 생각한다

도표는 복잡한 정보를 간단하게 줄인 것이지만 쉽게 생각하면 착각에 빠지기 쉽다. 도표란 특정한 정보를 일부러 누락시키거나 삭제했을 가능성이 높다는 점을 늘 염두에 두고 신중하게 접근해야 한다.

1) 세노오 켄이치로, 『사고력을 키우는 읽기 기술』, 김소운 역, 호이테북스, 2006, pp. 64-67 참조.

■ 서술적 제시와 시각적 제시의 차이

한국대학교의 등록금 인상률은 2009년부터 2012년까지 높은 증가율을 보였다. 재학생의 경우 2009년 6.7%, 2010년 7.5%, 2011년 10.2%, 2012년 11.9%에 달하는 증가율을 보였다. 그런데 재학생에 비해 신입생의 등록금 인상률이 월등히 높았다. 2009년 신입생의 등록금 인상률은 9.1%를 기록한 데 이어, 2010년에는 10.6%, 2011년에는 11.8%, 2012년에는 12.3%로 해마다 증가폭이 늘어났다.

〈서술적 제시〉

＊2009~2012년 한국대학교 등록금 인상률(%)

구분	2009	2010	2011	2012
재학생	6.7	7.5	10.2	11.9
신입생	9.1	10.6	11.8	12.3

〈시각적 제시〉

2) 작성자의 의도에 따라 가공한 데이터라고 생각한다

도표는 여러 차례에 걸쳐 가공된 것이다. 그 과정에서 정보는 누락되기도 하고 압축되기도 한다. 그러므로 도표를 읽을 때는 가능한 범위 내에서 원래의 정보를 대조해 보는 것이 가장 좋다. 만일 그럴 상황이 못 되면 이 사실을 상기하면서 도표를 해석해야 한다. 먼저 작성자의 의도가 무엇인지 파악해야 하며, 그 의도에 따라 어떤 정보가 누락되고 압축되었는지를 상상해야 한다.

3) 지문과의 상관관계를 읽는다

우리가 도표를 읽는 목적은 도표에 표현된 정보를 정확히 이해하기 위해서이다. 그러기 위해서는 도표뿐 아니라 도표를 둘러싼 지문에 대해서도 면밀한 검토가 요구된다. 즉, 도표와 지문의 관계가 정합성을 지니고 있는지 세밀하게 따져 보아야 한다. 더 나아가 도표에 표현된 정보 자체에 대한 충분한 기초 지식과 관련 지식을 두루 찾아보아야 한다.

4) 논의를 촉발하는 원안으로 삼는다

도표에는 다양한 측면이 있어 이를 해석하는 사람의 입장도 천차만별이다. 또한 도표는 도표가 기본적으로 가지고 있는 불완전성 때문에 논의를 촉진하기도 한다. 언뜻 보면 명료해서 이해하기 쉽지만 자세히 살펴보면 곳곳에서 의문점이 발견되는 게 도표의 속성이다. 그러므로 도표를 완전무결한 정보라고 여기기보다, 새로운 질문이나 의문이 샘솟는 원 정보로 여기는 자세를 갖추어야 한결 생산적인 도표 읽기를 할 수 있을 것이다.

5) 잘 읽으려면 많이 작성해본다

두말할 것도 없이, 도표를 잘 읽으려면 도표를 많이 작성해 보아야 한다. 그러다 보면 자연스럽게 작성자의 의도를 알 수 있을 뿐 아니라, 어떤 도표가 잘 되고 못 되었는지도 쉽게 판별할 수 있다.

　■ 도표 읽을 때 유의 사항

① 가로·세로의 단위와 수치를 확인한다.
② 작성자의 의도를 추측한다.
③ 데이터의 오차에 유념한다.
④ 단과 열을 혼동하거나 건너뛰지 말아야 한다.

3. 도표 작성의 주요 원칙

1) 도표를 작성하기 전에

(1) 정보의 선택: 중요하고 핵심적인 내용을 선택한다.

여러 가지 정보 중 무엇을 도표로 나타낼 것인가를 가장 먼저 결정해야 한다. 이때 자신의 글에서 중요하고 핵심적인 내용을 취해야 한다. 자질구레한 것들까지 시각적 자료로 나타내면 독자는 무엇이 더 중요하고 덜 중요한지 알 수 없게 된다.

(2) 도표의 선택: 다양한 시각 자료 중 효과적인 것을 선택한다.

표는 차트나 그래프보다 정확도가 높고 객관적이다. 그러나 메시지 전달력은 떨어진다. 차트는 항목별 차이를 알기 쉽게 표현하며, 그래프는 항목별 추이를 전해준다. 정보의 성격에 따라 적절한 도표를 선택해야 한다.

(3) 독자의 분석

시각 자료를 어떤 독자에게 보일 것인지 대상을 분명하게 상정하지 않으면 기대한 만큼의 효과를 거두기 어렵다. 도표가 지나치게 난해해질 수도, 평이해질 수도 있다.

2) 도표를 작성할 때

(1) 한눈에 알 수 있게 간단명료해야 한다

도표는 원래의 자료를 가공하고 또 가공해서 최대한 간명하게 작성해야 한다. 독립변인이 5개 항목 이상 넘어가면 복잡해진다. 따라서 한눈에 알 수 있게 정보량을 적정하게 제한해야 한다.

(2) 대량의 정보는 여러 개의 도표에 나누어 제시한다

하나의 도표에 많은 정보량을 담으면 독자는 혼란스러워한다. 이 경우는 여러 개의 도표에 나누어 제시해야 효과적이다.

(3) 자신에게 유리한 기준을 설정해야 한다

기준을 어떻게 정하느냐에 따라 시각적 자료가 주는 메시지가 크게 달라진다. 다음 도표들을 비교해 보면 그 차이를 알 수 있다.

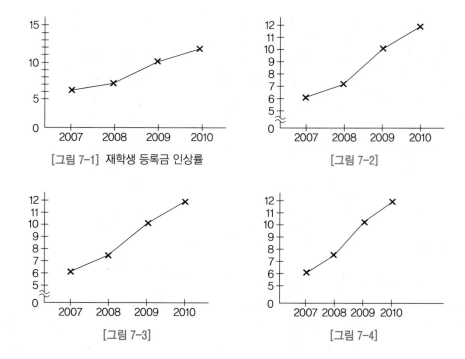

[그림 7-1] 재학생 등록금 인상률

[그림 7-2]

[그림 7-3]

[그림 7-4]

[그림 7-1]과 [그림 7-2]가 시각적으로 보여주는 등록금 인상률 정도는 확연히 다르다. 학교 측에서는 등록금이 덜 오른 것처럼 보일 필요가 있으므로 [그림 7-1]을 선호할 것이고, 이와 반대로 학생 측에서는 기울기가 커 보이는 [그림 7-2]를 제시하고 싶을 것이다. [그림 7-3]과 [그림 7-4] 역시 마찬가지 효과를 본다.

(4) 독자에게 익숙한 형태를 취한다

일반적으로 이공계 학생들은 도표를 작성할 때 특정 프로그램을 이용한다. 그런데 프로그램을 사용하면 도표의 시각적 효과는 뛰어날지 모르나 독자가 한눈에 알 수 없는 경우가 많다. 소프트웨어 개발업체는 자사의 프로그램을 외판하기 위해 시각적으로 자극적이고 현란한 것을 선호하기 때문이다. 특정 부분을 강조할 때에는 그런 효과도 필요하지만 독자들에게 익숙한 형태가 빠른 이해를 돕는 데 가장 효과적이다. 그렇게 하기 위해서는 프로그램으로 미리 작성한 다음 독자가 보기 쉽게 도표를 수정해야 한다.

■ 도표 작성 요령

• 〈표 1〉, 〈그림 23〉 등 순서대로 번호를 붙인다.

• 적절한 제목을 달아야 한다. 제목의 위치는 관례에 따른다.

• 도표의 종류에 따라 독립변인과 종속변인의 위치를 조절한다.

• 도표의 정보량이 많을 경우 적절한 구분선을 넣어준다.

• 선의 굵기나 디자인의 형태를 선택한다. 개방형, 밀폐형, 절충형이 있다.

• 도표는 본문에서 언급되는 곳에서 가장 가까운 곳에 배치한다.

• 필요하다면 시각 자료 중 특정 부분을 강조할 수 있다.

■ 그래프의 인지도를 높이는 배열[2]

• 중앙이 주변보다 중요하다.

• 앞에 있는 것이 뒤에 있는 것보다 중요하다.

• 큰 것이 중요하다.

• 굵은 것이 중요하다.

• 많은 것이 포함된 곳이 중요하다.

• 같은 크기이면, 모양이 같은 것들을 그룹으로 인지한다.

• 대조를 이루면 더욱 주목받는다.

4. 도표를 해설하고 분석하는 방법

• 모든 내용을 설명하지 말고 중요한 것만 설명한다.

• 치밀하고 탁월한 분석력을 보여야 한다.

• 분석 결과를 다시 도표로 제시할 수 있어야 한다.

• 본문과 도표를 적정한 비율로 배분, 제시해야 한다.

---

2) 금동화, 「기술논문 작성법 15: 그래프(graph) 사용 요령」, 『재료마당』 17(6), 대한금속 · 재료학회, 2004년
12월호, p. 68.

(1) 도표 내용을 언어적 서술로 풀어쓰기

시각장애학교에서 '음악'은 타 교과에 비해 학습 흥미도와 효과가 높다. 시각장애학교 학생들에게 가장 효율적인 음악 활동 영역을 모색하기 위한 설문 연구(이명신, 「시각장애학교 음악교육에 있어서 효율적인 가창 지도의 연구」, 한국대학교, 2015)에서 연구자는 아래와 같은 결과를 제시하고 있다. 표가 의미하는 바를 비교 분석한 뒤, 그 내용을 언어로 풀어 쓰시오.

가. 설문 응답 학생의 일반적인 배경

조사 내용		구분	빈도	백분율
구분		일반학생(중학생)	380	78.2
		시각장애학생(중·고등학생)	106	21.8
성별		남학생	253	52.1
		여학생	233	47.9
음악관련 활동 경험	일반학생	있다	50	13.2
		없다	330	86.8
	장애학생	있다	72	67.9
		없다	34	32.1

나. 음악 교과에 대한 흥미도 비교

	즐겁다	보통이다	즐겁지 않다	차이검증	유의수준
일반학생	75 (19.7)	225 (59.2)	80 (21.1)	x2 = 27.895	.000
장애학생	68 (64.2)	36 (34.0)	2 (1.9)		

다. 음악 활동 영역 간의 선호도 비교

① 설문대상별 음악시간 중 가장 즐거운 활동의 차이

	가창	기악	감상	이론	작곡	차이검증	유의수준
일반학생	70 (18.4)	80 (21.2)	225 (59.2)	.	5 (1.3)	x^2 = 24.896	.000
장애학생	59 (55.7)	4 (3.8)	37 (34.9)	.	6 (6.0)		

② 설문대상별 음악시간 중 가장 어려운 활동의 차이

	가창	기악	감상	이론	작곡	차이검증	유의수준
일반학생	70 (18.4)	20 (5.3)	5 (1.3)	140 (36.8)	145 (1.3)	$x^2 = 11.788$	.019
장애학생	11 (10.4)	12 (11.3)	2 (1.9)	64 (60.4)	6 (16.0)		

위 표를 언어적 서술로 풀어쓰고 분석한 사례

시각장애 학생에 대한 효과적인 음악 활동 영역 조사

본 연구는 시각장애인 학교에서 '음악'이 타 교과에 비해 학습 흥미도와 효과가 높다는 점에 착안하여 시각장애인 학교 학생들에게 가장 효율적인 음악 활동 영역을 모색하기 위해 작성되었다. 시각장애 학생들의 특성을 반영한 결과인지를 확인하기 위하여 일반 학생도 비교 대상으로 삼아 함께 조사하였다. 조사 결과는 각 학생별 빈도수와 백분율로 제시하였고 차이검증과 유의수준을 계산하여 신뢰성을 높였다. 일반 학생은 중학생만을 조사하였지만 장애학생은 상대적으로 인원이 부족하기 때문에 중학생과 고등학생을 함께 조사하였다.

시각장애 학생의 경우 총 106명이 조사에 참여했으며, 그중 음악 교과에 대한 흥미도에서 '즐겁다'가 68명으로 64.2%, '보통이다'가 36명으로 34%를 나타냈으며, '즐겁지 않다'가 2명으로 1.9%를 나타냈다. 음악 활동 영역 간의 선호도에서는 가창이 55.7%로 가장 흥미 있는 영역으로 조사되었고, 그 다음이 감상 34.9%, 작곡 6%, 기악 3.8% 순이었다. 반대로 어떤 영역에서 활동이 가장 어렵냐는 질문에서는 이론이 60.4%, 작곡이 16%, 기악이 11.3%, 가창이 10.4%, 감상이 1.9%로 각각 나타났다.

일반 학생의 경우, 총 380명이 조사에 참여하였으며 그 중 음악 교과 흥미도에서 225명의 59.2%가 '보통이다'는 반응을, 80명의 21.1% 학생이 '즐겁지 않다', 75명의 19.7%가 '즐겁다'는 반응을 보여 장애 학생들의 '즐겁다', '보통이다', '즐겁지 않다'의 흥미도 순과 큰 차이를 보였다.

음악 활동 영역 간의 선호도에서 장애 학생들은 가창이 가장 즐겁고 그 다음으로 감상, 작곡, 기악 순으로 즐겁다고 답했다. 반면에 일반 학생은 감상이 59.2%로 가장 높았고 기악 32.1%, 가창 18.4%, 작곡 1.3%로 조사되었다. 음악 활동 중 가장 어려운 활동이 무엇이냐는 질문에서는 일반 학생은 작곡이 145명인 38.2%로 가장 높았고, 이론이 36.8%, 가창이 18.4%, 기악이 5.3%, 감상이 1.3%로 그 다음으로 조사되었다. 장애 학생들도 이론, 기악, 가창, 작곡, 감상 순으로 활동이 어렵다고 대답해 순서에서는 일반 학생과 차이를 보이지는 않았지만, 이론이 60.4%나 차지하고 있어 이론 학습에서 큰 문제를 갖고 있는 것으로 드러났다.

이러한 조사 결과를 토대로 시각장애인 학교 학생들에게 가장 효율적인 음악 활동 방법을 모색해 보자. 우선 음악 활동에 대한 흥미도에서는 과반수가 넘는 64.2%의 학생이 '즐겁다'는 반응을 보였고 1.9%의 극소수 학생만이 '즐겁지 않다'는 반응을 보여, 일반 학생들보다 음악에 대한 흥미도가 크다는 사실을 알 수 있다. 영역별 흥미도에서는 가창과 감상이 각각 55.7%, 34.9%로 높게 나타났다.

이는 시각장애 학생들이 눈이 큰 역할을 하는 음악 활동보다는 가창이나 감상처럼 눈의 역할이 덜 필요한 활동에 더 큰 흥미를 느끼는 것으로 해석할 수 있다. 그러나 음악 활동이 골고루 이루어지는 게 좋다는 전문가의 의견에 따른다면 이는 아쉬운 결과이다. 교육기관에서는 학생들의 흥미가 가창이나 감상에 그치지 않고 다른 음악 활동에도 이어질 수 있도록 구체적인 방안을 마련하고 실행할 필요가 있다.

그중에서도 이론은 선호도 조사에서 0%를 기록한 데다, 가장 어려운 영역이 무엇이냐는 질문에서도 단연 높은 비율인 60.4%(60명)를 기록했다. 이는 일반학생과 비교했을 때 거의 2배에 가까운 수치이다. 이는 현재 장애 학생들을 대상으로 이루어지고 있는 이론교육에 문제가 있음을 암시한다. 이론 분야 또한 시각장애 학생들의 음악에 대한 흥미가 자연스럽게 관심으로 이어질 수 있도록 유도해야 할 것이다. 그리고 교육기관에서는 이 학생들이 이론을 어려워하는 이유를 잘 파악하여 효율적인 방안을 마련해야 할 것이다.

이와 같은 시각장애인 학생의 음악 활동에 대한 조사는 이 학생들의 음악수업 효과를 높이는 데 도움을 줄 수 있을 것으로 기대된다. 다만 이번 연구에서는 시각장애 학생들의 가창이나 감상 이외의 음악 활동에 대해 어려워하는 이유에 대해서는 미처 조사하지 못했다. 이에 대한 조사는 차후에 진행될 필요가 있다.

＊이 글은 도표의 내용을 서술적 언어로 풀어쓰는 과정이기 때문에 모든 내용을 설명하는 방식을 취하였다. 원래 도표를 설명할 때는 중요하고 핵심적인 내용만 선택한다.

(2) 도표의 문제점 분석

이 연구 조사는 비교 대상으로 일반 학생의 결과도 함께 제시하였고 빈도수(인원수), 백분율로 표현하였으며 차이검증과 유의수준도 같이 표시하여 객관성과 신뢰성을 높이고자 하였다. 그러나 문제도 여럿 발견된다. 그러한 문제를 잠시 살펴보기로 한다.

(가) 음악 관련 활동 경험 유무를 조사했는데 그 음악 관련 활동이 음악수업인지 아니면 피아노 과외수업과 같은 교과 수업 외 음악 활동인지 명확하지가 않다. 또한, 일반 학생의 경우 음악 관련 활동이 '있다'고 대답한 학생은 380명 중 50명인데 음악 교과에 대한 흥미도 조사에서는 380명 모두가 응답에 참여하였다. 이 점은 다시 생각해 볼 여지가 있다.

(나) 표현적인 면에서 살펴보면 '일반 학생'과 '장애 학생'으로 표현하였는데 그보다는 좀 더 부드럽고 올바른 표현인 '장애 학생'과 '비(非)장애 학생'을 사용하는 것이 바람직하다.

(다) 처음에 "음악은 타 교과에 비해 학습 흥미도와 효과가 높다"라고 말했는데 이 주장은 음악 교과와 타 교과에 대한 비교 자료가 없어서 신뢰성이 떨어진다.

(라) 음악 교과에 대한 흥미도 비교표에서 장애 학생의 백분율 합이 100%가 되어야 하는데 다 더해 보면 100.1%가 된다. 그리고 음악 시간 중 가장 어려운 활동이 뭐냐는 질문에서 일반 학생의 145명이 '작곡'이라고 대답했는데 백분율을 1.3%로 잘못 표시했다. 380명 중 145명이므로 38.2%로 수정해야 한다.

〈연습 문제〉

1. 다음 서술적 언어를 읽고 이를 시각화한 도표를 작성해 보시오.

연구팀은 급성 간염을 유발시킨 쥐를 이용한 실험에서 KPU-1의 효능이 월등함을 규명했다. 우선 댕댕이나무 열매 추출물을 투여하여 간 기능 회복 능력을 분석한 실험에서 사염화탄소를 주입하지 않은 '가'군의 AST, ALT 평균 활성값은 각각 23유니트, 37유니트였으며, 사염화탄소만을 주입한 '나'군의 AST, ALT 수치가 1,023유니트와 1,129유니트로 급성 간염이 유발된 현상을 나타냈다. 반면에 실리마린을 사전에 복용시킨 '다'군의 AST, ALT 수치는 337유니트, 446유니트였고, 추출물 KPU-1을 사전에 복용시킨 '라'군의 AST, ALT 평균 활성값은 107유니트, 130유니트로서 추출물 KPU-1의 AST, ALT 값이 실리마린을 투여한 마우스에 비해 평균 230유니트, 207유니트가 각각 감소한 결과를 얻었다.

AST, ALT 회복비율로 보면 대조군으로서 실리마린의 간 기능 회복 능력은 63.8%이었으며, 추출물 KPU-1의 간 기능 회복 능력은 89.0%로서 추출물 KPU-1이 25% 이상 회복 능력이 뛰어난 것으로 나타났다.

〈참고 사항〉

A	정상적인 쥐(대조군)
B	CCL4에 의해 급성 간염을 유발시킨 쥐
C	실리마린을 먹이고 급성간염 유도물질을 투여한 쥐
D	댕댕이나무 추출물을 먹이고 급성간염 유도물질을 투여한 쥐

• AST(Aspartate Aminotransferase: GOT)와 ALT(Alanine Aminotransferase: GPT)
AST와 ALT는 각각 간 기능을 알려주는 검사다. 간세포 내의 미토콘드리아에 존재하는 효소로서 이것이 정상보다 높다는 것은 그만큼 간세포가 손상을 받아 우리 몸에서 많이 깨져 분해되고 있다는 뜻. AST는 우리 신체의 다른 장기나 부분에도 약간은 존재하지만 ALT는 오로지 간세포 내에만 존재하므로 좀 더 특이도가 높다고 알려져 있다. 간세포가 파괴되거나 손상을 받으면 이들이 혈중에 유출되어 농도가 증가하게 되는데, 검사에서 이들 수치가 증가되어 있으면 간세포가 비정상적으로 많이 파괴되고 있는 상태다. 즉 간에 염증이 있는 상태라고 볼 수 있다.

초·중학교 때 글짓기 해 본 게 전부였던 나에게 대학의 글쓰기는 무척 어려웠다. 글을 쓰는 것도 어려웠을 뿐 아니라 다른 과목에 비해 숙제의 양도 엄청났다. 또 글을 쓸 때 나는 스스로 잘 썼다고 생각했던 것이 평가를 받아보면 점수가 좋지 않아 많이 실망했다. 그러나 그걸 통해서 내 글쓰기의 문제점이 무엇인지를 파악할 수 있었다.

자기소개서 쓰기와 도표 분석과 같은 글쓰기는 매우 실용적이라고 생각한다. 도표 분석의 글쓰기를 할 때는 내가 마치 신문기자가 된 듯한 착각을 하였다. 여러 가지로 큰 도움이 되었다고 생각한다.

주석 달기 등 인용의 글쓰기는 다른 과목 리포트 작성에 큰 도움을 주었습니다.

미처 생각지도 못했던 사소한 부분까지 신경을 써야 해서 힘들었다. 예를 들어 아무렇지도 않게 자료를 가져와 숙제를 작성했는데, 각주를 달지 않았다고 혼이 났다. 또한 같은 말이 글의 중간중간에 필요 이상으로 많이 들어가 지적을 받기도 했다. 내 글쓰기의 문제점이 무엇인지 알 수 있어 보람되었다.

나는 글을 읽고 쓰는 게 싫어서 이과를 선택했다. 글쓰기는 사실 말만 들어도 싫었다. 하지만 이제 대학교에도 왔고 하니까 언제까지나 글 쓰는 것을 싫어하고 두려워할 수만은 없어서 열심히 해야겠다고 다짐하며 수업에 임했다. 첫 수업의 작문인 등굣길 묘사는 교수님께서 주신 1,000자 원고지를 가득 채웠다. 그 자체만으로도 기뻤고 나 나름대로는 잘 썼다고 생각했다. 그러나 내 글은 제일 낮은 점수인 C를 받았다. 시뻘겋게 첨삭된 원고를 보면서 내 글쓰기에 문제가 많다는 것을 처음으로 실감했다. 그 후로 마음을 가다듬고 하나하나 진지하게 글쓰기에 임했다. 줄곧 C, B만 받던 내 글이 나중에 A를 받았을 때는 정말 기뻤다.

실험 보고서 쓰기

실험보고서는 실험 또는 관찰에서 나온 결과를 일정한 형식에 맞추어 정리한 것이다. 따라서 학술논문에 비해 주제의 범위가 좁고 제한되어 있다. 실험보고서의 목적은 실험 결과를 확인하는 동시에 이와 관련된 학습 성과를 확인하기 위한 것이 대부분이다.

한편 실험보고서는 전문적인 보고서나 과학 논문으로 이어질 수 있다. 좋은 보고서나 과학 논문을 쓰기 위해서는 상당한 노력과 경험이 필요한데, 실험보고서 작성은 본격적인 보고서나 과학 논문을 작성하는 요령과 기술을 미리 습득하게 하는 예비 훈련이라는 의미도 갖는다.

1. 실험 보고서의 구성

- 표지
- 실험 목적
- 실험 이론
- 실험 재료 · 장치 · 방법
- 실험 결과
- 고찰
- 결론
- 참고문헌

2. 실험 보고서 작성 요령

1) 표지

실험보고서의 첫 장이나 맨 위에 따로 표시한다. 제목, 과목명, 담당교수, 실험일시, 실험장소, 학과, 학번, 이름, 조, 조원, 제출일 등을 밝힌다.

2) 실험 목적

실험의 목적이나 의의를 간단하고 명료하게 적는다.

3) 실험 이론

흔히 '이론적 배경'이라고도 하는데, 실험에 필요한 핵심 원리를 기술하는 것이다. 실험의 개요를 실험 책 및 기타 자료에 나와 있는 이론을 근거로 간단하게 서술한다. 책 내용을 그대로 베껴 쓰기보다는 이론의 핵심 내용을 일목요연하게 요약하는 것이 좋다. 다른 책이나 자료에서 참고한 사항을 적었을 경우에는 보고서의 맨 뒤 '참고문헌'란에 일정한 형식을 갖추어 밝혀주어야 한다.

4) 실험 재료 · 장치 · 방법

실험에 필요한 재료, 기구, 장치, 준비물, 방법 등을 구체적으로 설명한다. 이와 관련된 인용 문헌이 있으면 역시 '참고문헌'란에 밝힌다. 새로 사용하게 되는 기구에 대해서는 그림과 함께 사용법을 조사하여 기록해야 한다. 실험 방법은 보통 순서도 형식을 이용하여 실험 절차를 기록한다.

5) 실험 결과

실험에서 얻은 결과를 일정한 자료로 정리한 것이다. 가능하면 한눈에 알아볼 수 있게 시각화하는 것이 좋다. 같은 결과도 표시하는 방법에 따라 보고서의 좋고 나쁨이 구별될 수 있으므로, 알리고자 하는 내용을 가능한 한 효과적으로 전달할 수 있도록 해야 한다. 도표에는 문맥의 내용과는 별도로 제목과 설명을 따로 붙인다. 또, 같은 조에서 실험한 학생들의 실험 데이터는 동일하게 기록해야 한다.

6) 고찰

실험이 갖는 의미가 무엇인지 논하는 것이다. 즉, 결과 해석과 의미 부여인 셈이다. 같은 실험 조원들끼리 실험과 실험을 통해 나온 결과를 놓고 토의하되, 반드시 참고문헌을 조사하여 그 결과와 비교하는 작업이 필요하다. 이때 결과들을 단순히 반복적으로 보고하지 말고 그 결과들이 어떤 의미를 지니는지 해석하고 논의하는 게 중요하다. 이 과정에는 다양한 해석이 가능할 수 있는데, 처음의 가설에만 맞추려 하지 말고 여러 가지 가능성을 열어 두고 토론을 벌여야 한다.

실험 과정에서 문제점들이 발견되었다면 추후 이를 어떻게 해결하고 보완할 수 있는지에 대해서도 논의해야 한다.

7) 결론

실험에서 주요한 사항을 언급하고 결과를 요약한 것이다. 실험 결과를 토대로 하여 실험이 예측한 바와 같이 되었는지 따져 보고 내용을 정리한다. 만일 그렇지 못했다면 그 원인을 분석하여 적는다.

8) 참고문헌

실험과 관련해 도움을 받은 자료들의 목록을 밝힌다. 단, 실험 교재는 참고문헌에 적지 아니한다. 요구하는 형식은 학과나 분야마다 조금씩 다르므로 해당 지침에 따른다.

■ 실험 보고서 작성 사례

LAB #11

세포염색법(Gram's staining)을 이용한 균의 분류

일반생물학 및 실험
담당교수: 홍길동
실험일: 2020년 4월 21일
환경공학부 2019890176 하현우
제5조: 김사월, 김윤아, 나윤선, 박효신

Ⅰ. 실험 목적

① 진핵생물의 특징을 이해한다.

② 세포 염색(Gram staining)의 원리를 이해하고 균을 분류해 본다.

Ⅱ. 이론적 배경

1. 원핵생물(Procaryote)의 특징

① 단세포이며, 세포막과 세포벽이 있으나 핵막이 없다.

② 세포벽은 펩티도글리칸이 주성분이다.

③ 이분법으로 분열한다.

④ 각종 질병을 유발한다.

　　예 흑사병, 콜레라, 이질 등

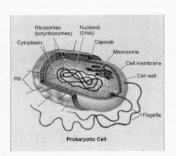

원핵생물그림

*펩티도글리칸

대부분의 세균 세포벽은 N-아세틸뮤람산(N-acetylmuramic acie, NAM)과 N-아세틸글루코사민(N-acetylglucosamine, NAG)이 하나씩 교차하는 긴 다당류 사슬로 이루어진 크고 복잡한 펩티도글리칸(peptidoglican)으로 구성되어 있다. 5펩티드 사슬(peptapeptide chain)이 NAM기에 연결되어 있다. 다당류 사슬은 5펩티드나 연결 다리에 의해 연결된다.

이런 복잡한 구조를 만들기 위해 복잡한 생합성과정이 필요하다는 사실은 놀랄 만하지 않다. 특히 합성반응이 세포막 안과 밖에서 모두 일어나기 때문에 아주 복잡하다. 펩티도글리칸 합성은 다단계 과정으로 그람 양성균인 황색포도상구균(Stapylococcus aureus)에서 가장 잘 연구되었다. 이 과정에는 유리딘 이인산(UDP)과 박토프레놀

(bactoprenol)이 운반체로 참여한다. 박토프레놀은 55개의 탄소로 구성된 알코올로서 인산기를 이용해서 NAM에 결합하며 펩티도글리칸 성분을 소수성 세포막을 통과해 이동시킨다. 펩티도글리칸의 합성은 8단계로 일어난다.

① NAM과 NAG 유도체가 세포질에서 합성된다.
② 아미노산이 순차적으로 UDP–NAM에 첨가되어 5펩티드 사슬을 형성한다(끝에 두 개의 알라닌은 다이펩티드로 연결된다). ATP의 에너지가 펩티드 결합을 형성하는 데 이용되지만 tRNA와 리보솜은 관여하지 않는다.
③ 세포막 표면에서 NAM–5 펩티드가 UDP로부터 박토프레놀 인산으로 이동한다.
④ UDP–NAG가 NAG를 NAM–5 펩티드에 더하여 펩티도글리칸 반복단위를 만든다. 만일 글리신 5개로 된 연결다리가 필요하면 리보솜이 아닌 특별한 글리신 tRNA 분자에 의해 글리신이 첨가된다.
⑤ 완성된 NAM–NAG 펩티도글리칸 반복단위는 박토프레놀 피로인산 운반체에 의해 막을 통과해 외부 표면으로 전달된다.
⑥ 신장하는 펩티도글리칸 사슬에 펩티도글리칸 단위가 하나씩 더해져 하나의 반복 단위만큼 길이가 늘어난다.
⑦ 박토프레놀 피로인산 운반체는 다시 막 내부로 돌아간다. 이 과정에서 인산기가 방출되어 박토프레놀인산이 되는데 이는 다시 새로운 NAM–5펩티드를 받을 수 있다.
⑧ 마지막으로 펩티도글리칸 사슬 사이의 연결은 펩티드전이(transpeptidation)에 의해 이루어진다. 대장균에서는 다이아미노피멜산(diaminopimelic acid, DAP)의 자유 아미노기가 끝에서 두 번째 알라닌을 공격하여 말단 D–알라닌기를 떼어낸다. 막 내부에서 말단 펩티드 결합을 만드는 데 ATP가 사용된다. 외부에서 펩티드전이가 일어날 때 더 이상의 ATP 에너지는 필요하지 않다. 교차 다리가 만들어질 때도 같은 과정이 일어난다. 단지 끝에서 두 번째 알라닌과 반응하는 분자만 다를 뿐이다.

다른 항미생물 제제는 펩티도글리칸 합성을 방해한다. 합성의 어느 단계를 방해하더라도 세포벽을 약하게 만들어 삼투압에 의한 세포 파괴를 가져온다. 많은 항생제가 펩티도글리칸 합성을 방해한다. 페니실린은 펩티드 전이 반응을 방해하고, 바시트라신(bacitracin)은 박토프레놀 피로인산의 탈인산화를 억제한다.

2. 원핵생물의 분류
① 염색법: 그람 양성균, 그람 음성균

(1) 그람 양성균(G(+))은 세포벽이 두껍고 Gram staining에 사용하는 Crystal violet에 의해 청색으로 염색된다. 그람양성균은 펩티도글리칸 때문에 Penicillin에 의해 죽지만 Streptomycin이나 Tetracycline에 의해서는 죽지 않는다.

(2) 그람 음성균(G(−))은 단백질로 이루어진 복합 외막을 가지고 있으며, Gram staining에 사용하는 Crtystal violet에 의해 염색되지 않는다. 그람 음성균은 Penicillin에 의해 죽지 않으며, Streptomycin이나 Tetracycline에 의해 죽는다. 이것들이 세포벽을 형성하지 못하게 한다. 그람 음성균도 펩티도글리칸층이 있지만 바깥층에 지질층이 있어서 어느 정도 내성이 있다.

(3) 그람(+): Bacillus Subtillus, Staphtlococcus, Micrococcus, Streptococcus, Faecalis toichoic acid 부분이 전체적으로 −를 띈다. 이 때문에 강한 +를 띄는 크리스탈 바이올렛 염색약을 사용한다. 펩티도글리칸층이 넓다.

그람(−): E. coli, 폐렴간균, 살모넬라, 임균, 수막염균, Shigella, Enterobacter LPS 지질층은 강한 독성을 띄고 사람 몸에 들어와서 면역세포를 공격한다. 펩티도글리칸층이 얇다.

3. Gram staining

① Crystal violet: cationic dyemicro−organasms의 nucleic acid나 tissues를 염색하는 데 사용.

② 염색이론

Gram negative bacteria는 cell wall에 high lipid를 함유하고 있는데 crystal violet이 decolorizer(acetone or ethanol)에 의하여 외막이 용해되어 외부로 나오지만 Gram positives bacteria는 crystal violet이 빠져나오지 못하고 남아 있게 되어 보라색(또는 남색)으로 보인다.

*그람 염색의 단계

− 제1단계

크리스탈 바이올렛 염색 염기성 색소인 크리스탈 바이올렛(crystal violet)으로 염색하면 G(+)와 G(−) 모두 자주색으로 바뀐다.

− 제2단계

착색 단계(매염)

1단계에서 염색된 세균에 요오드 용액을 처리하면 크리스탈 바이올렛과 요오드가 반응하여 세포 내에 불용성의 복합체(크리스탈 바이올렛–요오드 복합체, CV–I)을 형성한다. 따라서 그람 양성 및 음성 세균 모두 자주색으로 여전히 보인다.

- 제3단계

  탈색

  착색된 세균에 탈색제인 알코올 시약을 처리하면 착색된 CV–I 복합물이 용해된다. 이때 그람 양성균과 음성균은 서로 다른 반응을 보인다. 그람 양성균인 경우에는 복합물이 세포 내에 그대로 남아 있지만, 그람 음성균은 탈색된다. 따라서 탈색 단계가 지나면 그람 양성균은 자주색이지만 그람 음성균은 백색으로 보인다.

- 제4단계

  대조 염색

  분홍색의 염기성 색소인 사프라닌(safranin)으로 대비 염색을 하면 백색으로 탈색되었던 그람 음성균은 사프라닌의 색인 분홍색으로 염색된다. 그러나 자주색으로 염색된 그람 양성균은 영향을 받지 않고 그대로 자주색으로 보인다.

4. 세균 취급 시 주의 사항

① 눈에 보이지 않으므로 주변을 오염시키지 않도록 한다.
② Loop는 사용 전과 사용 후에 반드시 알코올램프로 멸균(화염소독)한다.
③ 슬라이드 글라스는 사용 후에 지정된 용기에 모아서 멸균한다(Autoclave; 고압증기멸균).

Ⅲ. 실험재료 · 기구 · 장치

1. 기구: Slide glass, 핀셋, 알코올램프, 백금이, alchol lamp, 여과지, 광학현미경
2. 시약: Crystal violet solution, Iodine solution, Safranin O solution, 95% Ethanol, D.W. 식염수
3. 재료: Escherichia coli, Bacillus subtilis, Bacillus cereus, Staphylococcus, Serratia marcescens

(1) Escherichia coli(대장균)

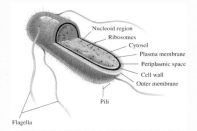

배양온도: 37도

액체 배양시 rpm은 160 ~ 180 정도

배양시간: 접종 후 16~18시간. 때에 따라 다름

배지조성: NaCl 10g/L

yeast extract 5g/L

tryptone peptone 10g/L

(2) Bacillus subtilis(고초균, 낫도균)

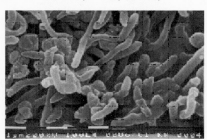

규조과에 속하는 호기성 간균의 일종으로 토양, 고초 등 자연계에 분포하는 세균이다. 고초로부터 잘 분리할 수 있기 때문에 이 이름이 붙여졌으며, 영어명의 유래도 마찬가지이다. 내열성 포자를 형성하며 그람 양성이다.

(3) Bacillus cereus

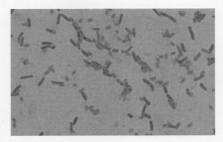

- 그람 양성 간균으로 내열성 아포를 형성한다.
- 호기성 세균으로 토양, 수중, 공기, 식물표면, 곡류 등 자연계에 널리 분포되어 있다.
- 증식온도는 5~50℃ (최적 30~37℃)이다.
- 다른 균주의 포자에 비해 어느 표면이든 잘 들러붙어 세척과 소독이 어렵다.
- 설사, 구토를 일으킨다.

(4) Staphylococcus aureus(포도상구균)

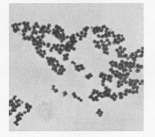

포도상구균(Staphylococcus)은 Micrococcaceae과에 속하며, 현미경으로 보면 포도송이와 같이 연속된 균괴를 형성하는 그람 양성 통성혐기성 구균(직경 0.8~.0㎛)으로 현재 23종 4아종으로 분류되어 있다. 이 중에서 황색포도상구균(Staphylococcus aureus)은 식중독을 포함하여 여러 가지 감염증을 일으키는 가장 중요한 균종이며, 다른 균종은 기회감염균이다.

(5) Serratia marcescens

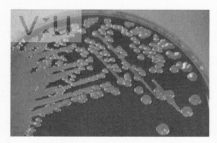

Gram 음성 단간균으로 통성혐기성 조건에서 증식되며, 주모성 편모를 가지고 있어 운동성이 있다. 어느 균종은 협막을 가진 것도 있다.

Ⅳ. 실험 절차

1. 슬라이드 글라스에 액체 배양된 세균 액을 떨어뜨린 다음 넓게 펴서 알코올램프를 이용하여 건조한다. 평판 배양한 세균은 슬라이드 글라스에 증류수를 조금 떨어뜨린 다음 균체를 고루 분산시켜서 고정시킨다. 지나치게 건조하거나 태우는 것을 조심한다. 건조가 충분하지 않으면 고정이 잘 되지 않는다. 세균을 고정시킨 면을 표시한다.

2. 염색한다.

크리스탈 바이올렛 용액을 한 방울 떨어뜨려 세균을 염색한다. 염색액이 손이나 옷에 묻지 않도록 주의한다.

3. 세척한다.

정확히 1분 후에 물로 세척한다. 시간을 정확히 지킨다. 수돗물을 약하게 틀어 간접 세척한다.(뒷면에 수돗물이 흐르게 하여 세척)

4. 매염시킨다.

요오드 용액을 떨어뜨리고 1분간 매염시킨다. 시간 엄수.

5. 세척한다.

수돗물로 세척한다. 간접 세척한다.

6. 탈색시킨다.

알코올 용액으로 탈색한다. 약 30초 동안 실시한다. 그람 양성 세균인 경우, 자주색이 용해되어 나오는 것을 관찰할 수 있다.

7. 세척한다.

수돗물로 세척한다. 시간 철저히 엄수.

8. 대조 염색을 한다.

　　사프라닌 액으로 1분간 염색한다. 그람 음성균은 분홍색으로 염색된다.

9. 관찰한다.

　　물기를 제거하고 현미경으로 세포의 형태와 염색 상태를 관찰한다.

☞ 저배율 관찰

　　탈색이 제대로 되었는지 확인한다. 검체 종류에 따라 슬라이드 배경 염색이 달라질 수 있으나 대개 깨끗하거나 그람 음성이어야 하며 백혈구는 뚜렷한 그람 음성을 보여야 한다. 도말 표본 두께가 적당한지를 확인한다. 단일층으로 도말되어야 하며 세포가 겹쳐 있으면 안 된다. 호중구, 단핵구, 적혈구의 상대적인 양을 관찰하여 염증반응의 유무를 확인한다. 백혈구감소증 환자는 호중구가 적어 염증반응을 관찰하기 어렵지만 슬라이드 배경에 괴사성 덩어리와 단백질에 의한 색깔의 변화가 있을 수 있다. 상피세포의 수가 많거나 정상 상재균에 합당한 균종이 있을 때 또는 음식 찌꺼기 등이 관찰되면 부적절한 검체 채취를 의미한다. 분지 균사 또는 세포 내에 존재하는 균주는 저배율에서 관찰하는 것이 진단에 도움이 될 때가 있다.

V. 결과 및 고찰

1. Escherichia coli: 빨간색
2. Bacillus subtilis: 빨간색
3. Bacillus cereus: 파란색
4. staphylococcus aureus: 빨간색
5. serratia marcescens: 빨간색

조사에 따르면 그람 (+)균은 Bacillus subtilis, Bacillus cereus, staphylococcus aureus 이렇게 3종류이다. 그러나 한 가지만 알아낸 것에는 여러 원인이 있을 수 있다.

- 첫째, 현미경으로 색을 관찰할 때 색채에 대한 주관적인 판단 때문일 수 있다. 실제 현미경을 관찰했을 때 이 세균이 보라색인지 파란색인지 붉은색인지 헷갈리게 보이는 경우가 많이 있다.
- 둘째, 실수로 인해 다른 세균이 슬라이드 글라스에 묻었을 수도 있다. 세균이 손에 묻지 않기 위해 비닐장갑을 끼고 조심스럽게 다루어야 했는데, 급할 때 슬라이드 글라스를 손으로 잡는 등의 실수를 범했다.

- 셋째, 요오드에 의한 충분한 매염이 되지 않아 크리스탈 바이올렛 용액이 빠져나가고, 대신 샤프라닌 용액이 염색되었을 수 있다.

결과는 즉,

1. Escherichia coli: 빨간색
2. Bacillus subtilis: 파란색
3. Bacillus cereus: 파란색
4. staphylococcus aureus: 파란색
5. serratia marcescens: 빨간색으로 나와야 한다.

그람 (+)균이 에탄올로 씻어내도 색이 빠지지 않는 것으로 보아 이런 것들을 추측해 볼 수 있다. 크리스탈 바이올렛과 사프라닌은 양전하를 띤다. 반면 세균의 표면은 원리에서 밝힌 것처럼 toichoic acid 층이 음전하를 띠고 있다. 따라서 음전하인 세균의 표면을 양전하를 띠는 염색약으로 염색할 수 있게 되는 것이다. 에탄올은 탈색제인데, 그람 (+)균이 색이 쉽게 빠지지 않는 것으로 보아 두꺼운 펩티도글리칸층을 가진 것으로 추측할 수 있다.

하지만 그람 (−)균이 탈색되어, 2차 염색약인 사프라닌에 의해 염색되어 붉은색을 띠게 되는 것으로 얇은 펩티도글리칸층을 가진 것을 알 수 있다.

이번 실험은 세균의 이름을 모르는 상태에서 직접 관찰하고 추측해 보았기 때문에 의미가 있었다. 만약 미리

VI. 참고문헌

캠벨, R., 『생명과학』, 전상학 역, 제7판; 라이프사이언스, 2006, pp. 1247–1248.
프레스콧, J. E., 『일반미생물학』, 김영민 역, 제5판; 라이프사이언스, 2003, p. 389.
한국균학회, 『균류와 자연과 인간생활』, 월드사이언스, 1998, p. 37.

사실 나는 어느 정도 수준의 글쓰기 능력은 갖추었다고 생각했다. 하지만 수업 시간에 작문한 글이 피드백되었을 때는 당혹스럽고 창피했다. 첨삭 내용과 함께 내 글을 읽어 보면 '내가 언제 이런 글을 썼지?' 하고 어리둥절할 때가 많았다. 평소 같았으면 쓰지 않았을 비문도 많았고, 무엇보다 띄어쓰기가 제대로 되지 않아 답답했다. 수업 시간이 월요일 아침 1교시라는 핑계도 대봤지만 그것은 말 그대로 핑계일 뿐이었다. 이유는 글의 수정에 있었다. 집에서 컴퓨터로 작업하면 수정을 쉽게 할 수 있지만 강의시간에 직접 쓰니까 수정할 시간도 부족한 데다 컴퓨터의 도움을 받을 수도 없기 때문이었다. 글쓰기에서 수정의 중요성을 확실히 깨달았다.

처음 글쓰기부터 낮은 점수를 받아 매우 실망하였다. 이것은 나에게 글쓰기에 대한 자신감을 완전히 상실하게 만들었다. 정해진 시간 안에 글을 쓰려니 구성도 엉망이었고, 비문도 많았다. 그러나 차분한 마음으로 재고를 쓰면서 스스로 잘못된 점을 찾아내고 그 부분을 고치면서 글쓰기 실력이 좋아지는 것을 느꼈다. 다양한 글을 쓰면서 글쓰기에 대한 두려움이 사라졌다는 점과 글의 분량을 늘리는 법을 배웠다는 점이 큰 보람이다.

나는 내가 글을 꽤 잘 쓴다고 생각했다. 왜냐하면 내가 쓴 글에 대해 그 누구도 비평을 해 주거나 첨삭을 해주는 사람이 없었기 때문이다. 그래서 글을 쓸 때면 개요도 짜지 않고 닥치는 대로 써나가곤 했다. 그래서 지금 내가 무슨 말을 하고 있는지조차 모르는 경우도 많았다.

심판을 기다리는 죄수의 심정이었다. 이는 내 글을 발표하기 위해 친구들 앞에 섰을 때 들었던 생각이다. 내가 첫 발표를 한다고 한 이유는 내 글에 자신이 있었기 때문이었다. 주제도 친숙한 것이라 나의 자신감은 하늘을 찔렀다. 하지만 결과는 처참했다. 친구들의 질문이 쏟아질 때는 쥐구멍이라도 찾고 싶었다. 문제가 무엇일까? 한글맞춤법과 띄어쓰기? 어휘? 물론 그런 점도 이유이겠지만 가장 근본적인 것은 나의 자만심이었다. 과제를 제출하기 전 충분한 시간이 있었는데도 내가 읽어보니 아무런 문제를 찾을 수 없었다. 나의 자만심이 나의 눈을 멀게 했던 것이다. 앞으로는 제출하기 전 반드시 친구들에게 보여 주고 조언을 구할 것이다.

시간 관리의 중요성을 다시 한 번 깨달았다. 숙제를 미루다가 늦게 내는 일이 허다했고, 아직까지도 내지 못한 과제들이 많다. 수업시간에 교수님께서 말씀하신 것처럼 일의 우선순위를 정해두어야 한다는 것이 실감난다.

교양과목 리포트 작성법

1. 교양과목을 기피하는 현상

이공계 학생들은 대체로 교양과목을 기피하는 현상이 있다. 거기에는 여러 가지 이유가 있을 것이다.

- 전공과목의 실험실습 시간이 많아 교양과목에 투자할 시간이 적다.
- 교양 자체에 대한 배경지식이 부족하다.
- 교양 교과의 글쓰기에 익숙지 못하다.
- 학점이 잘 나오지 않는다.

어쩌면 맨 마지막 항목이 가장 주요한 원인일지도 모른다. 요즘 학생들은 학점에 민감하기에 학점 관리 차원에서, 학칙에 정해진 최소한의 교양과목만 들으려 한다. 필자에게 '글쓰기' 수업을 들은 공대 학생이 다음 학기에 필자의 또 다른 강좌인 '문학의 이해'를 수강했다. 성적이 나가고 메일이 왔다. 토론식 수업이라 의견도 활발히 개진하고 과제도 다 냈는데 기대한 만큼 성적이 좋지 않다는 내용이었다. 성적을 살펴보니 과제 점수와 기말시험 점수가 나빴다. 이유는 단순했다. 글쓰기 실력이 부족한 탓이었다. 무엇보다 기준 분량을 채우지 못했다. 문학은 작품 이해와 더불어 언술 능력도 중요한 요소인데, 그 부분을 채우지 못했으니 좋지 못한 평가를 받을 수밖에 없었다.

그러나 교양과목은 더욱 근본적인 이유에서, 이공계 학생들이 생각하는 것 이상으로 중요하다.

■ 일반 교양과목이 중요한 이유

- 복잡한 현대 사회는 멀티 탤런트를 요구
- 공학적 전문지식 + 경영 마인드 + 원만한 인간관계 + 창의성 + 윤리 감각
- 공과대학 커리큘럼에 창의공학, 경영 관련 교과목이 추가되는 추세
- 공학적 상상력의 한계 → 인문학적 상상력을 접목해야 함
- 다양한 관점이 새로운 아이디어를 낳고, 그것이 부가가치와 직결

복잡한 현대 사회는 다양한 능력을 두루 갖춘, 멀티 탤런트를 요구한다. 기업에서도 해당 분야의 공학적 전문지식은 물론 경영 마인드까지 갖춘 인재를 선호한다. 공학인증 프로그램에 공학적 문제해결 능력뿐 아니라, 학제 간 협동연구 능력을 배양하는 항목이나 과학기술의 실천윤리 등이 포함되어 있는 것도 이 때문이다. 이는 휴대폰의 기능이 어떻게 변하고 있는지를 살펴보면 그 일단이 잘 드러난다. 전화 송수신 기능에 문자, 다이어리 기능을 더하고, 거기에 MP3, 카메라, 인터넷, 화상통신, TV 시청, 영화감상, 전자사전, 심지어 적외선 데이터 송수신 등 이루 헤아릴 수 없을 정도로 다양한 기능을 갖춘 제품들이 하루가 멀다고 쏟아져 나온다. 기능이 추가되면 모델의 버전이 바뀌고(업그레이드되고), 버전이 바뀌면 휴대폰의 상품 회전율이 높아지면서 기업의 부가가치가 늘어나는 까닭이다.

우리 시대의 천재라고 할 수 있는 스티브 잡스가 2005년 스탠퍼드 대학 졸업식에서 축사를 한 적이 있었다. 잡스는 이날 대학을 졸업하지 못했던 자신이 졸업식을 이처럼 가까운 자리에서 보는 것은 처음이라면서 자기 인생에서 중요한 전환점 세 가지를 이야기했다. 그때 첫 번째로 들었던 전환점이 의외로 캘리그래피(서체) 과목의 수강이었다. 과학으로는 도저히 표현할 수 없는, 서체의 아름다움에 매료되었다고 하였다. 이것은 잡스가 맥을 만들 때 캘리그래피를 컴퓨터에 접목한 빼어난 디자인과 폰트를 가질 수 있는 배경이 되었다. 만약 잡스가 서체 과목을 수강하지 않았다면 그의 말대로 "맥컴퓨터는 지금의 다중활자체나 비례적으로 공간이 있는 폰트(가변폭 폰트)들을 갖지 못했을 것"이다. 그가 자신의 영역에만 묶여 있었다면 천재의 비범함이 드러나지 않았을 법하다.

언젠가 미국과학재단은 공학적 상상력이 한계에 다다른 만큼, 이제는 인문학적 상상력을 접목해야만 부가가치를 창출할 수 있다고 백서에서 밝혔다. 기업에서 멀티 탤런트형 인재를 요구하는 것도 이 때문이다. 조그만 아이디어 하나가 그 기업의 부가가치와 직결되기 때문이다. 아이디어는 대상을 다양하고 엉뚱한 관점에서 바라볼 때 생긴다. 전공 분야의 지식만 가져서는 안 되는 이유가 여기에 있다. 그러니까 어설프게 학점 관리나 하는 차원에서 교양과목을 소홀히 하기보다는 오히려 적극적으로 수강해야 할 것이다.

물론 학점도 잘 받으면서 교양 소양도 함양하는, 두 마리 토끼를 동시에 잡을 수 있다면 더 좋은 일일 것이다. 그러기 위해서는 우선 교양과목의 리포트 쓰는 법부터 익혀야 한다. 여기서는 내용보다 형식 중심으로 진행하는데, 그 이유는 교과목마다 글쓰기 스타일이 다르고 교수마다 취향과 지침이 다른 까닭이다. 원래 내용을 채우는 것은 어디까지나 학생의 몫이다. 하지만 형식을 익혀 두면 내용을 채우게 되어 있다. 그 부분에 대한 것은 별도의 개인 학습과 전략이 필요하다.

2. 리포트의 구성

- 표제부
- 제목
- 목차
- 서론
- 본론
- 결론
- 참고문헌

3. 리포트를 쓰기 전에

- 작성 일정 계획
  리포트 제출 날짜를 확인하고 일정을 잡는다. 시작 시기는 보통 3단계로 하되 단계를 미룰 때마다 학점이 깎인다고 각오하자. 빨리 시작할수록 아이디어와 자료를 많이 확보할 수 있다.

- 교수의 취향 분석
  담당 교수가 어떤 글을 좋아하는가, 어떤 스타일을 좋아하는가 등을 미리 따져 보아야 한다. 가장 중요한 항목이다.

- 과제 내용 분석
  교수가 이 과제를 왜 부과했는가, 우리에게 어떤 지식을 전달하기 위함인가, 학습 성과의 확인을 요구하는가, 자기주장을 요구하는가 등을 살펴야 한다.

- 샘플 분석
  해당 과목의 샘플을 구해서 무엇이 잘 되었고 못 되었는가를 분석하고 자기 글의 방향을 잡아야 한다.

- 자료 수집과 분류
  해당 주제에 대한 충분한 자료를 수집하고 이를 항목별로 분류해 두어야 한다.

- 개요 작성
  분류된 자료를 토대로 개요를 짜야 한다.

4. 부분별 기술 방식

■ 표제부

필요 항목만 기재, 현란한 디자인 금물 일반적으로 표지를 말한다. 리포트 제목, 과목명, 담당교수명, 학과, 학번, 이름, 제출일 등이 들어간다. 제목 급수를 굵고 진하게 키우는 등의 기본적인 디자인은 필요하지만, 교수의 취향이 유별나지 않다면 현란하게 디자인하는 것은 절대 금물이다. 그 시간에 내용을 한 번 더 점검하는 게 낫다. 필자의 경우처럼 표지를 없애라는 주문이 있다면 거기에 따라야 한다.

■ 제목

전체 내용을 포괄하되 구체적이어야 제목은 전체 내용을 포괄하되 구체적이어야 한다. "영화음악의 기능"보다는 "멜로영화에서 배경음악이 갖는 기능과 역할"이 더 좋다. 교양과목의 경우 학술논문처럼 딱딱하지 않아도 좋다. 이 점을 활용하여 다소 자극적으로 제목을 뽑아도 무방하다. "멜로영화의 애정 장면과 배경음악의 상관성"이라면 담당교수나 조교의 시선을 확 끌어당길 것이다. 앞의 제목들보다 주제의 범위도 좁고(오해 마시라, 그만큼 치밀하다는 뜻이다) 독창적이다. 단, 조건이 있다. 평가자가 그것을 수용할 수 있어야 한다. 어떤 식이든 제목은 구체적이어야 한다는 사실을 잊어서는 안 된다.

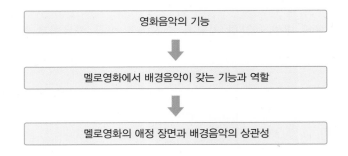

■ 목차

일목요연함이 생명

학생들이 대체로 목차를 작성하지 않는다. 잘못된 방법이다. 교수는 원래 바쁜 사람들이다. 학생의 보고서를 꼼꼼히 점검할 시간이 없다. 목차를 보고 서론과 결론, 참고문헌을 본 다음 본론으로 들어간다. 목차는 독자를 위한 배려이다. 더욱이 교수는 해당 분야의 전문가이므로 목차만 보아도 무슨 말인지 대충 안다. 작성 요령은 매우 간단하다. 서-본-결 각 항목의 제목들을 복사해서 차례로 붙여 놓으면 된다. 페이지가 많을 경우 쪽수도 표기한다. 유의할 것은 목차가 일목요연함을 갖고 있느냐이다. 한눈에 척 봐서 알 수 있게 되어 있어야 한다. 개요 작성 때 미리 점검했다면 큰 문제가 없을 것이다.

목차를 표지에 작성하는 경우도 있으나 속지의 큰제목 바로 아래에 박스로 쳐리하는 것이 좋다. 그래야 제목과 목차, 서론을 한눈에 알아볼 수 있다.

영화음악이 멜로영화에 미치는 영향

> 1. 들어가는 말
> 2. 영화음악의 정의와 역사
> 3. 멜로영화에서 영화음악의 역할
>   1) 감독의 의도 제시
>   2) 캐릭터 부각
>   3) 분위기와 무드 조성
>   4) 극적 효과 창출
>   5) 주제의식 구현
> 4. 나가는 말

1. 들어가는 말

세계 영화인의 축제라 할 수 있는 미국의 아카데미상을 비롯해 세계 각국의 굵직굵직한 국제영화제에서 주연상, 작품상 못지않게 세간의 화제가 되는 상이 있다. 바로 음악상이다. 그만큼 영화에서 큰 비중을 차지하는 것이 바로 음악이다. 삽입된 음악이 좋은 영화는 그 음악과 함께 오래도록 관객의 기억에 남는다. 예를 들어 '시네마천국'의 'Love Theme', '사랑과 영혼'의 'Unchained Melody', '보디가드'의 'I Will Always Love You', '겨울왕국'의 'Let It Go' 등은 아직도 영화 속 장면과 함께 관객 모두의 머릿속에 남아 있다.

■ 서론

서론에는 글의 목적과 방향을 제시해야 한다. 조사 대상과 범위, 용어의 정의를 포함할 때도 있다. 가장 중요한 것은 내가 왜 이 글을 쓰게 되었는가를 밝히는 일이다. 문제 제기, 즉 주제 선정의 이유나 배경이다. 이때 주제 자체에 대해 장황하게 언급하면 곤란하다. 학생들은 이 부분을 자주 혼동한다. 예를 들어, '멜로영화와 음악'의 주제를 다루면서 멜로영화 자체나 영화음악 자체에 대해서 장황하게 설명하면 안 된다는 뜻이다. 그것은 본론에서도 충분히 다룰 수 있다.

그것보다는 내가 왜 이 주제를 선택하게 되었는지 그 동기를 설명하는 데 집중하는 게 더 낫다. 가령,

> 어떤 영화의 어떤 장면을 보는데 어떤 음악이 흘러나왔다. 무척 감동적이었다. 만약 그 장면에서 음악이 흘러나오지 않았어도 그와 같은 감동이 여전했을까? 그 점이 궁금해서 이 주제를 다루게 되었다.

는 식이면 된다. 그런데 만일 담당교수가 리포트 작성자의 개인적 문제를 드러내서는 안 된다고 한다면 다른 식으로 접근해야 한다. 객관화의 방법을 취해야 하는 것이다.

> 멜로영화는 그 장르의 특성상 영화음악과 밀접한 관련이 있다. 대부분의 멜로영화는 극적인 장면에 음악을 삽입한다. 예를 들어 '사랑과 영혼'에서 두 남녀 주인공이…(중략)… 이 글은 바로 이와 같은 점에 주목하여 멜로영화와 음악의 상관성에 대해 논의해 보고자 한다.

그러나 위와 같은 객관화는 자기만의 독창적인 주장을 하기 어렵게 할 뿐만 아니라, 너무나 일반적인 관행이라 참신성도 떨어진다. 게다가 어디선가 베꼈다는 인상을 줄 소지도 있다. 그런 인상을 지우기 위해서는 '나'를 드러내며 시작하는 것도 한 방법이다. 외국 학생들의 에세이를 보면, 심지어 주제를 정하기까지의 힘든 과정을 서술하기도 한다. 그것 자체가 큰 공부이기 때문이다.

어쨌거나 다루고자 하는 대상에 대해 지루하게 늘어놓지 말아야 한다는 점이 가장 중요하다. 그것은 본론에서 다루어도 늦지 않다. 서론에는 글의 목적과 의도가 들어가야 한다. 가능하다면 이 글을 통해서 나 또는 우리가 얻게 될 이익이 무엇인지를 밝혀주면 더욱 좋다.

서론에서 오류를 범하지 않기 위해서는 서론을 맨 마지막에 마치는 방법이 있다. 대부분의 학술논문은 이 방법을 택한다. 필자도 이 방법을 적극 권장한다. 아직 본론을 쓰지 않았기 때문에 내가 무엇을 쓰려고 했는지 잘 모르기도 하거니와, 글을 써 나가다 보면 방향이 바뀌기도 하고 따라서 내용도 달라지는 경우

가 허다하기 때문이다.

　　마지막으로 가능하면 서론에서 직접 인용은 피한다. 하더라도 짧게, 본문의 몸체 안에 처리한다. 인용문을 별도 단락으로 처리해서는 안 된다는 뜻이다.

■ 본론

　　본론은 말할 것도 없이 리포트의 핵심이다. 자신이 말하고자 하는 바가 분명하게 제시되어야 한다. 그러기 위해서는 다음과 같은 요령에 따르면 좋다.

- 개요를 따라 쓰되 자신의 논점을 이탈하지 말아야 한다.
- 토론을 벌이듯 논리를 전개하는 게 좋다.
- 확보한 자료를 토대로 자신의 주장에 대한 근거를 마련해야 한다.
  - 이때 자료를 단순하게 나열해서는 안 된다.
  - 자료를 요약하여 제시하고, 이를 분석, 평가해야 한다.
  - 이 과정에서 주장이 서로 다른 자료들을 풍부하게 대비시키면 좋다.
- 자료 인용에는 반드시 주석을 달아야 한다.
  - 주석은 많이 달수록 좋은 평가를 받을 가능성이 높다.
  - 누구나 알고 있는 일반적인 사실에는 각주를 달지 않는다.
  - 달아야 할지 말아야 할지 모를 경우에는 다는 게 낫다.
- 글 전체가 조직화, 체계화되었다는 인상을 주어야 한다. 다음 두 체계를 비교해 보자.

1. 서론
2. 본론1
3. 본론2
4. 본론3
5. 결론

1. 서론
2. 본론
1) 본론1
2) 본론2
3) 본론3
3. 결론

단순 나열과 위계적 나열이다. 어떤 것이 더 조직적으로 보이는가?

짧게 두서너 줄로 마무리해서는 곤란하다. 본론에서 논의한 내용의 핵심을 다시 한번 요약해주고 그것이 의미하는 바가 무엇인지, 어떤 가치가 있는지 등을 제시해야 한다. 예를 들어 해결 방안, 대책 마련, 개선 방향 등 문제 해결이나 시사점, 응용 가능성, 남는 문제 등이 될 것이다.

■ 참고문헌

주석에 달았던 책, 신문 기사, 칼럼, 인터넷 자료 등을 가나다순, 알파벳순에 의해 반드시 정리해 주어야 한다. 일목요연함을 위해서이다. 리포트를 작성할 때 본문이나 주석에 밝히지 않은 자료는 포함하지 않는다. 오히려 감점 요인이 된다.

■ 편집

글자의 크기, 자간, 줄 간격 등을 조절하여 보고서를 깨끗하면서도 보기 좋게 만들어 준다. 교수가 제공한 지침이 있으면 반드시 거기에 맞추어서 편집한다. 교수에 따라서는 형식적인 것을 지키지 않는 학생에게 감점을 주기도 한다.

■ 마무리

1) 타인(他人)의 관점에서 보고서를 읽어 본다.

표현하고자 했던 요점이 분명하게 드러나고 있는지? 논증이 제대로 이루어졌는지? 뒷받침문장이 제대로 역할을 하고 있는지? 처음으로 보고서를 읽는 사람이라도 보고서를 읽은 후에 주제를 쉽게 이해할 수 있도록 썼는지? 등등을 살핀다.

2) 다른 사람에게 읽혀 보기

다른 사람이 읽게 되면 작성된 보고서의 요점이 명확한지 글쓰기 어색하지 않은지 등을 확인하는 데 도움이 된다. 보고서에서 말하고자 하는 바를 이해할 수 있는지, 더 추가해야 할 것이 있는지, 바꿀 만한 것이 있는지 등에 대해서 훈수

꾼처럼 조언해 줄 것이다. 이때 친구나 가족이 보고서를 읽고 도와주는 것을 두려워하지 말아야 한다.

3) 보고서를 수정한다.

　수정은 전체 구조에서 시작하여 세부 단위로 좁혀가는 것이 좋다. 글 전체가 원래의 의도대로 전개되고 있는지를 살펴 그렇지 않은 부분이 발견되면 재구성한다. 글 전체에 대한 수정이 끝나면 맞춤법, 문법 및 문장 부호 오류 등을 확인하고 교정한다.

4) 보고서를 소리 내서 읽는다.

　큰 소리를 내서 읽을 때 어색한 부분들은 다시 읽으면서 수정한다.

5) 보고서를 며칠 동안 버려둔다.

　완성한 것을 버려두고 머리를 깨끗이 할 시간을 마련하는 것은 매우 좋은 방법이다. 휴식을 취하고 며칠 뒤에 다시 보면 작성 당시에는 보이지 않았던 오류가 보인다. 적어도 사흘은 지나야 자기 글에 대한 객관적 시각이 생긴다고 한다. 오류를 수정하고 다시 버려둔다.

6) 위의 과정을 적어도 두세 차례 반복한다.

- 아직도 창의적으로 글을 쓰기보다, 기교나 멋을 내려고 하는 것 같다. 이러한 점이 오히려 글의 중심생각을 표현하는 데 걸림돌이 된다. 또한 자신의 생각을 추상적으로, 그럴듯하게 표현하려고 하는 습관보다는 구체적이고 정확하게 표현하는 게 중요하다.

- 과제를 단지 과제로만 생각했다는 점이 가장 아쉬웠다. 분량 채우기에 급급하지 않고 과제를 내 것으로 만들어서 공부한다고 생각했다면 나의 글쓰기 능력은 지금보다도 훨씬 향상되었을 텐데…. 앞으로 시간 관리를 잘해서 모든 과목의 과제를 내 공부로 여겨야겠다.

- 지금 이 글을 쓰는 데 자꾸 신경이 쓰인다. 맞춤법은 맞는지 띄어쓰기는 잘 하고 있는지 걱정이다. 다른 글을 쓸 때도 자꾸 신경이 쓰여서 지웠다가 다시 쓰기를 반복하지만 틀리는 건 여전하다. 첨삭을 통해 나의 글쓰기 문제점을 하나하나 알아가는 데 참 부끄러웠다. 그리고 이 글을 쓰면서 이 글은 그냥 내용만 대충 봐 주셨으면 하는 마음이 간절하다. 이 과목이 이공계 학생에게 꼭 필요한 것 같고, 이런 수업이 졸업 전에도 한 번 더 있었으면 좋을 것 같다.

- 글은 역시 많이 써봐야 한다는 걸 가장 절실하게 느꼈다. 중·고등학교 6년을 합쳐 쓴 글 보다 대학 1학기 동안에 쓴 분량이 더 많았다. 글쓰기에 대한 두려움은 많이 사라졌지만 완전히 사라지지는 않았다. 어휘력 부족이 계속 걸린다. 글을 쓸 때마다 같은 어휘를 반복하고, 계속 지적을 당한다. 방학이 되면 시간적 여유를 가지고 책을 많이 읽어서 부족한 어휘력을 보완해야겠다.

- 창의력 부족을 절실히 느낀다. 창의력이 부족해서 글을 쓸 때마다 예문을 참고해야만 했다. 그런데 그렇게 해서 겨우 글을 써가면 지나치게 평이하고 일반적이라는 지적을 받았다. "디지털이 나쁜 것인가요? 바코드가 안 좋은 것인가요?"라고 교수님께서 물어 보셨을 때 정말 충격을 받았다. 앞으로는 생각을 더 많이 해야겠다.

과학기술 논문 쓰기

1. 논문의 정의

논문이란 "어떤 문제에 대해 자기주장의 근거를, 조사라는 합리적인 방법을 통해 입증하고자 하는 일정량의 글의 집합"[1]이다.

2. 논문의 유형[2]

① 원저논문(Original Paper)

- 연구자가 자신의 연구결과를 정리하고 결론을 내린 논문

구분	내용
정규논문 (Regular article or full paper)	• 요약, 서론, 실험(또는 이론) 방법, 결과 및 고찰 등이 구분된 일반적인 논문으로서 통상 article이라 칭하며, 논문 성과 분석 시 가장 중요한 요소임
속보 (Communication or Letter)	• 과제가 완료되지 않았으나 지금까지의 결과가 중요하여 학계에 시급히 보고할 필요성이 있는 내용을 속보 형식으로 보고한 논문으로서 통상 단어 수나 페이지 수의 제한이 있음 • 주로 연구에 대한 선취권을 주장하기 위해서 활용되며, 연구가 완료된 후 정규논문으로 발표 가능함 • 요약, 서론, 실험방법, 결과 및 고찰의 구분을 하지 않는 것이 통례임
단신 (Note)	• 논문 내용은 보통 정규논문과 같은 형식을 갖고 있으나 연구의 내용과 범위가 좁고 단편적임 • 학술지에 따라서는 이를 취급하지 않기도 함 • 원고 분량 제한은 속보와 유사함
논평 (Comments)	• 이미 발표된 논문에 대한 논평으로서 취급하는 학술지는 많지 않음 • 원저자가 원하는 경우 답신(Reply)을 연이어 게재함
학위논문 (Thesis)	• 학위취득의 한 요건으로 제출하는 논문으로 정규논문과 유사한 양식을 갖고 있으나, 학교에 따라 서식과 양식이 다름

---

1) 고바야시 야스오 · 후나비키 다케오 편, 「지의 기법」, 오상현 역, 서울: 경당, 1996, p. 271.
2) 「2009 교육과학기술부 연구개발사업 성과관리업무 매뉴얼」, 교육과학기술부 · 한국연구재단, 2009, pp. 71-72.

② 총설논문(Review Paper)

- 독창적인 연구 결과에 대한 연구논문이 아니라 중요한 주제에 대한 최근 성과를 종합적으로 소개하는 논문
- 연구자가 자발적으로 작성한 일반투고와 학술지 편집위원회의 집필 의뢰에 의한 투고가 있으며, 원고가 심사에 회부되기도 함
- 총설 논문을 전문적으로 취급하는 학술지도 있음

③ 학술회의 논문(Proceeding)

- 학술회의에서 발표된 논문을 게재함
- 단행본 형태나 학술지의 특별호로 출판되며 심사를 거치는 경우가 대부분임
- 정규 학술지에 게재되는 논문에 비해 심사가 엄격하지 않은 편임

> 〈주의사항: Proceedings로 시작되는 정규 학술지도 있음〉
>
> – PROCEEDINGS OF THE INSTITUTION OF CIVIL ENGINEERSTRANSPORT
> – PROCEEDINGS OF THE INSTITUTION OF MECHANICAL ENGINEERS
>   PART D–JOURNAL OF AU
> – PROCEEDINGS OF THE INSTITUTION OF MECHANICAL ENGINEERS
>   PART D–JOURNAL OF RA
> – PROCEEDINGS OF THE INSTITUTION OF MECHANICAL ENGINEERS
>   PART D–JOURNAL OF SY

④ 저서

- 인문·사회과학 분야에서는 연구 결과를 저서로 발간하는 관행이 아직도 있으나 자연과학 분야에서는 연구 저서는 거의 없음
- 대부분 교과서 또는 해설서의 성격을 갖고 있음

3. 논문의 요소

① 독창성
② 실증성
③ 논리성

4. 과학기술 논문의 구성 형식

- 제목
- 저자와 주소 ── 서두(머리)
- 요약

- 서론
- 연구 방법
- 결과 ── 본문(몸통)
- 고찰
- 결론

- 감사의 글
- 참고문헌 ── 결미(꼬리)
- 부록

　그러나 논문의 구성은 학문 분야마다 조금씩 다르다. 이학계열에서는 대체로 IMRAD 구성을 취한다. IMRAD는 서론(Introduction), 방법(Methods), 결과(Results), 그리고(And) 논의(Discussion)의 첫 글자를 따서 만든 용어이다. 파스퇴르(Pasteur)가 작성한 병원균에 대한 분석 보고서에서 시작된 이 구성은, 여러 과학기술 분야의 논문에서 표준 구성으로 적용되지만, 최근에는 이 형식을 따르지 않고 독자적인 형식을 취하는 분야들이 훨씬 많다. 가령, 환경공학 분야에서는 서론과 연구 방법 사이에 '이론적 배경'을 별도로 넣는다. 또 반도체 분야에서는 연구 방법이나 실험을 내세우기보다 논문의 핵심 내용을 전면화하기도 한다. 따라서 논문 구성은 해당 전공 분야에서 관례화하고 있는 일반적 형식을 따르는 게 좋다.

5. 과학기술 논문 작성의 실제

1) 제목 달기

이미 말했듯이 제목은 글의 눈이다. 제목을 보고 읽을지 말지를 결정한다. 논문의 제목은 너무 길어도 문제지만 너무 짧아도 의미를 파악하기 힘들다. 제목은 무엇보다 독창적이고 구체적이며 정확해야 한다.

마이크로 접촉연소식 센서의 제작

이 제목은, 논문이 주장하는 바가 무엇인지 알기 힘들다. '마이크로 접촉연소식 센서'는 이미 제작되어 있으며, 이에 대한 선행연구 또한 여러 편 나와 있어서 이 논문이 독창적으로 다루고 있는 것이 무엇인지 알 수 없다. 따라서 이 제목은 독창적이고 구체적인 내용을 추가해서 다음과 같이 수정해야 한다.

초음파 분무법을 이용한 마이크로 접촉연소식 센서의 제작

이렇게 고쳐 놓으면 이 논문의 독창성이 금방 드러난다. 물론 이를 더 구체화할 수도 있다.

초음파 에어러졸 분무법을 이용한 마이크로 접촉연소식 센서의 제작과 특성

그러나 구체적인 제목을 달기 위해 무조건 길게 늘린다고 좋은 것은 아니다. 오히려 제목이 너무 길면 의미를 명료하게 파악하기 힘들다.

논문의 제목은 일반적으로 논문을 다 쓴 후 맨 마지막에 심사숙고하여 완성한다. 유행하는 최신 이론이나 방법이 있다면 그것을 전면에 내세우는 것도 효과적인 제목을 다는 한 기술이다. 부제는 특별한 경우가 아니면 달지 않는다.

2) 저자와 주소

일반적으로 제목 다음에 저자, 소속, 주소가 들어간다. 최근에는 주저자의 전자우편 주소도 밝혀주는 추세이다. 저자의 배치는 해당 분야의 권위자를 염두에 두어야 한다. 전문가들은 저자를 보고 그 논문을 읽을지 말지를 결정하는 경향이 강하기 때문이다. 구체적인 요령은 해당 학회 양식에 따른다.

3) 초록

초록은 논문의 핵심적인 내용을 간결하게 제시한 부분이다. 제목과 저자에서 흥미를 느낀 독자는 초록도 읽는다. 현대인들은 하루에도 엄청난 양의 정보를 접한다. 따라서 초록은 독자가 읽기 쉽도록 최대한 간결하게 작성해야 한다. 세부적인 항목들은 제외해야 하며, 논문에 포함되지 않은 것을 설명해서는 안 된다. 초록에 들어가야 하는 기본적인 내용은 다음과 같다.

① 연구 목적 소개: 왜 연구를 하는가? 무엇을 하는가?
② 방법 설명: 어떤 방법을 사용하였는가?
③ 결과 요약: 무엇이 나왔나?
④ 결론 제시: 어떤 의미가 있는가?

그러나 일반적으로 결론 부분은 넣지 않는다. 결과에 대한 해석이나 고찰은 논문에서 중요하긴 하지만 사람과 장소, 시기에 따라 가변성이 높기 때문이다. 대신 결론을 대체할 수 있는 문구, 즉 이 논문이 지닌 의미와 가치를 짧게 넣는다. 그렇다고 해서 논문의 핵심적인 부분이 누락되어서는 절대 안 된다. 학회에 따라 초록집을 제작·배포하고, 이를 토대로 관심 있는 부분을 검색하기 때문에 핵심 내용은 반드시 들어가야 한다.

초록은 논문을 다 완성한 후에 작성한다. 다음은 초록의 한 예이다.

이 연구에서는 나노유체의 개념을 이용하여 기존보다 열전달 효율이 향상된 절연유를 개발하고자 하였다.[연구 목적] 이를 위해 열전도도와 전기절연 특성이 우수한 질산알루미나($Al2O3$) 및 알루미늄(AlN) 나노입자를 절연유에 미량 분산시켜 나노절연유를 제조한 후, 이들의 물리적·열적 특성을 조사하였다.[연구 방법] 그 결과 나노절연유의 열전도성은 증가하였으나, 미량의 나노분말 응집체가 생겼다.[연구 결과] 따라서 분말표면과 반응하지 못하고 잔존하는 과잉 분산제와 반응 부산물인 물을 제거하기 위해 비드밀을 이용하여 나노분말 응집체를 분쇄하고, 동시에 에스테르화 화학반응을 이용하여 분말의 응집과 침전을 억제하여 분산성을 향상시켰다.[연구 의의]

핵심어: 절연유, 나노유체, 분산성, 열전도성

4) 서론

서론은 이 연구가 왜 필요한지, 그 이유나 배경 등을 알리는 것이 주된 목적이다. 연구의 배경 설명과 더불어 문제를 제기하고, 이를 해결하기 위해 어떤 연구를 어떻게 해야 하는가를 간단히 밝히는 것이다. "현재 상황이 이러이러한데, 이런저런 문제가 있다. 따라서 이 문제 해결을 위해서는 다음과 같은 연구가 필요하며, 이것은 어떤 의미가 있다"는 형식의 서술이 되어야 한다. 서론이 갖추어야 할 기본 요소는 다음과 같다.

- 연구의 배경 설명
- 문제 제기
- 탐구 사항 및 목표 설정

연구 배경은 연구할 분야를 중심으로 한 기술적·이론적 배경이나 현황을 설명하는 부분이다. 여기에는 실제 상황이나 연구 현황이 모두 포함된다. 연구 현황은 보통 참고 자료를 끌어들여 설명한다. 그러나 학생들은 종종 이 부분에서 길을 잃고 헤맨다. 이유는 간단하다. 여기에 너무 깊이 발을 들여놓았기 때문이다. 배경 설명은, 아주 새로운 분야가 아니라면 장황하게 나열하지 않는 편이 좋다. 가능한 한 간단히 처리해야 한다. 그 분야에 종사하는 사람이라면 대부분 알고 있기 때문이다.

문제 제기는 서론에서 가장 중요한 부분이다. 궁금한 문제가 있기에 우리가 연구를 진행하게 되는 것이기 때문이다. "이런저런 연구가 있었는데도 불구하고 이 연구 주제 또는 대상은 다음과 같은 문제점을 내포하고 있다"라는 식으로 서술한다.

그리고 이것을 발전시키면 탐구 사항이나 연구 목표가 된다. 서론의 핵심적인 부분이 되는 셈이다. 필요하다면 이와 같은 연구를 수행하기 위해서는 어떤 방법을 선택해야 하는지도 간단히 안내한다. 독자의 흥미를 유발하기 때문이다.

하지만 이 세 가지는 꼭 위 순서대로 서술되는 것은 아니다. 사안에 따라, 연구자에 따라 순서가 뒤바뀌기도 한다.

- 배경 설명 → 문제 제기 → 목표 설정
- 문제 제기 → 배경 설명 → 목표 설정
- 목표 설정 → 배경 설명 → 문제 제기
- 문제 제기 → 목표 설정 → 배경 설명

■ 서론에 부각시켜야 할 내용

- 연구의 필요성
- 연구의 중요성
- 선행연구와의 관계
- 해결책의 제시
- 연구의 의의와 가치

5) 연구 방법

연구 방법에서는 연구에 필요한 재료, 기구, 장치, 실험 과정 등을 정확하게 기술한다.

과학기술 논문에서는 정확성이 매우 중요하다. 정확성에서 문제가 될 수 있는 것은 정확성의 정도를 얼마나 세밀하게 밝힐 것인가이다. 과학기술 논문의 독자는, 해당 분야에서 통상적으로 사용하는 원료나 실험방법을 잘 아는 동료 과학자이기 때문에 지나치게 자세히 서술할 필요는 없다. 그러나 동료 과학자들이 연구 방법을 적절히 검증할 수 있고 그것을 재연할 수 있을 정도는 되어야 한다.

연구 방법을 내용에 따라 세분화하기도 한다. 재료(원료), 실험방법, 장치, 분석 방법 등으로 나누는 것인데, 이는 논문의 분량에 따라, 또 필요에 따라 편리한 형식을 채택하면 된다. 이때 지금까지 설명되지 않은 것이 갑자기 튀어나와서는 안 된다.

실험 데이터를 통계 처리하는 분석 방법(Analysis)은 수학적이거나 통계적인 분석을 주로 사용한다. 농도, 치수, 양은 미터법에 따라, 시간은 24시간을 기준으로, 온도는 섭씨를 표준으로 계량화해서 표시한다.

실험 과정은 순서대로 서술한다.

6) 결과

결과는 과학기술 논문에서 가장 정확하게 기술되어야 할 대목이다. 실험에서 얻은 자료를 설명하고 이를 도표나 수치로 나타내는데, 이때는 실험이나 관찰에서 얻은 결과만을 객관적으로 서술해야 한다. 연구자의 주관적 판단이나 해석이 개입되어서는 안 된다는 뜻이다. 그것은 고찰에서 별도로 다루어야 한다.

■ 결과의 기본적 요소

• 결과에 대한 전체적인 그림을 제공한다.
• 실질적인 데이터를 제공한다.

■ 결과 작성 시 고려해야 할 사항[3]

• 결과로부터 명확해진 것은 무엇인가?
• 방법의 한계는 무엇인가?
• 결과를 통해서 지지하거나 반박할 수 있는 것은 무엇인가?
• 대안적인 설명에는 어떤 것이 있는가?

---

3) 신형기 외, 『모든 사람을 위한 과학글쓰기』, 서울: 사이언스북스, 2006, p. 177.

- 다른 연구자들의 결과나 이전 연구는 그 주제에 대해서 무엇이라고 말하고 있는가?
- 결과의 전체적이거나 일반적인 중요성 혹은 장점은 무엇인가?

■ 결과 작성 시 주의해야 할 사항

- 그래프와 표의 결과를 단순 반복 형태로 문장화해서는 안 된다.
- 결과를 사실대로 기록하지 않고 저자의 해석에 의존해서는 안 된다.
- 결과에 나온 데이터를 전부 취해서는 안 된다. 중요도에 따라 선별해야 한다.
- 결과 수치만 나열하고 이에 대한 의미 해석을 독자에게 맡겨서는 안 된다.

7) 고찰

　과학 논문에서 가장 쓰기 어려운 부분이 바로 이 고찰이다. 고찰은 연구 결과를 해석하고, 거기에 의미와 가치를 부여하는 부분이다. 따라서 연구 결과에 대한 해석에 초점을 맞추고, 관련 연구 또는 이론적 측면과 어떤 상관성이 있는지를 서술해야 한다. 이 때문에 고찰은, 연구 결과를 실험방법, 이론적 배경 등과 연계시켜 바라볼 수 있는 안목과 분석력을 요구한다.

■ 고찰 서술 시 고려해야 할 사항

*서론의 내용과 관련지어
- 연구 목표에 대한 직접적인 해답인가?
- 전체적인 해답인가, 부분적인 해답인가?
- 탐구 사항이나 연구 목표를 입증할 수 있는 근거가 충분한가?
- 결과가 가설과 부합하는가?
- 기존의 이론과 어떻게 같고, 어떻게 다른가?(일치, 모순, 예외)
- 그것들을 적절히 설명할 수 있는가?
- 개별적인 연구 결과를 일반화시킬 수 있는가?

＊연구 방법과 관련지어

- 연구 방법과 일치하는가?
- 연구 방법에 새로운 면이 발견되는가?
- 또 다른 연구 방법의 여지가 있는가?

＊종합 분석 및 고려 사항

- 결과들을 통해 어떤 패턴, 원리, 관련성들이 드러나는가?
- 결과들이 의미하는 것은 무엇인가?
- 이론적인 의미는 무엇인가?
- 실용적인 가치는 무엇인가?
- 다른 상황이나 다른 분야의 연구로 확장할 수 있는가?
- 예기치 않았던 부작용이나 예외는 없는가?
- 판단하기 어려운 부분은 없는가?
- 추가적인 연구가 필요한가?
- 그 경우 문제를 해결할 수 있는가?

■ 고찰 서술 시 유의해야 할 사항

- 개별적인 데서 전체적인 논의로 나아가면서 일반화할 때 지나친 일반화는 금물이다.
- 판단이 어렵거나 해석하기 곤란한 결과들을 무리하게 일반화시켜서는 안 된다.
- 예외적인 현상과 서로 호응되지 않는 결과는 따로 구분하여 정리한다.
- 데이터만 나열하고 해석이 없으면 곤란하다.
- 가설이나 이론을 증명하는 내용이라면, 증거자료를 강조하여 설명한다.
- 결과를 필요 이상으로 확대해석해서는 안 된다.
- 그러기 위해 화려한 미사여구를 써서도 안 된다.
- 모든 결과에 의미를 부여하기보다 한 개의 아이디어를 집중적으로 부각하는 방안을 취한다.
- 데이터의 편향성을 무시해서는 안 된다.
- 진위 여부를 가릴 수 없는 추측성 해석은 피한다.

8) 결론

결론은 논문 몸체의 마지막 부분으로서, 연구에서 드러난 사실들을 요약하여 제시하고, 그 중요성과 의미를 강조하는 부분이다. 또한 아직 해결하지 못한 과제가 있으면 밝혀준다. 경우에 따라서는 논쟁 요소가 들어갈 수 있다.

연구자는 결론을 도출하는 과정에서 적절하고 정당한 증거를 제시해야 한다.

■ 결과의 기본적 요소

- 연구에서 밝혀진 사실의 요약
- 연구의 의의
- 연구의 한계 또는 미진한 점
- 후속 연구 제안

■ 결론 서술 시 고려해야 할 사항

- 연구 결과의 증거물이 독립적으로 존재하는가?
- 결론의 충분조건을 만족시키는가?
- 서론에서 제기한 문제에 대한 답이 있는가?

결론에는 크게 두 종류가 있다. 첫째는 결과 분석에서 직접 유도되는 것이고, 둘째는 참고문헌을 근거로 비교 분석하여 간접적으로 유도되는 것이다. 어떤 방법을 선택할지는 연구자 스스로 결정해야 한다.

9) 감사의 글

감사의 글은 연구에 도움을 준 개인이나 단체에게 감사의 뜻을 전하기 위해 덧붙이는 글이다. 기술적인 지원, 동료들의 자문, 연구비 지원 등의 내용이 들어간다.

10) 참고문헌

참고문헌은 말 그대로 논문 작성에 도움을 받은 자료를 말한다. 각주나 본문에서 언급된 자료들을 위주로 통일된 방식으로 정리한다. 정리하는 순서는 학술지마다 약간씩 다르다. 따라서 참고문헌을 작성할 때는 해당 학술지나 해당 학회의 사이트를 참고해서 정리해야 한다.

6. 과학기술 논문의 문장

1) 연구의 목적을 서술할 때

> 따라서 본 연구에서는 초청정 클린룸 방식에 대하여 기류 및 분자상 오염물질의 동적 교차 오염에 대한 연구 및 이를 이용한 초청정 클린룸의 평가방법의 개발이 <u>필요하다고 할 수 있다</u>. 그리고 이를 이용하여 최적의 클린룸 방식을 도출할 수 있는 기술의 개발과 GIGA급 차세대 클린룸을 설계하는 데 필요로 하는 해석 및 평가기법의 개발도 본 연구의 중요한 관건이라고 할 수 있다.

윗글은 이 연구가 왜 필요한가, 연구의 목적이 무엇인가를 강조하기 위해 쓴 것이다. 그러나 아쉽게도 문장 자체가 성립하지 않는다. 주술 호응이 안 되고 있기 때문이다. 문장도 길다. 또 "필요하다고 할 수 있다"라는 주장은 연구의 필요성을 약화시키는 표현이다. "필요하다" 또는 "시급하다"로 해야 자기주장이 더 강하게 전달된다. 그리고 뒤의 문장은 앞 문장과 자연스럽게 연결되지 않는다. 위 문장처럼 연구의 목적이 많을 때는 다음과 같이 일목요연하게 정리해 주어야 그 의미가 명료하게 드러난다.

> ❍ 따라서 이 연구의 목적은 크게 네 가지로 정리할 수 있다. 첫째, 초청정 클린룸 방식에 대하여 기류 및 분자상 오염물질의 동적 교차 오염에 대한 연구이다. 둘째, 이를 토대로 초청정 클린룸을 평가할 수 있는 방법을 개발하는 것이다. 셋째, 초청정 클린룸의 평가방법을 이용하여 최적의 클린룸 방식을 도출할 수 있는 기술의 개발이다. 마지막으로, GIGA급 차세대 클린룸을 설계하는 데 필요로 하는 해석 및 평가기법의 정립이다.

이러한 리튬 이차전지의 사용이 증가함에 따라 응용기기와 사용자의 안전을 확보하기 위해 이차전지의 안정성과 신뢰성에 대한 특성이 강하게 요구되고 있다. 그럼에도 불구하고 리튬이온 이차전지가 0V까지 과방전되는 경우 리튬 이온 이차전지의 수명이 단축되고 더 나아가 이차전지의 안전성과 그 신뢰성에 문제가 발생하게 <u>되므로 이에 대한 대책을 필히 강구해야 한다.</u> 이러한 과방전 말기에 음극 집전체에 코팅되어 있던 구리의 전위가 구리의 산화 전위인 3.5V(Li/Li+ 기준)를 넘어서게 되면서 구리의 용해가 진행되어 위의 문제가 발생되는 것이다.

이 글은 연구의 배경에 대한 설명이다. 그런데 문장과 문장의 연결이 어색하게 처리되어 자연스럽지 못하다. 이 글을 토대로 이 연구의 배경을 의미 단위로 나열하면 다음과 같다.

① 리튬이온 이차전지가 과방전되는 경우 전지의 수명이 단축된다.
② 그뿐만 아니라 전지의 안전성과 신뢰성에도 문제가 생긴다.
③ 전지의 음극 집전체에 코팅된 구리가 용해되어 이런 문제가 생긴다.

여기서 ③번은 그 앞의 ①과 ②의 원인이다. 그러므로 문장의 서술 체계도 그렇게 바꾸어 주어야 배경 설명과 연구 목적이 확실하게 부각된다.

❷ 이러한 리튬 이차전지의 사용이 증가함에 따라 응용기기와 사용자의 안전을 확보하기 위해 이차전지의 안정성과 신뢰성에 대한 특성이 강하게 요구되고 있다. 그럼에도 불구하고 리튬이온 이차전지가 0V까지 과방전되는 경우 리튬 이온 이차전지의 수명이 단축되고 더 나아가 이차전지의 안전성과 그 신뢰성에 문제가 <u>발생한다.</u> <u>이 같은 문제의 원인은, 특히 과방전 말기에 음극 집전체에 코팅되어 있던 구리의 전위가 구리의 산화 전위인 3.5V(Li/Li+ 기준)를 넘어서게 되면서 구리의 용해가 진행되기 때문이다. 따라서 이 문제에 대한 대책을 필히 강구해야 한다.</u> (밑줄이 수정된 내용)

2) 재료와 방법을 설명할 때

본 연구는 가압식(UNV-3003, Asahi-Kasei, Japan) MF막이 사용되었다. 가압식 MF 막 공정에 사용된 막의 사양은 Table.2에 나타내었다.

논문 문장은 명료하고 간단해야 한다. 비문에다 어휘를 중복해서 사용하고 있다. 다음과 같이 수정해야 한다.

❏ 본 연구에는 가압식(UNV-3003, Asahi-Kasei, Japan) MF막을 사용하였으며, 그 사양은 Table.2와 같다.

페레이트 표준용액은 고상의 K_2FeO_4를 0.005M Na_2HPO_4/0.001M borate(pH 9) 용액에 녹여 준비하였으며, 이는 pH 9 이상에서 페레이트가 안정적으로 존재하기 때문이다.

인과 관계로 이어져야 할 문장을 대등한 연결로 나타내어 이상한 문장이 되고 말았다. 차라리 문장을 짧게 끊어주든가 인과 관계를 분명히 드러내야 한다.

❏ 페레이트 표준용액은 <u>고상의</u> K_2FeO_4를 0.005M Na_2HPO_4/0.001M borate(pH 9) 용액에 녹여 준비하였다. 왜냐하면 페레이트는 pH 9 이상에서 안정적이기 때문이다.

그럼에도 불구하고 밑줄 친 "고상의"는 부정확한 표현이다. 어떤 상태를 의미하는지 정확히 알 수 없다.

3) 결과를 서술할 때

이 Fig. 6을 보면 <u>pH에 따라 N/N0에 다른 CT값</u>을 나타낸다. Bacillus subtilis spore의 불활성화는 pH값이 높을수록 <u>CT값</u>이 더 낮은 <u>값이</u> 나왔다. pH 9에서의 K값은 1.3599로 pH 5에서의 K값인 0.6656에 비해 50% 정도 더 빠른 것을 확인할 수 있었다.

불필요한 단어들은 없애야 한다. 위 문장에는 어휘나 용어 중복이 심하다.

⊙ Fig. 6을 보면 pH에 따라 CT값이 다르게 나타났다. Bacillus subtilis spore의 불활성화는 pH값이 높을수록 더 낮게 나왔다. pH 9에서의 K값은 1.3599로, pH 5의 0.6656에 비해 50% 정도 더 빠르다.

4) 고찰을 기술할 때

낮은 명암 대비를 갖는 영상을 히스토그램 상에서 분석해 보면, 히스토그램의 막대가 촘촘하게 밀집되며 표현 가능한 화소 값의 범위 중 일부분에만 분포한다. 또한 화소가 히스토그램의 <u>왼쪽, 오른쪽 또는 중앙의 오른쪽으로</u> 집중되는 형태를 갖는다.

고찰의 기술에서, 앞의 문장은 일정한 의미를 갖지만 뒤의 문장은 아무런 의미가 없다. "왼쪽, 오른쪽 또는 중앙의 오른쪽"은 도대체 어떤 지점을 특정하게 가리키는지 알 수 없는 표현이다. 적절한 용어를 찾을 수 없다면, 차라리 설명하지 않는 것이 더 낫다. 여기에서는 "어느 쪽"이냐가 중요한 게 아니라, 어느 한쪽으로 '집중되는 형태'가 더 중요하므로 그 부분을 강조해야 일정한 의미를 획득할 수 있다.

5) 결론 요약 또는 마무리할 때

이번 실험에서는 첨가제가 구리 산화전위에 대한 <u>기본적인 실험만 수행하였지만</u>, 이러한 자료를 바탕으로 위의 첨가제들이 실제 전지 시스템 안에서 과방전시 구리 용출을 막고 전지에는 또 다른 영향을 주는지에 대한 깊이 있는 실험을 수행해 나갈 예정이다.

밑줄과 같은 표현은 자신의 연구를 부각시키는 것이 아니라 오히려 깎아 먹는 표현이다. "수행하였지만"의 역접 관계 연결도 좋지 않다. 이 부분은 다음과 같이 고치면 뉘앙스가 달라진다.

> ● 기본적인 실험에 치중하였다. 앞으로는 …

논문에서는 문장을 어떻게 배치하느냐도 중요한 전략이다.

> 본 MBBR 공정은 짧은 HRT(4.8 hr)에서도 높은 유기물 제거효율과 질산화율을 가지는 공정이다. 그러나 저부하에 따른 영향과 짧은 HRT에 따른 탄소원의 이용을 충분히 못하여 질소 및 인의 제거율이 다소 낮게 나타난 것으로 사료된다. 본 공정이 적용된 마을하수처리시설은 무산소조와 호기조만으로도 보다 높은 질소 제거율을 보일 수 있을 것으로 판단된다.

위 문장은 자기 논문의 장점, 취약점, 장점 순으로 배열되어 있다. 이와 같은 순서는 장점-장점-보완점의 순으로 바꾸어야 한다. 그래야만 자기 논문의 성과가 더 크게 부각될 수 있다.

> ● 본 MBBR 공정은 짧은 HRT(4.8hr)에서도 높은 유기물 제거효율과 질산화율을 가지는 공정이다. 본 공정이 적용된 마을의 하수처리시설은 무산소조와 호기조만으로도 보다 높은 질소 제거율을 보일 수 있을 것으로 판단된다. 그러나 질소 및 인의 제거율이 기대치보다 다소 낮게 나타난 것은, 저부하에 따른 영향과 시간 부족으로 탄소원을 충분히 이용하지 못한 데서 비롯된 것으로 풀이되며, 이에 대한 보완 연구가 뒤따라야 할 것으로 보인다.

다음의 문장들은 어색하거나 부정확한 문장이다. 논문 문장에 맞게 고쳐 보자.

① 본 논문에서는 PDP에서 제대로 표현되지 않는 명암 값 18 이하에서의 변화 함수를 통한 입력 영상의 사상과 히스토그램 특성과의 관련성을 유추해낸 평균을 참조해 부분 스트레칭을 행한 결과, 저 계조 영역에서의 표현에서 이득을 얻을 수 있었다. 또한 기존 이론에 의해 명암 값 255로 대응되는 화소 수를 highthresh 값을 조정함으로써 전체적인 스트레칭을 함과 동시에 어두운 영역과 밝은 영역에서의 기존 이론의 문제점을 해결하였다.

> **힌트** 문장이 너무 길다. "이득"이란 표현이 과학적이지 못하다. "기존 이론의 문제점"을 어떻게 해결했는지 알 수 없다. 그 점을 강조해야만 자기 연구의 핵심이 부각될 수 있다.

② 지하철의 도입과 승용차 이용자들의 증가와 더불어 교통상황이 변화하고 있음에도 불구하고 버스노선 및 산업은 이러한 변화에 능동적으로 대처하지 못하고 있다. 이러한 가장 큰 이유로는 그동안 버스 노선에 대한 기존 운영업체들의 독점적인 지위가 보장되어 왔으며, 노선 개편에 따른 운송 수입액의 변화라든지 이용승객들의 편익 또는 불편익이 얼마나 발생하는지에 대해서 정확히 파악할 수 있는 합리적인 모형이 없었다는 점을 들 수 있다.

> **힌트** 연구자가 기존 버스 업체에 독점적인 지위 보장이 지닌 문제점을 해결할 수는 없다. 그것은 행정기관의 역할이다. 연구자가 부각시키고자 하는 것은 둘째 사항이다. 합리적인 분석 모형을 찾는 것이다. 이 부분을 적극 부각시켜야 자기 글의 핵심이 더 잘 드러난다.

③ 대도시는 물론 중소도시의 여객수송에서 버스는 매우 중요한 교통수단으로서의 역할을 수행하여 왔다. 그러나 대도시의 경우 지하철망의 확충과 자가용 승용차의 급증으로 버스가 차지하는 역할은 크게 감소하였는데, 이는 지하철은 없으나 자가용 승용차가 급증한 중소도시의 경우에도 유사하다. 서울시의 경우를 살펴보면 지하철 및 전철이 '70년대 중반 처음 도입된 이후 현재 총 연장이 약 300km에 달할 정도로 증가해왔고, 자가용 승용차 또한 급격하게 증가함으로써 90년대 들어 버스 이용자가 점차 감소하는 추세를 보이고 있다. 그러함에도 불구하고 버스가 서울시에서 차지하는 수송분담률은 아직까지도 30% 이상을 차지하고 있어 대도시 여객수송에 있어서 중요한 역할을 하고 있다.

④ 주거환경에 대한 정의는 포괄적이며 다양하다. 광의로는 인간이 주생활을 영위할 수 있는 유·무형의 외부적 조건이며, 협의로는 주택 그 자체 또는 주택의 내외부와 관련된 여러 조건과 주택의 배치에 따른 주변에 미치는 영향 등이라 할 수 있다. 즉, 좁은 의미로서는 주택 그 자체 또는 주택의 내부와 외부에 관련되는 여러 가지 제 조건과 주택의 배치에 따른 주변에 미치는 영향이라 할 수 있고, 넓은 의미로는 주거환경에 물리적 계획뿐 아니라 사회문화적 계획도 포함되는 개념이다.

● 글쓰기 강의를 들으면서 느낀 점은 많다. 하지만 한두 개만 꼽으라면 실망과 자괴감이다. 신경을 많이 썼는데도 점수가 잘 안 나와서 속상했다. 글을 많이 써보진 않았지만 책을 많이 읽는 편이라 어느 정도 자신감이 있었기 때문에 실망감은 더 컸다. 나의 기대는 산산이 무너졌고 화도 났다. 교수님께도 화가 났고, 그리고 나에게도 화가 났다. 하지만 화는 아무것도 해결해주지 못한다는 것을 알고 있었기에 스스로에 대한 깊은 자괴감만 들었다. 대표 첨삭 시간에는 내 글의 잘못이 지적될 때마다 얼굴이 확확 달아올라 후끈거리고 창피했다. 그럼에도 불구하고 글쓰기 수업 자체가 싫은 것은 아니다. 차츰 적응해가면서 미약하지만 나의 글쓰기 점수도 올랐다. 그렇다고 글쓰기가 많이 편해졌다고 말할 단계는 아니다. 다만 책을 꾸준히 읽고 글을 쓰는 연습을 더 해야겠다는 생각뿐이다.

● 논술은 내게 골칫덩이였다. 그나마 내가 이과라 대학 입학에 논술이 큰 비중을 차지하지 않는 것이 고마울 정도였다. 그러나 대학에 들어오니 사정이 달랐다. 당장 글쓰기 수업도 있었고, 실험보고서를 작성하는 것도 문제였다. 교양과목의 중간고사와 리포트도 전부가 논술이었다. 그런데 글쓰기를 하나씩 진행할 때마다 무엇인가 달라지고 있다는 것을 느꼈다. 처음 첨삭지도를 받은 후에는 맞춤법과 띄어쓰기만 눈에 들어왔다. 원고지 가득 빨간색이었기 때문이다. 그 다음에는 개요가 신경 쓰였다. 개요 짜기는 글쓰기를 하는 데 가장 기초적인 작업이다. 하지만 나는 그 개요를 짜는 법조차 몰랐다. 그냥 생각나는 대로 적어 내려갔고, 결국 글 전체의 구성이 엉망이 되거나 균형이 맞지 않게 되었다. 사실 아직도 개요를 짜지 않고 글을 쓰는 경우가 많지만 모든 글은 거칠게나마 개요를 반드시 짜고 써야 한다는 사실을 아는 것만으로도 큰 발전이라고 생각한다.

● 개요를 짜지 않고 글을 써서 짜임새 있는 글을 쓸 수 없었다. 주석의 개념을 몰라서 인용이 아닌 표절을 하고 있었다.

학업 계획서 쓰기

1. 작성 요령

- 해당 대학의 양식에 충실히 따른다.
- 일반 기업체의 자기소개서와는 성격이 확연히 다르다.
- 학문적 관심사를 집중적이고 구체적으로 피력해야 한다.
- 학문적 관심 외에 인간적 면모를 살짝 드러내는 것은 무방하다.
- 퍼스널리티를 부분적으로 요구하는 대학도 있지만 대부분은 전공 분야에 대한 관심과 열정, 학습 성과를 본다.
- 현재까지의 학문적 관심과 이후의 연구 계획을 따로 분리한다.
- 특별히 치중해온 연구 분야가 있다면 그 점을 적극적으로 부각한다.
- 해당 학문 분야의 사회적 기여도를 반드시 언급한다.
- 학업 계획서는 해외 교환학생이나 대학원 진학 과정에서 필요하므로 담당 교수나 지도교수와 상의하여 작성하는 것이 좋다.

2. 학업 계획서 예문

1. 대학원 진학 동기

대학원 진학은 대학 입학 당시부터 줄곧 생각하고 있었습니다. 하지만 전자전기컴퓨터공학이라는 폭넓은 학문 분야에서 제 적성에 맞고 열의를 다해 공부할 수 있는 특정 분야를 선택하기란 쉬운 일이 아니었습니다. 그러던 중 3학년 2학기에 수강한 '통신공학 실험'은 제 인생에 있어서 중요한 전환점이 되었습니다. 그 수업에서 무선 통신 모뎀을 실제로 제작해보는 시간을 가졌습니다. MCU를 이용하여 RFIC(CC400, RF module)를 제어하여 FSK 변조 방식과 Menchester Coding 방식을 사용한 모뎀은, 초고주파 통신 관련 과목에서 배운 이론적인 내용들을 더 잘 이해할 수 있게 이끌었습니다. 머릿속으로는 눈에 보이지 않는 전자파에 의해 무선으로 통신이 이루어진다는 사실을 알았지만, 무선 통신 모뎀을 손으로 직접 만들어 보니 경이와 감탄이 저절로 나왔습니다. 그리고 이 과목을 통해 학과에서 배우는 내용들이 이론으로만 남는 게 아니라 실제 생활에도 적용 가능하다는 것을 직접 알게 되어 학과 공부에 더욱 큰 흥미와 보람을 느낄 수 있었습니다. 사실 그때까지만 해도 저는 대학원 진학에 대한 막연한 의지는 있었지만 세부 전공은 결정하지 못하고 있었습니다. 그랬는데 이 수업을 계기로 대학원 진학 결심을 더욱 확고히 할 수 있었고, 세부 전공까지도 결정할 수 있었습니다.

2. 대학 생활

전공과목 대부분을 수강했습니다. 특히 전자장, 초고주파, 회로설계와 관련된 과목은 모두 수강하였습니다. 3학년 2학기 겨울방학부터는, 운이 좋게도 한국대학교 김도올 교수님의 마이크로파 회로설계 연구실에서 공부할 기회를 얻었습니다. 이 연구실은 주로 RF 능동·수동회로와 CMOS를 이용한 IC, 또는 MMIC설계에 대해 연구하는 곳입니다. 연구실에서 대학원 석사 과정 학생들이 VCO, OOK modulator, Amp 등을 설계하는 모습을 곁에서 볼 수 있었고, 책을 통해 이론으로만 배웠던 것들을 실제로 설계하고 제작·측정하는 것을 보면서 RF소자 및 RFIC설계에 대해 구체적인 관심을 갖게 되었습니다. 제가 이 연구실에서 한 일은 125KHz 대역의 RFID Reader 분석과 Passive Tag를 제작하는 일이었습니다. 간략히 소개하자면 기존에 제작되어 있던 125KHz RFID Reader의 동작 원리를 분석하고, 실제 사용할 수 있는 Tag를 제작하는 것입니다. 시스템의 간소화를 위해 Passive Tag를 제작하였고, Tag의 전력 전송을 위해 Coil Antenna의 Inductive Coupling을 이용하였습니다. 하지만 그것만으로는 전력 전송의 한계가 있기 때문에 Tag의 디지털 단에는 저전력 MCU를 사용하였고, ID저장을 위해 Assembler를 이용한 Coding을 했으며, 이 과정에서 세부 측정을 위해 Oscilloscope, spectrum analyzer 등 여러 장비를 사용해 보았습니다. 위의 연구를 통해 지난 3년 동안 배웠던 초고주파, 통신 관련 기본 지식을 다시금 확인할 수 있었습니다.

현재 진행 중인 연구는 RERC(Radio Education Research Center)에서 주관하는 시제품 경진대회에 다른 학부생 2명과 함께 Super-Regenerative Receiver에 관한 제작과 실험입니다. 좋은 성과가 있기를 기대하면서 전력을 쏟고 있습니다.

3. 전공 선택 배경

실험 시간에 모뎀을 만드는 과정이나 RFID Reader를 분석하는 과정에서 아쉬웠던 점은 HF(High Frequency)단의 On chip화된 전체 회로에서 RF단을 RF module로 시스템을 꾸몄다는 데 있습니다. RF front-end단은 Antenna, VCO, Mixer, Amp, PLL 등의 많은 소자로 이루어져 있고, 각각이 개개인의 학문 분야라 할 만큼 그 깊이가 상당하다고 알고 있습니다. 학부 수업에서 초고주파 공학을 통해 매우 기초적인 이론만 알고 있는 당시의 제게, 이런 각각의 소자와 이것들을 On chip화한 IC를 설계해 보고 싶다는 욕심이 생겼습니다. 그 욕심은 결국 한국대학교 마이크로파 회로 설계 연구실에서 인턴을 할 수 있게 유도하였습니다. 더 나아가 대학원에 진학해 소자 설계와 IC 설계를 집중적으로 공부하고 싶게 만들었습니다. 그리고 저전력의 칩 설계 최적화에 중점을 두고 있는 최근의 상황이 이러한 칩 설계와 소자 설계에 대해 더 많은 공부를 하게 만든 구체적인 이유입니다.

4. 대학원 진학 후 계획

우수한 교수진에다 학문적 열정으로 가득 찬 KAIST 대학원에 입학하게 되면 RF 소자 설계 및 칩 설계에 중점을 두고 공부해 보고 싶습니다. 그리고 기회가 된다면 DSP 혹은 FPGA를 이용한 디지털 부분도 접해 보고 싶습니다. 하나의 시스템 내에는 아날로그 부분과 디지털 부분이 필히 공존하게 됩니다. 프로그래머가 하드웨어에 대한 기초 지식 없이는 좋은 프로그램을 만들 수 없듯이, RF 엔지니어가 디지털 부분을 잘 알지 못하면 좋은 RF 엔지니어가 될 수 없다고 생각합니다. RF 부분에 대한 충분한 이해를 얻으려고만 해도 많은 시간이 소요되겠지만 석사 과정 중 기회가 된다면 디지털 부분도 꼭 연구하여 그 둘을 조화시켜 더욱 뛰어난 연구 업적에 도전해 보고 싶습니다.

대학원 진학 후도 중요하지만 진학을 앞둔 시점도 중요하다고 생각합니다. 앞으로 남은 기간에는 대학원에서 연구하게 될 분야와 관련된 과목을 다시 한번 정리할 계획입니다. 특히 초고주파와 전자회로에 대한 복습과 이와 관련된 논문을 찾아보며 충분히 이해할 수 있도록 노력할 것이며, 현재까지 발표된 논문들을 하나하나 정리할 생각입니다. 그리고 현재 공부하고 있는 김도올 교수님 연구실에서 다양한 실무적인 내용들을 더욱 충실하게 숙지하겠습니다. 또한 ADS, HFSS, Power PCB 등 현재 대학원 석사 과정 학생들이 사용하고 있는 Tool 사용법을 익혀 두겠습니다. 이 모든 것들이 결국, 귀교의 대학원에 진학하여 저를 이끌어줄 기초적인 자산이라고 믿기 때문입니다.

5. 석사 과정 이후의 계획

석사 과정을 마친 후에는 박사 과정에 진학하여 해당 분야의 연구를 더 깊이 있게 진행하고자 합니다. 그러기 위해서 석사 과정 중이라도 저명한 국내외 학술 대회나 저널에 많은 논문을 발표하려고 노력하겠습니다. 그 후 박사후과정은 가능하면 해외에서 밟고 싶습니다. 전 세계의 뛰어난 과학자들과 어깨를 나란히 하면서 저 자신을 더욱 강하고 치밀하며 섬세하게 단련시키고 제 연구 역량을 객관적으로 평가받고 싶습니다. 한국에

돌아와서는 관련 분야 연구소 연구원을 거쳐 대학 강단에서 후학들을 가르치고 싶습니다. 이러한 노력은 결국 우리나라를 과학기술 분야의 강국으로 만드는 데 도움이 될 것이며, 더 나아가 인류 전체의 행복에도 작으나마 기여할 것이라고 믿습니다. 이러한 저의 믿음과 실천이 오래오래 지속되기를 간절히 바랍니다.

프레젠테이션 자료 만들기

1. 프레젠테이션의 정의

프레젠테이션(Presentation)은 일정한 형태의 제안이나 아이디어를 발표하는 행위라고 정의할 수 있다. 빔 프로젝터와 웹 디자인 등 매체 기술의 발달과 더불어 각광을 받기 시작한 프레젠테이션은, 대부분 특정한 시공간 내에서 쌍방향 커뮤니케이션 형태로 이루어지므로 비즈니스뿐 아니라 사회 여러 분야에서 매우 폭넓게 활용되고 있다. 특히 짧은 시간 내에 여러 사람의 의사 결정을 효과적으로 수렴할 수 있도록 한다는 점에서 그 중요성이 점점 더 커지고 있는 실정이다. 대학 내에서도 프레젠테이션은 흔하게 볼 수 있다. 교수들의 강의 방식이 판서에서 프레젠테이션 형태로 이동한 것은 이미 오래전이며, 학생들의 조별 발표나 세미나, 심포지엄 등에서도 프레젠테이션은 심심찮게 볼 수 있는 흔한 풍경이 되었다.

그러나 이 책의 성격상 프레젠테이션 전체를 다룰 수는 없다. 프레젠테이션에 관한 내용만으로도 책 한 권을 만들 수 있을 정도이기 때문이다. 따라서 여기에서는 프레젠테이션을 위한 자료 작성에 국한하여 설명하기로 한다. 옷차림, 제스처, 말하기 등 프레젠테이션 일반에 관한 내용은 시중에 나와 있는 관련 책들을 참고하면 큰 도움을 받을 수 있을 것이다.

2. 프레젠테이션 자료의 중요성

프레젠테이션에 관한 책들은 이미 많이 나와 있다. 하지만 그 많은 책 중에 프레젠테이션을 위한 자료를 어떻게 작성해야 하는가에 대해서 구체적으로 언급하고 있는 책은 거의 없다. 실제로 필자가 이 글을 쓰기 위해 조사해본 결과 자료 작성에 관해 쓰기의 관점에서 자세하게 안내한 책은 찾아지지 않았다. 여러 가지 이유가 있겠으나 가장 큰 원인은, 프레젠테이션을 쓰기의 기술과 말하기 기술의 결합으로 이해한 것이 아니라, 말하기 기술과 디자인의 결합으로 이해하고 있는 데서 기인한 것으로 보인다.

그러나 현란한 말솜씨와 화려한 디자인을 동원하여 아무리 멋진 프레젠테이션을 보여주었다 하더라도 구체적인 자료의 내용이 빈약하다면 참석자들을 설득할 수 없다. 어쩌면 그들은 그저 재미있는 쇼 한 편을 잘 구경했다고 여길 가능성이 크다. 프레젠테이션의 기본적인 목적은 어디까지나 참석자들을 설득하는 데 있는 만큼 프레젠테이션이 참석자들의 설득으로 이어져야 할 것이다.

또한 프레젠테이션 참석자 중에는 시청각 영상에 집중하는 사람이 있는가 하면, 발표자의 언술에 주의를 기울이는 사람도 있고, 미리 배포한 자료에 몰입하는 청중도 있다. 필자의 경험에 따르면, 특히 자료에 몰입하는 사람 중에 의사결정의 핵심을 쥐고 있는 경우가 많다. 중요한 의사결정을 해야 하기에 그만큼 자료를 신중히 검토하는 것 같다. 그 점 때문에라도 신뢰성 있는 자료 작성은 훌륭한 프레젠테이션을 위한 필수적인 요소이다.

한편 프레젠테이션은 시간과 장소의 제약을 받는 데다 일회성이라서 한번 지나가면 다시 볼 수 없어서 나중에 확인하는 과정에서는 자료에 의존하는 수밖에 없다. 최종 평가 역시 자료를 보면서 프레젠테이션의 실제 상황을 떠올리므로, 자료 작성의 중요성은 애써 말하지 않아도 충분히 짐작할 수 있을 것이다.

3. 자료 작성의 순서

일반적으로 프레젠테이션에 필요한 자료는 다음 순서에 따라 작성하는데, 자료 작성 과정을 자세히 살펴보면 글쓰기 과정과 크게 다를 바 없다. 전체 전략 수립은 글쓰기의 개요 작성에 해당하며, 디자인 및 효과 점검은 글의 수정에 비교될 수 있다.

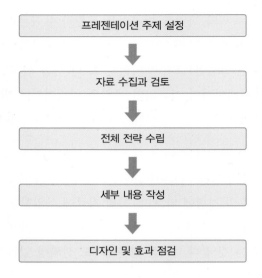

| 프레젠테이션 주제 설정 |
| 자료 수집과 검토 |
| 전체 전략 수립 |
| 세부 내용 작성 |
| 디자인 및 효과 점검 |

■ 주제 설정

프레젠테이션의 주제를 정하는 일은 이제까지 글쓰기에 대한 설명에서 다루었던 것과 다르지 않다. 대개는 주제가 정해져 있게 마련이지만, 주제에 대한 접근은 다양할 수 있다. 프레젠테이션의 목적이 무엇인지 먼저 파악하고, 거기에 참석하는 청중들의 성격과 취향, 의도를 면밀하게 따져 보면 주제에 대한 구체적인 접근법을 도출할 수 있을 것이다. 가령 참석자들이 해당 분야의 전문가라면 주제의 수준을 높여야 하지만, 그렇지 않다면 누구나 이해하기 쉽게 주제를 풀어주어야 한다.

■ 자료의 수집과 검토

이와 관련된 내용은 글쓰기에서 이미 다루었으므로 자세한 내용은 생략한다. 일반적인 글쓰기와 다른 점은 프레젠테이션은 그 특성상 그림과 도표, 차트 등 자료의 시각화를 염두에 두어야 한다는 것이다. 이는 관련 자료를 수집하고 검토하되 이 결과를 어떻게 시각화할지를 충분히 계산해야 한다는 뜻이다.

■ 전체 전략 수립

다른 글쓰기와 마찬가지로 프레젠테이션에서도 가장 중요한 것은 전략이다.

한정된 시간 내에 참석자들의 눈과 귀를 매료시키지 못하면 실패의 쓴잔을 각오해야 한다. 따라서 프레젠테이션의 전략은 그만큼 치밀하고 효과적이어야 한다. 창의적 접근을 통한 참신성, 사실과 자료에 입각한 구체성과 정확성, 누구나 수긍할 수 있는 논리성, 시청각 효과를 동원한 높은 설득력이 전체 전략 수립의 요체이다. 그뿐만 아니라 청중들이 프레젠테이션 전체를 한 편의 드라마로 느낄 수 있게 만드는 특수한 리듬의 창출도 고려해야 한다. 사실은 바로 이 마지막 부분이 가장 중요하다고 할 수 있다. 그러므로 자료를 배치하고 작성할 때에도 이와 같은 전체적인 흐름을 주도면밀하게 계산해야 한다.

■ 세부 내용 작성

전체적인 전략을 짰다면 거기에 맞게 세부 내용을 구성해야 한다. 세부 내용에서 가장 중요한 것은 정확성이다. 이공계 프레젠테이션의 특성상 구체적인 수치와 단위를 많이 사용하기 때문에 이 점에 특히 유의해야 한다. 또한 자료의 출처와 연도 등에서도 정확을 기해야 한다. 이에 대한 구체적인 내용은 다음 절에서 자세히 설명할 것이다.

■ 디자인 및 효과 점검

이 단계는 자료의 전체 체재는 물론 글꼴, 글자 크기, 색상, 도표, 사진, 분량, 디자인 효과 등을 종합하여 점검하는 것이다. 현대는 멀티미디어 시대이므로 이를 잘 활용하면 기대 이상의 효과를 거둘 수도 있다. 예를 들어 파워포인트 애니메이션 기법 중에는 '펼치기', '모으기', '날아오기', '닦아내기', '흩어뿌리기' 등 여러 가지 효과가 있는데, 이것을 써야 하는지 써야 한다면 어떤 것이 적절한지에 대해서 신중히 검토해야 한다. 이러한 애니메이션 기법의 남발은 정작 중요한 내용을 강조할 때 오히려 해가 되기 때문이다. 따라서 프레젠테이션의 핵심은 기교가 아니라 내용에 있고 지나친 장식과 효과는 오히려 역효과를 낼 수 있다는 사실을 잊어서는 안 된다.

4. 자료 작성의 방법

■ 내용적 측면

- 나열식의 설명보다 내용을 압축하여 요점형으로 서술한다.
- '~하다' 등의 서술형 어미를 생략하고 명사형으로 처리한다.
- 이/가, 을/를 등의 조사는 꼭 필요한 경우에 적는다.
- 마침표나 느낌표 등 문장 부호는 가능한 한 사용하지 않는 것이 좋다.
- 인과 관계나 영향 관계는 한 줄에 처리하지 말고 구분하여 표시한다.
- 참석자 층위가 다양할 때는 누구나 알기 쉽게 평이한 어휘를 사용한다.
- 설명이 필요한 용어는 말풍선 효과를 사용한다.
- 언어적 서술보다 도표 등 시각적 정보를 적극 사용한다.
- 어휘 중복을 피하되 강조해야 할 단어는 여러 번 반복해서 사용한다.
- 한 줄에는 하나의 정보만 표시한다. 여러 정보를 한 줄로 압축해서는 안 된다.
- 한 줄은 7단어를 넘지 않는 게 좋다.
- 한 페이지의 글줄은 제목을 포함하여 6줄을 넘지 않는 게 좋다.

〈예문〉

삼성전자 등 국내 대기업들이 공학교육인증을 받은 공과대학 출신 학생들에게 가산점을 주기 때문에 인증을 받지 않을 경우 졸업생들이 취직에 매우 불리하게 된다.

➡ 대기업 입사 때 공학인증 졸업자에 가산점 부여

- 서술형으로 되어 있는 내용 중 가장 핵심적인 정보를 추출해서 제시한다. 글자의 양을 줄이기 위해서는 한자어 사용이 필수적이다.

공학인증 졸업자에 대한 가산점 부여로 미인증 시 취업에 불리

➡ 공학인증 졸업자 가산점 부여
⇒ 미인증 시 취업에 불리

- 한 줄에 정보량이 많으면 기억하기 힘들다. 따로 구분하여 줌으로써 인과 관계를 명확히 하고 기억하기 쉽게 한다.

CEO들이 본 '대학교육이 기업현장 요구에 부합되지 않는 이유'

- 교과과정이 기업의 요구와 무관(44%)
- 새로운 지식기술에 대한 교육내용 부족(25%)
- 교과과정이 이론 중심(21%)
- 기타(10%)

자료: 교육과학기술부(2010년)

CEO들이 본 대학교육의 문제점

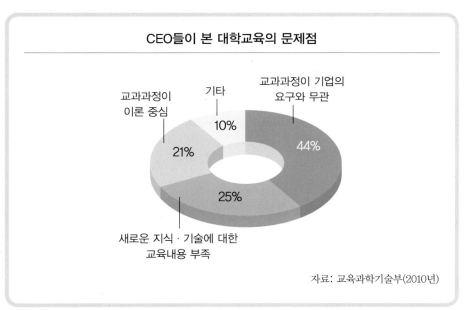

자료: 교육과학기술부(2010년)

- 이 둘의 비교에서 알 수 있듯이, 언어적 서술과 시각적 제시의 차이는 생각보다 훨씬 크다.

콘크리트 기술경연대회 목적

- 콘크리트 기술자들의 사기를 고취하고, 콘크리트 기술력 제고를 통하여 콘크리트 산업의 경쟁력 강화
- 콘크리트 제품의 품질 중요성 인식 확산을 통하여 소비자 안전 보호

콘크리트 기술경연대회 목적

① 콘크리트 기술자들의 사기 고취
② 콘크리트 기술력 제고
③ 품질 향상을 통한 소비자 안전 보호
④ 콘크리트 산업의 경쟁력 강화

콘크리트 기술경연대회 목적

- 콘크리트 기술자들의 사기 고취
- 콘크리트 기술력 제고
- 품질 향상을 통한 소비자 안전 보호

↓

기업 이미지 제고 및 콘크리트 업계 경쟁력 강화

- 왼쪽 그림은 같은 내용이라 하더라도 배치를 어떻게 하느냐에 따라 그 효과가 달라진다는 것을 잘 보여준다. 특히 목적이나 기대효과 등은 프레젠테이션의 가장 중요한 부분이므로 각별한 주의를 기울여야 한다. 첫째 그림과 둘째 그림을 비교해 보면 알 수 있듯이, 목적이나 기대효과는 하나의 항목으로 한꺼번에 처리하기보다는 여러 항목으로 나누어줌으로써 그 효과가 크다는 점을 시각적으로 부각하는 것이 좋다.

  한편, 둘째 그림에서 '④ 콘크리트 산업의 경쟁력 강화'는 CEO 입장에서 보면 그 목적이 뚜렷하지 않을 뿐 아니라 회사의 이익과 직접적으로 큰 관련이 없어 보인다. 콘크리트 산업 전반의 경쟁력 강화가 회사의 이익과 어떤 상관성이 있는지 알 수 없기 때문이다. 따라서 셋째 그림에서 보듯이 '기업 이미지 제고'라는 말을 덧붙여 기술경연대회를 개최함으로써 우리 회사의 이미지를 높이고 경쟁력을 강화시킬 수 있다는 식으로, 더 직접적이고 구체적인 목적을 보여주는 게 좋다. 또한 둘째 그림보다 셋째 그림이 한결 더 시각적으로 처리되었다.

■ 형식적 측면

- 화면 구성은 기본적으로 가로형을 채택해야 한다.
- 한 페이지에는 하나의 개념 또는 하나의 핵심 정보만 담는다.
- 글자 크기는 대체로 한글의 경우 24포인트, 영문의 경우 18포인트 이상으로 한다.
- 도표 사용 시 출처와 단위 등의 글자를 너무 작게 해서는 안 된다.
- 글자 모양(글꼴)은 명조체보다는 고딕체, 그래픽체가 효과적이다.
- 글꼴의 장평(長平) 선택에서도 가로형 화면구성에서는 평체가 더 어울린다.
- 여러 가지 글꼴을 동시에 사용하는 것은 좋지 않다. 두 개 이내가 좋다.
- 폰트 색깔은 먹(검정)을 포함하여 세 종류를 넘어가면 좋지 않다.
- 제목의 장식은 전체적으로 통일시켜 일관성을 유지해야 한다.
- 화면을 전환할 때 사용하는 장식 효과 역시 하나로 통일한다.
- 사진의 크기와 배치는 내용에 따라 리듬을 갖도록 고려한다.
- 프레젠테이션 전체의 리듬을 고려해야 한다. 사진과 도표만 계속 나온다든가, 글만 계속 나오면 좋지 않다.

다음은 한 페이지에 두 가지 정보를 담은 사례이다. 이 경우에는 내용을 그림으로 바꾸어서 한 페이지에 하나씩 처리한다.

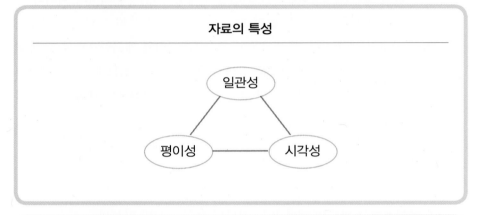

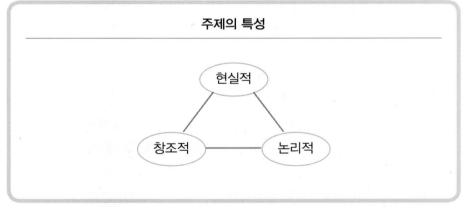

이관계 글쓰기 노하우

이공계 수업의 팁
- 기본개념이나 기초 원리를 반복해서 언급
- 핵심개념은 다양한 형태로 바꾸어가며 설명
- 구체적이고 실질적인 사례를 많이 활용

(신명조체)

이공계 수업의 팁
- 기본개념이나 기초 원리를 반복해서 언급
- 핵심개념은 다양한 형태로 바꾸어가며 설명
- 구체적이고 실질적인 사례를 많이 활용

(굴림체/그래픽체)

이공계 수업의 팁
- 기본개념이나 기초 원리를 반복해서 언급
- 핵심개념은 다양한 형태로 바꾸어가며 설명
- 구체적이고 실질적인 사례를 많이 활용

(중고딕/장체)

이공계 수업의 팁
- 기본개념이나 기초 원리를 반복해서 언급
- 핵심개념은 다양한 형태로 바꾸어가며 설명
- 구체적이고 실질적인 사례를 많이 활용

(중고딕/평체)

이공계 수업의 팁
- 기본개념이나 기초원리를 반복해서 언급
- 핵심개념은 다양한 형태로 바꾸어가며 설명
- 구체적이고 실질적인 사례를 많이 활용

(센스체)

글자 크기와 글꼴을 선택할 때 개인적인 취향이 지나치게 크게 반영되어서는 안 된다. 바로 위 그림에서 보는 것처럼 내가 센스체를 아름답게 느낀다고 해서 다른 사람들도 그렇게 느낄 것으로 생각해서는 곤란하다. 디자인은 가능하면 심플하게 하는 것이 좋다. 시각적 효과를 지나치게 의식해서 이런저런 장식을 하는 것은 오히려 산만해져서 중요한 프레젠테이션을 망치기 쉽다. 색상의 사용도 마찬가지이다. 세 가지를 넘지 않는 것이 무난하며, 특별히 강조할 사항이 아니라면 너무 튀지 않는 색이 좋다.

공학커뮤니케이션의 현장

공학커뮤니케이션의 현장

사진의 배치에도 리듬이 있다. 사진의 비중이 동일한 경우에는 각 사진의 크기를 같게 해야 하지만(위쪽), 그렇지 않을 경우에는 동일한 크기를 여러 개 나열하는 것보다 비중에 맞게 사진의 크기를 조절해서 배치하는 것이 더 효과적이다(아래쪽).

자기소개서 쓰기

1. 30초 만에 취업 당락이 결정된다

심각한 취업난에다 상시 채용이 늘어나면서 이력서와 자기소개서의 중요성이 더욱 커지고 있다. 한 조사에 따르면, 인사 담당자가 한 개인의 이력서와 자기소개서를 검토하는 데 드는 시간은 평균 30초 정도라고 한다. 30초 동안에 인사 담당자의 시선을 끌지 못하면 취업에 실패할 확률이 높다.

기업 측에서 자기소개서를 원하는 이유는 단순한 이력서만으로 평가할 수 없는 것들, 즉 성장 과정이나 가정환경, 대인 관계, 경력 사항, 직업관, 입사 지원 동기와 포부 등 지원자에 대해 많은 것을 두루 알 수 있기 때문이다. 또한 자기소개서의 문장을 통해 문장 구성력과 논리적 사고뿐만 아니라 자기 생각을 표현해 내는 능력까지 파악할 수 있다. 이처럼 자기소개서는 서류 전형의 경우 당락에 영향을 미치는 것은 물론 면접시험의 기초가 된다.

자기소개서는 일정한 양식이 따로 있는 것은 아니지만, 최근 공사를 포함한 대기업, 금융계, 언론계 등에서는 지정된 형식과 일정한 분량을 요구하기도 한다. 그러나 20여 년 동안의 삶을 일정한 분량의 글로 옮긴다는 것은 그리 쉬운 일은 아니다. 더욱이 각자 자신의 삶이 다르기 때문에 '이렇게 쓰라'고 단정 지을 수 없는 것 또한 사실이다. 그러므로 지원하는 곳에서 요구하는 필수적인 요건을 충족시키되 자신의 자질과 개성을 충분히 알릴 수 있게 작성하는 것이 가장 바람직하다.

한편 일부 기업에서는 창의성이 강한 인재를 뽑는다는 차원에서 성장 과정, 학창 시절, 입사 후 포부 등 천편일률적인 내용보다는 본인의 개성과 특기 등을 소개하는 자기소개서를 요구하기도 한다. 따라서 자신이 지원하고자 하는 기업의 채용 특성을 잘 살펴서 전략적으로 접근해야 한다.

자기소개서를 작성함에 있어 유의해야 할 사항들은 무엇인지 자세하게 살펴보자.

2. 자기소개서의 기본 전략

1) 지원처의 인재상을 파악하라

본격적인 자기소개서를 작성하기 전에 가장 먼저 할 일은 자신이 지원하고자 하는 곳의 인재상을 먼저 파악하는 일이다. 해당 기업의 홈페이지나 사보, 먼저 진출한 선배들에게서 인사 정보를 얻을 수 있다. 만일 그곳에서 창의적인 인재를 원한다면 자신의 창조적 측면을 적극적으로 부각해야 할 것이다. 반면에 너무 튀는 사원을 꺼리는 곳도 있다. 그런 회사에 제출할 자기소개서는 원만한 품성을 강조하지 않으면 안 된다. 지원자 스스로 사람을 뽑는다고 가정하고, 지원처의 인사 담당자 입장에서 써야 한다. 따라서 지원하는 회사가 다르면 자기소개서를 다시 써야 한다. 회사마다 인재상이 다르기 때문이다. 한번 써놓은 소개서를 반복해서 사용하면 안 되는 이유가 바로 여기에 있다.

2) 자신의 어떤 이미지를 강조할 것인지 전체적인 전략을 짜라

이는 특히 지원 업무와 연관이 높다. 영업 부문을 지원하면서 내향적이고 치밀한 성격을 강조하면 곤란할 것이다. 그러한 성격은 연구 개발 쪽에 더 어울린다. 영업이니까 활달한 성격과 원만한 대인 관계가 부각되어야 한다. 광고 회사나 게임 소프트웨어 개발업체라면 풍부한 아이디어나 엉뚱한 상상력을 두드러지게 해야 한다. 자신에게 특별한 능력이 있고, 그것이 회사 업무와 관련이 깊다면 그 부분을 집중적으로 드러내는 것이 효과적이다. 진취적이고 도전적인 이미지는 거의 모든 회사에서 원하는 공통적인 요소이다.

3) 자신의 이미지를 유기적이고 통일되게 보여 주라

일반적으로 자기소개서를 받아보면 낱낱의 항목들이 따로 노는 경우가 많다. 각각의 사건들이 유기적으로 통일되지 못하고 조각조각 나열되어 있다. 성격, 리더십, 아르바이트 경험, 봉사활동 등이 저마다 다른 정보를 갖고 있기 때문이다. 가령 영업 쪽으로 지원한다면, 리더십이나 아르바이트 경험 등을 영업과 관련된 내용으로 집중, 일관되게 서술해야 효과적이다. 뒤에 소개된 예문들을 잘 살펴보면 그 점이 한결 분명하게 드러날 것이다.

4) 소질과 관심보다 능력과 경험을 부각시키라

학생들이 제출한 자기소개서를 보면 자신의 능력과 경험보다 소질과 관심이 80% 이상을 차지한다. 해당 회사 지원자라면 누구나 관심은 있다. 문제는 누가 어떤 능력을 갖추었느냐이다. 그 회사에 지원하기 위해 이런저런 경험을 쌓았고, 더불어 지원 업무와 관련해서 전문적인 능력을 충분히 갖추었다는 점을 부각해야 한다.

5) 자기소개서에 쓸 만한 자료를 적극 수집하라

자기소개서를 쓸 때 학생들이 곤란을 겪는 이유 중의 하나는 쓸 만한 내용이 별로 없다는 것이다. 이는 작성 방법을 잘 몰라서이기도 하고, 정말로 '소스(source)'를 찾지 못해서이기도 하다. 자기소개서를 쓸 때는 앨범이나 개인 홈페이지, 블로그, 일기장 등을 뒤적여 효과적으로 활용할 수 있는 소재들을 충분히 확보해야 한다. 작은 사건이라도 잘 풀어놓으면 매우 훌륭한 소재가 될 수 있다. 문제는 거기에 어떻게 의미를 부여하느냐이다.

6) 면접 질문에 대비하라

자기소개서는 면접 시에도 매우 중요하다. 면접관은 대개 이력서와 자기소개서를 읽어 보고 기본적인 질문을 던진다. 내용이 특별할수록 그 부분과 관련된 질문이 쏟아질 가능성이 높다. 그러므로 자기소개서는 추후에 있을 면접까지 대비해서 작성해야 한다.

3. 자기소개서 작성의 기본 지침

1) 첫 문장에서 인사 담당자의 시선을 사로잡자

S전자에 합격한 학생의 글

교수님께서 첫 문장이 중요하다고 하셔서 그 부분에 신경을 썼습니다. 저는 힘들지만 성실하게 공부하였다는 점을 강조하고 싶어서 첫 문장을 이렇게 잡았습니다.

"저를 키운 건 팔할이 바람이었습니다." 서정주 시인의 시 '자화상'의 한 구절("나를 키운 건 팔할이 바람이었다")을 빌려온 것입니다. 서류 전형을 무사히 통과하고 2차에 걸쳐 면접을 보는데 면접관들께서 여러 차례 같은 질문을 던졌습니다. 첫 문장이 무엇을 의미하는지 궁금해 하셨던 것입니다. 심지어 어떤 분은 '바람'이 wind가 아니라 wish의 뜻이냐고도 물었습니다. 이공계 학생이 그런 표현을 써서 더 신기했던 것 같습니다. 그래서 제 첫 문장의 의도를 설명 드렸더니 모두들 좋아하시면서 칭찬해 주셨고, 결국 최종 면접에서 합격했다는 통보를 받았습니다.

위 학생의 글을 통해 알 수 있듯이 자기소개서의 첫 문장은 매우 중요하다. 그 사람의 인상을 결정하는 요소이자 면접에까지도 두루 영향을 미치는 까닭이다.

2) 구체적이고 입체적으로 쓰자

다양한 경험을 했다는 점을 강조하기 위해 정보를 평면적으로 나열하는 것은 그다지 큰 도움이 안 된다. 예를 들어 "편의점, 호프집, 주유소, 설문 조사, 패스트푸드점, 공항공사 등에서 다양한 아르바이트를 하면서 세상을 보는 눈을 키웠다"라고 쓰면 안 된다. 여러 경험 중 하나의 효과적인 정보를 선택, 거기에 살을 입혀 생동감을 부여해야 인상적인 소개서로 각인될 수 있다. 그러니까 위 내용은, 공항에서 방문객 안내 아르바이트를 하면서 겪은 일화를 구체적으로 소개하면서 우리나라의 국제화 정도를 실감하게 되었고, 나의 국제화 지수도 높여야겠다는 다짐을 했다는 식으로 서술해야 한다.

또한 "성격이 원만하고 적극적이다", "최선을 다하겠다"와 같은 막연하고 일반적인 문구는 다른 표현으로 구체화하는 것이 좋다. 이런 식의 말들은 이제까지의 자기소개서에서 너무 많이 사용해서 상투적일 뿐 아니라, 그 부분에 대한 지원자의 구체적인 관심이나 지식이 부족한 것으로 읽힐 수 있기 때문이다. 가능한 한 정확하고 구체적인 표현으로 치밀하고 솔직한 인상을 심어 주도록 한다. 예를 들어 자신의 성격이 원만하다는 것을 표현하려면, 그런 것을 대표할 만한 구체적인 사례 하나를 떠올려서 그 사건을 입체화해야 한다. 그리고 마지막에 원만한 성격이 자기에게 어떤 이익을 주었는지를 강조해주면 금상첨화다.

3) 내용은 진솔하게 쓰자

자기소개서는 과장되거나 거짓된 내용이 있어서는 안 된다. 긍정적인 사고를 가지고 진솔하게 작성하도록 한다. 가정 형편이 어려웠다거나 하는 것들을 부끄럽게 생각할 필요가 없다. 오히려 그것을 극복하고 일어선 자신의 강한 의지를 보여주는 쪽이 좋다. 잘 보이기 위해서 없었던 일을 허위나 과장으로 꾸며대는 우를 범해서는 안 된다. 운이 좋아 통과되었다 하더라도 면접 때 곤란을 겪을 소지가 다분하다.

4) 표현의 일관성을 유지하자

문장의 첫머리에서는 "나는 ……이다"라고 했다가 어느 부분에 이르러서는 "저는 ……습니다"라고 혼용하는 경우가 더러 있다. 동일한 문구의 반복을 피하고자 다양한 표현을 쓰는 것은 좋으나 호칭이나 종결형 어미, 존칭어 등은 일관성을 유지해야 한다. 요즘 누리꾼들이 흔히 쓰는 "~님"의 표현도 주의해야 한다.

5) 항목마다 적절한 제목을 달자

항목마다 제목을 달아 한눈에 무슨 뜻인지 알게 하자. 인사 서류를 검토하는 사람들은 엄청난 분량의 서류를 동시에 다룬다. 눈에 띄지 않으면 그냥 넘어가기 십상이다. 적절한 제목을 달아서 눈길을 끌어야 하고, 한눈에 알아볼 수 있게 해야 한다.

6) 한자나 외국어, 숫자 사용에 주의하자

한글맞춤법 준수는 기본이다. 자기소개서에 불가피하게 한자나 외국어를 써야 할 경우 표현이 잘못되지 않도록 최대한 주의를 기울여야 한다. 고사성어 등의 한자나 한국어로 표현하기 곤란한 외국어는 뜻이 빠르게 전달되고 문장이 고급스러워질 수 있는 반면, 잘못 사용됐을 경우 사용하지 않는 것만 못한 효과를 낼 수도 있기 때문이다. 숫자 사용 역시 정확해야 한다.

4. 항목별 작성 요령

1) 성장 과정

지원자의 성장 배경을 보기 위한 것이다. 그러므로 긍정적으로 치환하기 힘든, 불리한 진술은 될 수 있으면 삼간다. 외동아들, 편부모, 마마보이 등 부정적인 선입견을 갖기 쉬운 내용들은 가능한 한 배제하는 게 좋다. "어디에서 1남1녀 중 몇째로 태어나…" 형식의 평이한 진술도 삼가야 한다. 그보다는 온 식구들이 모여 잡채 요리를 만드는 과정을 핍진하게 묘사함으로써 화목한 가정 분위기와 각자의 역할을 보여주는 것이 더 효과적이다. 또 전자상가에 특정 제품을 구입하면서 드러나게 되는 가족 구성원의 견해 차이를 보여주는 것도 한 방법이다.

> 저의 성장 과정은 한마디로 정직과 성실이었습니다. 공무원이신 아버지께서는 정직을 늘 강조하셨고, 다정다감한 어머니께서는 성실을 강조하셨습니다. 그래서 지금까지 살아오면서 누구를 크게 속이거나 괴롭히거나 한 적이 없다고 생각됩니다. 물질적으로 크게 풍족하지는 않았지만 그렇다고 모자란 것도 아니어서 큰 부족함 없이 무난하게 성장할 수 있었습니다. 또 이사를 한 번도 하지 않아서 오래된 친구들이 많고, 저 역시 정이 많은 사람으로 성장하였습니다. 귀사에 입사한다면 제가 지금껏 살아온 정직과 성실로써 최선을 다할 것입니다.

전형적인 성장 과정 사례이다. 특별한 정보가 없다. 정직과 성실을 강조하지 않는 부모는 아마 없을 것이다. 굳이 특별하다면 아버지가 공무원이라는 것 정도. 그렇다고 시선을 끌 만한 요소는 아니다. 학생의 표현대로 그냥 "무난한" 소개서이다. 지원처가 은행인데 "정이 많은 사람"이라는 이미지도 큰 도움을 주지 못할 것이다. 정직과 성실을 강조하되 구체적인 사례를 찾아 입체화해야 한다.

> **◐ 결코 낡지 않는 가치, 정직과 성실**
>
> 교통사고를 목격한 일이 있습니다. 당시는 아침 출근길이었기 때문에 주위에 사람들도 많았고, 저 역시 등굣길이라 그냥 지나쳐 갔습니다. 그런데 며칠 후 그 자리에 목격자를 찾는다는 현수막이 걸려 있었습니다. 처음엔 망설였지만 평소 정직과 성실을 강조하신 부모님을 떠올리며 경찰서로 가서 목격 내용을 진술했습니다. 나중에 알고 보니 그 자리에 있던 많은 사람이 단지 귀찮다는 이유로 서로 미루었던 것입니다. 부모님께 말씀드렸더니 잘했다고 칭찬해 주셨습니다. 정직과 성실은 제가 국민은행에 입행해서도 꼭 필요한 덕목이라고 생각합니다.

2) 성격의 장단점

이 항목은 지원 회사의 지원 업무와 맞추어야 한다. 앞에서 미리 말했듯이 영업 분야에 지원하면서 내향적 성격을 부각하면 곤란하다. 사람은 누구나 이중적인 성격을 지니고 있다는 점을 염두에 두고, 어떤 점을 강조해야 유리할지를 미리 점검해야 한다. 섬세한 성격은 연구 개발에는 좋지만 리더십을 요구하는 데는 부적절하다. 그러니까 특정 성격이 업무 성격에 따라 장점이 될 수도 있고, 단점이 될 수도 있다는 뜻이다. 그 점을 잘 파악하여 쓰되, 단점은 어떤 노력을 거쳐 보완할 수 있다는 형식을 취하는 것이 무난하다. 단, 치명적인 단점은 쓰지 않는 게 좋으며, 삼겹살을 잘 굽는다는 식으로 인간적인 면모를 부각하는 것도 좋다.

> 제가 살아가면서 가장 중시하는 것은 인간관계입니다. 따라서 저는 '배려'와 '약속'에 제 삶의 무게중심을 두고 있습니다. 저는 어려서부터 엄격한 부모님 밑에서 자라왔습니다. 아버지의 가르침 중, 가장 중요한 것은 항상 타인을 배려하고 존중하라는 것이었습니다. 그러한 가르침 덕에 저는 어려서부터 다른 사람들과 원만한 인간관계를 형성할 수 있는 토대를 만들 수 있게 되었습니다.

상식적이고 일반적인 이야기를 크게 벗어나지 못한 글이다. 특별히 내세우지는 않더라도 배려와 존중을 중시하지 않는 사람은 아마 없을 것이다. 약속 역시 마찬가지이다. 개성적인 소개서가 아니다. 이렇게 지적받은 학생은 다음과 같이 고쳐 왔다.

> ❍ **병실에서 친구들과 시험공부를 한 사연**
>
> 고등학교 때 학원에서 집으로 돌아가는 길에 오토바이 사고를 당했습니다. 다행히 큰 사고는 아니어서 병원에 누워 안정을 취하고 있었습니다. 그런데 새벽 2시인 데다 내일 시험도 있는데도 불구하고 친구 2명이 소식을 듣고 병원으로 찾아왔습니다. 우리는 병실에서 서로 의논하며 시험공부를 하였습니다. 친구들이 돌아간 후 저는 눈물을 글썽이며 깨달았습니다. 친구의 소중함. 인간관계의 소중함을 말입니다.
>
> 그래서 제 성격의 장점으로 내세울 수 있는 것은 바로 타인에 대한 배려와 존중입니다. 그것은 제 친구들이 제게 전해준 값진 선물이었습니다. 저의 원만한 인간관계 또한 거기서 비롯되었다고 생각합니다.

3) 대학 생활

대학에서 주로 어떤 분야에 관심을 두었는지를 점검하는 항목이다. 대부분 동아리 활동이나 NGO 활동 등 특별한 이력을 내세운다. 동아리 활동을 소개할 때에도 평면적인 묘사는 시선을 끌지 못한다. 어떤 행사를 개최하는 데 따른 고난과 보람을 사실적으로 묘사하는 게 좋다. 동아리에 가입하지 않았다면 국토대장정 등의 행사나 교내 프로그램 참가, 공모전 응모 등 효과적인 소재를 발굴해 기록해야 한다. 이때는 그런 활동들이 본인에게 어떤 가치와 의미(인생관)를 지니고 있으며, 그것이 입사 후 어떤 능력과 직결될 수 있는지를 구체적으로 언급해야 한다.

한편 전문적인 지식을 요구하는 회사라면 전공과 관련된 자신의 학문적 관심사와 학습 성과를 적극적으로 피력해야 한다. 이 경우에도 막연한 진술보다는 지원처의 업무와 연관 지어 구체적이고 명료하게 진술하는 태도가 필요하다.

저는 독특하고 다양한 경험을 쌓았습니다. 부산에서 SKY 경호업체의 지원팀으로 들어가 프로농구, 축구팀인 KTF 매직윙스와 부산아이파크의 경호 활동을 했습니다. 서울에 다시 올라와 넥스트엔터테인먼트월드라는 기획사에서 제작 기획한 드라마 '태양의 후예', 영화 '오빠생각' 등에 보조 역할로 참여하였습니다. 그리고 학교의 물리학과 학생회에 소속되어 YWCA 주최 시각장애인 산악 등정에도 참여하였습니다.

다양한 경험의 단순 나열은 의미가 없다. 직무와 관련된 경험에 치중하여 쓰는 게 좋다. 윗글을 쓴 학생은 자신의 지원부서가 연구소라는 점을 감안하여 소개서를 아래와 같이 수정하였다.

> **➡ 뙤약볕 아래 방탄조끼를 입고 벌인 경호 활동**
>
> 대학 2학년 여름방학, 저는 특별한 경험을 하였습니다. 고향인 부산에서 SKY 경호업체의 지원팀으로 들어가 프로농구팀 KTF 매직윙스와, 프로축구팀 부산아이파크를 경호하는 일을 한 것입니다. 관중들 대부분은 경기를 즐길 줄만 알았지 그 이면의 어려움에 대해서는 알지 못합니다. 한여름의 뙤약볕 아래에서 두꺼운 방탄조끼를 입고 경호 활동을 벌이는 일은 결코 쉽지 않았습니다. 특히 제가 맡은 구역의 안전을 위해서는 경기 내내 집중력을 잃지 말아야 하는데 이는 고도의 인내력을 요구했습니다. 하지만 저는 그 일을 계기로, 후선에서 벌이는 연구 활동 역시 남들에게 보이지 않지만 고도의 집중력과 인내력을 요구한다는 사실을 절실히 느꼈습니다.

4) 봉사활동 경험

그동안 실천해온 봉사활동을 설명하되 '더불어 사는 삶'의 의미를 드러낼 수 있어야 한다. 그리고, 남들에게 무엇인가를 베풀 수 있어서 의미가 컸고 인상적이었다는 진술보다는 그런 봉사활동을 하면서 사실은 더 많은 것을 배우고 깨달았다는 쪽으로 겸손하게 자신을 표현하는 것이 좋다. 어쩌면 그것이 사실에 더 가까울 것이다.

> 저의 봉사활동은 중학교 때 수행평가를 위해 사회복지시설에 다닌 것으로 시작되었습니다. 그곳에서 마주치는 고아들이나 정신박약아들을 보면서 저는 우리 사회가 아직까지 어두운 곳이 너무 많으며, 우리나라의 복지정책에도 문제가 많다는 것을 느꼈습니다. 정기적으로 찾아가 아이들을 돌보거나 청소를 하기도 하며 우리 사회가 하루빨리 건강한 사회로 거듭나기를 희망하였습니다.

이 글은 지원자가 자원봉사를 말 그대로 자원해서 한 게 아니라 마지못해서 했다는 인상을 풍긴다. 또 봉사활동을 통해 느낀 점들도 특별한 것이 없다. 다음과 같은 내용은 어떨까?

> **❯ 미혼모들이 남기고 간 아이들과…**
> 2018년의 여름과 가을, 일주일에 한 번씩 찾아간 곳은 북악산 중턱에 자리한 어느 입양원이었습니다. 주로 미혼모들이 남기고 간 아이들이 있는 그곳에서 저는 때론 엄마가, 때론 아빠가 되곤 했습니다. 아침 9시에서 11시까지, 저는 아이들과 놀아주거나 목욕을 시키기도 하고 건물 복도와 계단, 방을 청소하기도 했습니다. 자원봉사라 일컫지만 실은 자기 수양이요 자기 배움의 길이라 해야 옳을 것입니다. 제가 주는 것은 지극히 작고 적으나 얻는 것은 너무도 크고 많은 까닭입니다. 어느 날 입양되어 그곳을 떠난 '성원이'가 행복하게 잘 자라기를 간절히 바랍니다.

5) 입사 지원 동기

학생들이 가장 어려워하는 항목이다. 사실은 자기소개서에서 가장 중요한 항목이다. 입사 지원 동기는 회사와 가장 밀접하게 연관된 내용이므로 담당자의 관심이 특히 집중된다. 따라서 "초일류기업을 지향하는 ~에서 저의 꿈을 실현하고 싶다."라는 막연한 표현이나 "뽑아만 준다면 최선을 다하겠다."라는 식의 상투적인 표현은 삼가야 한다. 이보다는 지원 회사와 직·간접으로 연관이 있는 내용을 중심으로 구체적으로 기술해야 한다. 즉, 그 회사의 경영 철학, 경영 이념, 경영 전략, 광고 이미지 등과 연관 짓는 것이 좋다. 또 지원 회사의 업종이나 특성을, 자신의 적성과 전공, 또는 포부와 관련지어 쓰면 더욱 구체적인 지원 동기가 될 수 있다.

이 항목에서 주의해야 할 점은 자기 자신을 과대평가해서는 안 된다는 점이다. 일부 지원자의 경우, 자기는 뛰어난 '원석'인데 이를 빛나는 '보석'으로 가공해 줄 회사가 귀사라는 식으로 지원 동기를 적는데, 이러한 서술은 삼가야 한다. "저의 원대한 꿈을 펼칠 회사는 귀사밖에 없습니다."라는 진술도 여기에 포함된다. 같은 업종에 여러 개의 회사가 있는 경우에는 왜 하필 이 회사를 선택했는지에 대해 구체적으로 답할 수 있어야 한다. 그러기 위해서는 평소 해당 회사의 홈페이지나 사보, 신문 기사, 광고 등의 자료를 통해 미리 해당 기업에 대해 깊이 살펴 두어야 한다.

> 조선업은 우리나라 주력산업 중 하나입니다. 귀사 역시 이 분야에서 오랜 역사와 전통을 자랑하고 있습니다. 그 역사와 전통에 힘입어 저 또한 능력을 인정받고 필요한 재원으로 성장하고 싶습니다. 그럴 수 있을 만큼 충분한 각오와 마음의 준비가 되어 있습니다. 아무리 힘든 일이 주어지더라도 최선을 다해 업무를 수행할 것이며, 귀사에서 저의 자아를 멋지게 실현해 나가겠습니다.

해당 업계 사람이라면 누구나 알고 있는 사실을 굳이 강조할 필요가 없다. 그런 지면이 있으면 자기를 조금이라도 더 알리는 것이 낫다. "충분한 각오", "최선을 다해", "멋진 자아실현" 등의 진부한 표현도 다 삭제해야 한다.

> **❖ 항상 에너지가 충만한 젊은 정신과 열정**
> DSME(대우조선해양)가 저의 목표가 된 것은 두 번째 자전거 여행 때였습니다. 거제를 지나면서 우연히 DSME 전경을 보았는데 매우 평화롭고 경이롭게 다가왔습니다. 직원들은 활기차고 의욕이 넘쳐 보였으며, 뜨거운 태양 아래 위풍당당하게 서 있는 배들이 매우 인상적이었습니다. 저는 한눈에 매료당하고 말았습니다. 구직자 대부분이 수도권 소재 기업을 선호하지만 저는 오히려 먼 남쪽 거제도에 위치해 있다는 점이 좋았습니다. 조용한 풍광, 따뜻한 날씨, 눈앞의 푸른 바다… 여행에서 돌아와 DSME에 대해 알아보니, 신뢰와 열정으로 세계 최고의 조선해양기업이 되겠다는 비전을 가진 굴지의 기업이었습니다. 저는 조금도 주저 없이 제 열정과 젊음을 바칠 곳이 어디인지 결정했습니다. 대기업이기 때문이 결코 아니었습니다. 신뢰라는 든든한 바탕과, 항상 에너지가 충만한 젊은 정신과 열정 때문이었습니다. 대학시절 내내 설계와 역학, 그중에서도 동역학과 유체역학에 특히 관심이 많았던 터라 귀사의 선박설계 분야에서 저의 열정을 불태우고 싶습니다.

6) 입사 후 포부

앞으로의 희망이나 각오를 말할 때는 "열심히" 또는 "최선을 다해"라는 막연한 표현보다는, 일단 그 회사에 입사했다는 가정 아래 목표 성취와 자기 계발을 위해 어떤 분야에서, 어떠한 계획이나 각오를 갖고 임할 것인가를 구체적으로 언급해야 한다. 또한 지원 회사의 비전이나 업종의 미래상을 미리 파악하고, 그에 맞게 자신의 꿈을 밝히는 지혜도 필요하다. 포부는 구체적이고도 원대할수록 좋다. 미래상을 구체적이고 원대하게 만드는 좋은 방법은 5년 후 또는 10년 후에 내가 어디에서 어떤 일을 할 것인지를 구체적으로 생각하고 쓰는 것이다. 지금 계획하는 일들이 미래에 그대로 실현된다는 보장이 없더라도 그런 점을 걱정할 필요는 없다. 확신이 없어서 두루뭉술하게 쓰는 것보다는 구체적인 계획을 가지고 쓰는 것이 읽는 사람의 입장에서는 훨씬 나을 것이기 때문이다.

> 예전부터 저는 "과학기술은 빠른 속도로 변화하고 있다"라거나 "과학기술은 더욱 빠르게 발전할 것이다"라는 이야기를 들어왔습니다. 물론 과학의 발전 속도는 과거에서 현재에 이르기까지 보다 빠른 속도로 미래를 향해 갈 것입니다. 하지만 이것은 어디까지나 정론이며, 누구나 다 아는 이야기일 뿐입니다. 그러나 이제는 그런 변화를 일으키고, 그렇게 급히 변화하는 곳의 중심에서 그것을 관찰할 수 있기를 원합니다. 훗날 과학기술의 변화는 몹시 빠른 것이었음을 당당히 말할 수 있도록….

너무나 뻔한 상식적인 이야기를 반복하고 있다. 구체적인 비전이나 포부를 제시하지도 않았다. "변화를 관찰한다"라는 표현도 소극적으로 보여 좋지 못하다.

> ### ➡ 내 이름으로 된 기술특허와 브랜드 창출
> 공기청정기는 진화합니다. 단순한 공기 정화에서 음이온을 방출하는 것으로, 다시 최적의 산소 농도를 유지해주는 것으로 그 기능이 바뀌고 있습니다. 어쩌면 미래에는 이보다 더 빠른 속도로 바뀌게 될지도 모릅니다. 지금까지 저는 과학기술의 변화를 간접적으로 체험하고 소비하는 차원에 머물렀습니다. 하지만 이제는 그와 같은 변화의 중심에 서고 싶습니다. 기술의 변화를 주도하는 위치에 서고 싶다는 뜻입니다. 변화의 관찰자가 아니라 변화의 주도자로서 새로운 과학기술의 시대를 LG 전자와 함께 열어가고 싶습니다. 그래서 입사하고 늦어도 5년 후에는 제 이름으로 된 공기청정 기술특허, 새로운 브랜드를 창출하는 것이 저의 희망이자 포부입니다.

자 기 소 개 서

(지원처: 조경설계사무소 서안)

1. 잠실 수영장에서: 성격

마스터즈 전국 초등학교 수영 선수권 대회. 접영과 평형에 출전했습니다. 탕! 소리와 함께 물속 깊숙이 잠수했다가 죽음 힘을 다해 손발을 저으면서 물살을 갈랐습니다. 출발이 좋아 처음에는 1등으로 가다가 마지막에는 8명에 5등으로 골인하여 결승 티켓을 따지 못했습니다. 눈물을 참으려 해도 무엇이 그렇게 서러운지 시야가 자꾸만 흐려졌습니다. 반드시 이기고 싶었는데…. 지친 몸으로 집으로 돌아가면서 대회 전 훈련을 생각했습니다. 어린 나이에 강단은 있었는지 하루에 채워야 할 엄청난 훈련량은 어떻게든 해냈습니다. 이때의 수영 선수 생활이 끈기 있고 승부욕 강한 제 성격에 많은 영향을 준 듯합니다. 끈기와 승부욕은 조경 디자이너의 기본적인 자질이라고 믿습니다.

2. 어린이대공원에서: 조경을 선택한 이유

모의고사에서 죽을 쑤었습니다. 참 속상했습니다. 수능 시험 석 달을 앞두고 이 정도 점수라니, 참담했습니다. 터벅터벅 어린이대공원으로 갔습니다. 잔디 구릉 너머 분수대에서 재잘거리며 노는 초등학생들을 보고 있으니 저도 모르게 시험 생각을 잊었습니다. 이런저런 생각을 하다가 벤치에서 잠이 들었습니다. 자고 일어나니 몸과 마음이 가벼웠습니다. 그때서야 비로소 저를 달래준 주변 풍경들이 보이기 시작했습니다. 제 주위를 둘러싼 귀룽나무숲, 왕벚나무 열식재, 뻥 뚫린 비스타(vista) 경관들. 그때에는 조경에 대해 전혀 문외한이었지만, 자연 조경이 도시민의 치유 공간이고 안식의 공간임을 몸소 체험하였습니다. 수능 시험을 치르고 저는 결심했습니다. "공원을 내 손으로 설계해보겠다."

3. 베르사이유 궁전에서: 인상적 사건

대학에서 실시한 글로벌 리더십 프로그램에 참여했습니다. 한 달 일정의 유럽 배낭여행을 베르사유에서 시작했습니다. 입구에 들어서서 정원을 향해 고개를 드는 순간 숨이 막혔습니다. 어려서부터 들어왔던 베르사유 궁전은 기대 이상이었습니다. 지면에 커다란 자를 대고 그린 듯이 표현된 평면 기하학식 정원, 광활한 대지에 엄청난 크기의 운하, 이 모든 것이 루이 14세 한 사람을 위한 것이라는 사실이 믿기지 않았습니다. 프랑스 영화 '왕의 춤'을 보면 루이 14세가 마치 신이라도 된 듯 건축가 르노르트에게 말합니다. "이쪽에 분수를 만들고 저쪽에는 언덕을 만들어. 그리고 여기는…." 나쁘게 보면 자연에 대한 폭정일 수도 있으나, 저 스스로에겐 말할 수 없는 숭고미를 느끼게 만들었습니다. 미숙한 자연을 위대하게 완성시켰다는 의미에서 말입니다. 무엇을 하든 의미 있는 조경설계사가 되겠다는 다짐을 더욱 강하게 굳혔습니다.

4. 설계실에서: 대학 생활

공모전이 끝난 텅 빈 설계실에 앉아 있었습니다. 20××년 대한민국 조경대전의 설계 언어인 'Dynamic Landscape.' 그 해답으로 우리 팀이 제시한 작품이 'Forest.Zip.' 아쉬움 반, 후련함 반이었습니다. 길의 층위 구조를 통해 숲을 압축시켜서 비좁은 서울 땅에 부족한 녹지를 보충하는 것이 우리의 콘셉트였습니다.

반짝이는 아이디어들이 많았지만 마감 시간 내에 설계를 풀어나가야 한다는 것을 잠시 잊었습니다. 시간이 조금 더 허락되었더라면 우리의 생각을 좀 더 세련된 방법으로 표현할 수 있었을 텐데…. 아쉽지만 입선 수상에 만족해야만 했습니다. 하지만 앞으로는 더욱 실제적이고 대규모인 프로젝트에 참여하여 저의 열정과 재능을 시험해 보고 싶습니다.

5. 청계천에서: 입사지원 동기

47년 만에 물길이 다시 열린 청계천을 걷습니다. 황금연휴 3일 동안 150만 인파들이 청계천을 보러 왔다고 합니다. 청계천이 만들어져서 좋은 점도 있지만 아쉬운 점도 많습니다. 관리 비용, 안전 문제, 경관 부분, 기타 여러 면에서 상당히 어려운 숙제들을 안고 있습니다. 그러나 문제가 많다는 것은 할 일이 많다는 뜻이기도 합니다. 저의 입장에서는 다행인 셈이지요.

산업 구조가 바뀜에 따라 청계천과 같이 도시의 많은 부분에서 재편성이 이루어질 것입니다. 조경은 그 과정에서 가장 중심적인 역할을 할 수 있다고 자신합니다. 그리고 '서안'은 그 선봉에 서 있다고 믿습니다. 조경을 더 이상 '대지의 화장술'이 아닌, 서울이라는 도시에 맞는 옷으로 재단해 나가고 싶습니다. 서울의 한 시민으로서 제가 살고 있는 도시의 풍경을 제 손으로 연출하고 싶습니다. 아름답고 인간적인 녹색 도시를!

나는 문장 쓰기가 제일 어렵다. 긴 문장을 짧게 끊어 쓰는 것은 어느 정도 되었는데 문장 하나하나에 신경을 집중하다 보면 문장끼리의 긴밀성이 떨어진다. 그러면 또 앞뒤로 문장을 수정해 주어야 하는데 그렇게 할 때 문장과 문장을 연결해 주는 것이 또 장난 아니게 어렵다. 그것을 보완하려면 남의 글을 보듯이 처음부터 끝까지 술술 읽어가면서 전체 흐름을 파악해야 하는데 수정 연습이 안 되어 있어서 그것도 잘 안 된다.

아직 전체적으로 많이 부족하지만 그중에서도 가장 크게 부족한 점은 문장이 쓸데없이 길어진다는 점이다. 아마 분량에 대한 압박에서 생긴 나쁜 습관인 것 같다. 글을 의도적으로 길게 쓰려고 하다 보니 똑같은 말을 반복할 때도 있고 글의 진행이 완만해서 지루해지기도 하였다. 이 점을 보완해야겠다.

나에게 글쓰기는 매우 어려운 일이다. 주제가 무엇이든 글을 쓰는 일은 내게 많은 수고를 요구한다. 그중에서도 특히 어려운 것은 첫 문장을 잡는 일이다. 교수님께서는 늘 첫 문장은 매력적이어야 한다고 말씀하시지만 그게 참 쉬운 일은 아니다. 이렇게도 고쳐보고 저렇게도 고쳐보지만 참 힘들다. 하지만 첫 문장이 정해지면 어떻게든 구구절절 잘 써지는게 생각만큼 어렵지 않다. 첫 문장을 잡느라 생각을 많이 해서인지도 모르겠다.

14

글쓰기 능력을 향상시키는
두 가지 방법

1. 직접 인용하고 댓글 달기

좋다고 생각되는 남의 글을 직접 베껴 쓰는 동시에 그 글에 대한 자신의 생각이나 느낌을 직접 써 봄으로써 글쓰기 능력을 향상시키는 방법이다. 실제로 강의 현장에서 "텍스트 인용 논평"이라는 과제로 적용해 본 결과 이공계 학생들에게서 매우 좋은 반응을 얻었다. 적극 권장한다.

- 기초적이고 전문적인 배경 지식을 충분히 쌓을 수 있다.
- 좋은 표현법을 익힐 수 있다.
- 개념적이고 핵심적인 용어에 빨리 익숙해질 수 있다.
- 대학에서의 글쓰기 특징을 익힐 수 있다.

■ 공감 댓글 사례

"라투르는 우선 과학과 기술 사이의 관계를 바라보는 시각에서부터 대담하다. 그는 과학이 자연 세계에 대한 순수한 탐구이고 그 결과를 응용한 것이 기술이라는 전통적인 견해에 맞서 현대에는 과학과 기술이 많은 경우 서로 구별되기 어려울 정도로 융합되어 연구되고 있음을 지적한다. 이 점을 강조하기 위해 라투르는 아예 '테크노사이언스(technoscience)'라는 용어를 새로 도입하여 유행시켰다."(이상욱 외, 『과학으로 생각한다』, 서울: 동아시아, 2007, p. 251)

☞ 지난주에 일반화학 강의를 들을 때에도 과학과 기술의 차이점이 무엇이냐는 질문을 받았다. 나는 그 물음에 과학은 순수한 학문이고, 기술은 그 학문을 응용하여 실생활에 보다 유용하게 사용될 수 있도록 해 주는 것이라고 대답했다. 그런데 윗글의 주장은 그러한 구분이 무색하다는 것이다. 현대 사회에서는 과학과 기술이 상호 융합되어 연구되고 있다는 사실을 새롭게 알게 되었다.

■ 비판적 공감 댓글 사례

"그러나 도킨스의 오랜 비판자인 굴드의 지적처럼 진화에서 주어진 설계도란 없다. 즉, 설계도를 미리 가정하는 것은 주어진 환경에서 각 개체가 최대한 적응하기 위한 형태나 형질이 미리 결정되어 있다고 생각하는 것인데, 이런 일은 가능하지 않기 때문이다. 최근 진화론 연구에서 분명하게 된 점은, 개체는 단순히 주어진 환경에 적응하기만 하는 것이 아니라 환경을 지속적으로 변화시키며 다른 개체들과 함께 진화해 간다는 사실이다. 그러므로 보다 정확한 비유는 점보제트기 부품이 쌓여 있는 벌판에 바람이 불면서 부품이 하나씩 조립되는데, 이 과정에서 어떤 부품이 어떻게 조립되는지가 근처에 부는 바람을 막거나 방향을 바꾸어서 결국 매 단계마다 부품이 최종적으로 어떻게 맞추어질지가 조금씩 변경되는 것이다."(이상욱 외, 『과학으로 생각한다』, 서울: 동아시아, 2007, p. 184)

☞ 이 단락은 비유가 잘 되어 있어서 골라 보았다. 유전자 정보와 환경 적응 중 어느 것이 더 중요한 것인가를 놓고 학자들이 대립하고 있다는 부분인데, 저자는 둘 다 중요하다는 생각을 강조하기 위해 점보제트기의 조립 과정을 하나의 비유로 들어 설명하고 있다. 이공계는 전문적인 용어가 많기 때문에 쉽게 설명할 줄 하는 능력이 필요하다고 한다. 이런 표현법을 잘 익혀 두어서 나중에 활용하도록 해야겠다. 그러나 마지막 문장은 너무 길고 비문이다. 주어와 서술어가 호응하지 않는다. 또 내가 첨삭에서 지적받았던 오류를 저자도 똑같이 범하고 있다. 즉, "매 단계마다"는 의미의 중복이다. '매'와 '마다'가 겹친다.

■ 반론 댓글 사례

"우리의 세계는 어느 한쪽 방향으로만 진행되는 것처럼 보인다. 시간은 미래로는 흘러가지만 과거로 돌아가지는 않는다. 어린아이가 어른으로 성장하고 노인이 되기는 하지만, 나이 먹은 사람이 다시 젊어지지는 않는다. 뜨거운 차가 식기는 하지만 식은 차가 저절로 뜨거워지지는 않는다. 또 시원한 음료수가 미지근해지기는 하지만 미지근한 음료수가 저절로 시원해지지는 않는다. 마당의 낙엽을 모아 놓으면 저절로 흩어지기는 하지만, 흩어진 나뭇잎이 저절로 한 곳으로 모이지는 않는다."(양형진, 『양형진의 과학으로 세상 보기』, 서울: 굿모닝미디어, 2004, p. 98)

☞ 저자는 엔트로피 법칙을 설명하기 위해 여러 사례를 제시하고 있다. 하지만 나이를 먹고 시간이 지나가는 것은 적절한 설명이 될 수 있지만 나머지 사례들은 타당하다고 볼 수 없다. 뜨거운 차가 식고, 식은 차가 뜨거워지는 것은 절대적인 방향성을 갖고 있지 않으므로 엔트로피 법칙을 설명하는 데는 부적절한 예이다. 온도는 인간이 만들어낸 상대적인 수치로서 사례로 든 것들은 주위의 영향을 받아 움직인다. 예를 들어 여름에 바깥에 놓아둔 음료수는 저절로 뜨거워지며, 아무리 뜨거운 음료수도 겨울이 되면 저절로 시원해진다. 다시 말해, 일정한 방향성을 갖고 있지 않은 것이다. 내가 알기에 엔트로피 법칙은 닫힌 체계 안에서만 적용된다. 생명체와 같이 개방계에서는 자기조절 기능이 있기 때문에 적용되지 않는다. 따라서 순환 리듬을 가진 자연 현상으로 엔트로피 법칙을 설명하기에는 한계가 있다. 낙엽은 바람이 어떻게 부느냐에 따라 한곳으로 모이기도 하는 것이다.

2. 노트 필기를 완성된 문장으로 고치기

많은 학생은 자신의 글쓰기 능력을 향상시켜야겠다고 생각은 하면서도 실제로는 별다른 노력을 기울이지 않는다. 그저 마음뿐이다. 설령 큰마음 먹고 한 편의 글을 썼다 할지라도 주위에 이를 제대로 평가해줄 사람도 마땅히 없을뿐더러 글쓰기 교수를 찾아갈 용기도 없고 또 별도의 시간을 낼 만큼 부지런하지도 않다.

이 경우 시도해볼 만한 것이 필기한 노트를 다시 한번 더 써 보는 것이다. 방법은 간단하다. 강의 시간에 정리하는 노트 필기는 대개 요점 식이다. 이를 다시 복습하는 셈 치고 완전한 문장으로 풀어 쓰는 버릇을 들이면 문장력이 빠르게 좋아진다. 강의 시간에 다룬 교재나 참고 자료를 펴 놓고 요점 식으로 정리한 내용을 완전한 문장으로 만들어 보는 것이다. 핵심적인 부분의 정리나 주요 개념에 대한 용어 정리의 차원이라도 무방하다. 이 작업은 복습을 겸하기 때문에 별도로 공부할 필요가 없어 시간을 절약할 수 있고 더불어 성적도 좋아질 확률이 높다. 게다가 문장력 또한 좋아지니 일석삼조의 효과를 볼 수 있다.

■ 요령

• 노트를 필기할 때 좌우 또는 상하를 이분하여 강의 시간에는 한쪽만 사용한다.

• 강의 후 관련 교재를 참고하면서 비워둔 여백에 핵심적인 내용이나 주요한 개념을 완결된 문장으로 풀어서 완성해 본다.

• 이때 책의 내용을 그대로 베껴 쓰지 말고 가능한 한 자신의 언어로 풀어서 정리하면 더욱 좋다.

■ 사례

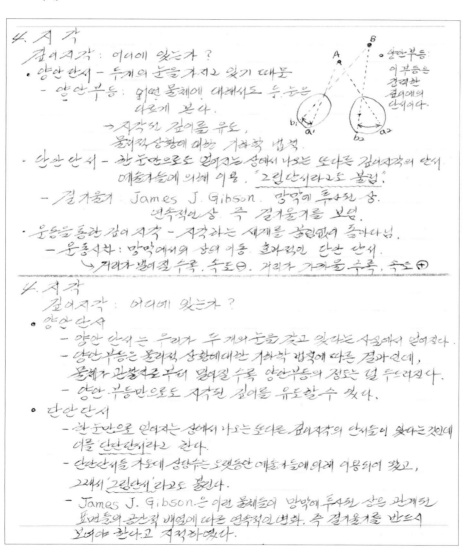

대학노트 정리법

- 교수의 강의 스타일을 파악하자. 중요한 부분을 어떻게 강조하는지, 결론을 언제 짚어주는지 등을 알아야 한다. 중요한 내용인 줄 알고 한참 적다 보면 곁가지 내용인 경우도 있다.
- 세부적인 내용에 치중하기보다 강의 전체의 큰 그림과 흐름을 파악하자.
- 전체적인 흐름은 항목별 제목을 체계화해야 가능하다. 기본적인 예습으로 미리 파악해두면 좋다.
- 강의의 핵심적인 개념 또는 핵심 어휘를 파악하자. 주요 어휘는 반드시 내용을 정리해 두어야 한다.
- 핵심 어휘는 노트 맨 우측 상단에 적어두면 손쉽게 찾을 수 있다.
- 궁금한 내용, 찾아볼 자료, 참고문헌은 노트 맨 아래에 따로 적어둔다.
- 다양한 색깔의 펜을 준비하자. 항목별 제목, 핵심적이고 중요한 내용에는 다른 색깔로 별도의 표시를 해 두면 다음에 금방 확인할 수 있다.
- 노트를 펼쳤을 때 왼쪽 면에만 필기를 하고, 오른쪽은 복습하면서 내용을 재정리할 수 있게 활용하자. 절반으로 나눠도 좋다. 빈 여백을 아깝다고 여기면 절대로 안 된다.
- 복습할 때는 강의 또는 교재 내용을 자신의 언어로 풀어서 써 보자.
- 도표로 바꿀 수 있는 내용은 도표로 만들어 두면 기억하기에 편리하다.
- 개념과 개념의 관련성, 이론과 이론의 관련성, 영향 관계 등도 도표로 그려보면 이해가 쉽다.
- 마음대로 빼고 끼울 수 있는 바인딩 노트를 사용하자.
- 과목에 따라 제각기 다른 노트를 쓰지 말고 하나의 통일된 바인딩 노트를 사용하되, 필기 후 과목별로 분류해서 쓰자. 노트 좌측 상단에 과목명, 날짜, 교수명을 기입해 두면 쉽게 분류할 수 있다.
- 정리한 노트는 등하교 시간, 공강 시간 등에 수시로 꺼내서 들여다보자. 놀라울 정도로 기억이 향상될 것이다.

맨 처음 제품 매뉴얼을 쓰는 시간에 무엇을 어떻게 써야 할지 당황하여 머리가 하얗게 되었습니다. 결국 등굣길 묘사로 바꾸어 써버렸을 정도였습니다. 그러나 텍스트 인용 논평 첫 번째 과제가 끝나자 어느 정도 자신감이 생겼습니다. 개인적으로는 세 번에 걸친 텍스트 인용 논평이 많은 도움이 되었다고 생각합니다. 비단 글쓰기뿐 아니라 평소에는 깊이 생각하지 않았던 주제들을 다룬 책을 읽음으로써 새로운 세계를 접할 수 있었습니다.

텍스트 인용 논평은 가장 힘들었던 과제였다. 분량도 분량이지만 추출한 문단에 나의 생각을 쓴다는 것이 무엇보다 힘들었다. 저자의 화려한 글솜씨에 내가 압도당하는 느낌이 들었다. 하지만 많은 논평을 해가면서 짧게나마 어떤 글에 대한 내 생각을 글로 표현할 수 있는 기회를 가진 셈이었고, 과제를 수행하면서 글쓰기 능력이 더 향상되는 것 같은 느낌에 뿌듯했다.

글쓰기 이론은 학원의 논술 시간에 배워서 다 알고 있었다. 하지만 막상 글을 써보면 생각처럼 되지 않았다. 과제로 제출한 점수도 좋지 않았다. 내 딴에는 노력을 했는데도 실력이 늘지 않아 짜증만 났다. 하지만 텍스트 인용 논평을 하면서 글쓰기에 자신감을 얻었다. 과제인 논평을 하기 위해 책을 수차례 읽고 생각하기를 반복했던 것이 많은 도움이 되었는지 점수도 좋게 나왔다. 그 후로 힘들게만 느껴졌던 과제가 한결 수월해졌다.

우리 전자전기컴퓨터 A반 학생들은 수요일을 '데스데이(death day)'라고 부른다. 전공과목과 글쓰기가 겹쳐 있기 때문이다. 특히 전공과목인 '컴퓨터 프로그래밍' 과제를 하느라 전날은 밤을 완전히 새우고 일찍 등교하여 바로 1교시에 있는 글쓰기 수업을 들어야 하니 죽을 맛이다. 하지만 글쓰기 또한 중요한 과목이라 성의를 보이려고 노력했다. 그래서 나는 주로 주말을 이용하여 글쓰기 과제를 미리 해 놓았다. 그것이 그나마 내가 이 수업을 따라갈 수 있는 길이었다.

이공계 학생도 글 쓰는 능력이 필요하다는 것을 알았다. 특히 자기소개서와 도표 분석은 내게 큰 도움이 되었다. 이공계 학생으로서 취직할 때나 나중에 연구 발표할 때 좀 더 자신감이 붙지 않을까 생각한다. 제품 설명서 쓰기도 전공과 관련해서 도움이 되었다. 하지만 요약 및 논평은 따로 공부할 필요는 없었던 것 같다. 인용할 때 각주 다는 것은 도움이 되었지만 논평을 할 때는 글쓰기가 두려워서 분량 채우기에 급급했다. 강의가 끝나고 나니 글쓰기에 대한 두려움은 깨끗이 사라진 것 같다.

● 글을 머리에서 생각나는 대로 술술 써버리는 버릇이 있었다. 그래서 글의 앞뒤가 맞지 않고 문장이 비문이 되어버리는 경우가 매우 많았다. 집에서 해오는 과제는 여러 번 보면서 수정할 수 있었지만 수업시간에 즉석에서 쓰는 글은 정말 다시 봐도 어색하기만 했다. 그래서 여러 번 수정을 하여야 했고, 수정하는 과정을 거치면서 글쓰기 능력이 많이 향상된 느낌을 받았다.

● 처음엔 대부분 C를 받았다. 기분이 좋지 않았다. 공대생이 왜 굳이 이런 것을 배워야 하나 하는 회의도 들었다. 하지만 글을 고쳐 쓰면서 평점이 올라갔다. 기분도 좋아졌다. 수업이 끝나가는 지금은 공대생에게도 글쓰기가 꼭 필요한 과목이라는 걸 확실히 깨달을 수 있었고, 글쓰기 자체에 대한 관심도 높아졌다.

● 글을 쓸 때 지켜야 할 규칙이 많다는 사실에 놀랐다.

부록

혼동하기 쉬운 한글 맞춤법

■ 맞춤법 대원칙

표준어를 소리 나는 대로 적되, 어법에 맞도록 한다. (1항)

- '어법에 맞도록'은 의미가 같은 말은 일관된 형태로 적는다는 뜻임.
- '법이, 법도, 법만'은 각각 [버비], [법또], [범만]으로 소리가 나지만 소리 나는 대로 '버비, 법또, 범만'으로 적으면 가독성이 떨어짐. 그래서 '법+이, 법+도, 법+만'에서 온 것을 고려하여, 원형인 '법'이 유지되도록 '법이, 법도, 법만'으로 표기함.

■ 사이시옷 적기(가장 헷갈리는 표기법)

- 순우리말로 된 합성어나 순우리말과 한자어로 된 합성어로서 앞말이 모음으로 끝난 경우.
  ① 합성어에서 뒷말의 첫소리가 된소리로 날 때
  ② 뒷말의 첫소리 'ㄴ, ㅁ' 앞에서 'ㄴ' 소리가 날 때
  ③ 뒷말 첫소리 모음 앞에서 'ㄴㄴ' 소리가 날 때

1) 순우리말끼리의 결합

　가. 뒷말의 첫소리가 된소리가 되는 경우.
　　　예 나뭇-가지[-까-], 맷-돌[-똘], 나룻-배[-빼], 쇳-조각[-쪼-]
　나. 뒷말의 'ㄴ, ㅁ' 앞에서 'ㄴ' 소리가 덧나는 경우.
　　　예 아랫-니[-랜-], 시냇-물[-낸-]
　다. 뒷말의 모음 앞에서 'ㄴㄴ' 소리가 덧나는 경우.
　　　예 뒷-일[뒨닐], 깻-잎[깬닙]

2) 순우리말과 한자어의 결합

　가. 뒷말의 첫소리가 된소리가 되는 경우.
　　　예 샛-강[-깡], 햇-수[-쑤]
　나. 뒷말의 'ㄴ, ㅁ' 앞에서 'ㄴ' 소리가 덧나는 경우.

예 제삿−날[−산−], 수돗−물[−돈−]

　　다. 뒷말의 모음 앞에서 'ㄴㄴ' 소리가 덧나는 경우.

예 예삿−일[−산닐], 홋−일[훈닐]

이외의 경우에는 사이시옷이 오지 않음. 한자어+한자어 결합에서 된소리가 날 때 6개(숫자, 횟수, 셋방, 곳간, 찻간, 툇간)의 예외를 제외하고는 사이시옷을 붙이지 않음.

예 개수(個數), 내과(內科), 대가(代價), 초점(焦點), 전세방(傳貰房)

- 또 다른 예외 규정: 제30항, 뒤에 오는 낱말이 원래부터 된소리이거나 거센소리일 경우는 사잇소리 없음. 예 갈비뼈(○), 갈빗뼈(×), 위쪽(○), 윗쪽(×), 뒤편(○), 뒷편(×), 뒤처리(○) 등등
- 사잇소리 현상을 잘 이해하기 위해서는 평소 표준 발음을 충실히 익혀야 함. 예 머리말 · 머리글 · 머리기사(○)/ 머릿돌 · 머릿기름 · 머릿결(○)

■ '암'과 '수': '수놈'을 '수놈'으로 적는 까닭

'암'과 '수'는 중세어에서 '암ㅎ'과 '수ㅎ'의 형태를 갖고 있었음. 형태는 사라졌지만 오늘날에도 화석형으로 남아 있는 예가 있음. 이 중 표준어 규정에서는 9개만을 인정함.

예 수캉아지, 수캐, 수컷, 수키와, 수탉, 수탕나귀, 수톨쩌귀, 수퇘지, 수평아리

☞ 주의사항: 모두 '암, 수' 뒤에 'ㄱ, ㄷ, ㅂ'이 올 때임. 이외의 경우에는 이런 현상이 없음.

예 암꿩/수꿩, 암꽃/수꽃, 암나사/수나사, 암놈/수놈, 암소/수소 등등

☞ 또 다른 예외: '숫양, 숫염소, 숫쥐'는 관습적으로 굳어진 것으로 인정.

■ '바라요'

'바라−+아(종결어미)+요'의 결합으로 '바라−'의 둘째 음절에 나오는 '아'가 탈락한 것으로 봄. 따라서 '바래, 바래요'라는 말이 나올 수 없음.

◉ 성공하길 바래, 잘 되길 바래, 합격하기를 바래요.(×)

→ 성공하길 바라요. 잘 되길 바라요. 합격하기를 바라.(○)

☞ '자라다'가 '자라, 자라서, 자란' 등으로 활용하고 '자래(×)'가 되지 않는 것과 동일한 현상임.

cf) 바래다: 색이나 빛이 퇴색하다.

◉ 빛이 바래다. 옷 색깔이 바래요.

■ '복 많이 받으십시요'와 '복 많이 받으십시오': 어미 '-오'와 '-요'의 차이

1. 어미: 종결형에선 '오', 연결형에서는 '요'.

　1.1. -오: 의문·명령·설명의 종결어미로 '하오체' 존대 등급. 앞에 '-십시-' 형태가 오면 무조건 '오'.

　◉ 새해 복 많이 받으십시오(○)/ 받으십시요(×)

　어서 오십시오(○)/ 어서 오십시요(×)

　1.2. -요: 사물을 나열할 때 쓰는 연결어미. '이다, 아니다'와 함께 쓰임.

　◉ 나는 빛이요, 소금이요, 생명이다.(○)

2. 조사: 존대의 뜻을 나타내는 보조사 '-요'.

　◉ 저는요, ××대학교 학생인데요, 글쓰기요. 너무 어려워 미치겠어요.

　새해 복 많이 받으세요./ 어서 오세요/ 앉아 주세요.

■ '있음'과 '있슴'

　표준어 '-습니다'의 영향('있습니다, 없습니다')으로 실수가 잦은 예. '있음'의 '음'은 명사형 전성어미 '-음, -ㅁ'과 결합한 형태.

　◉ 먹다 → 먹음, 닫다 → 닫음, 숨다 → 숨음, 없다 → 없음

■ 남녀(男女)와 여자(女子), 선량(善良)과 양심(良心); 두음법칙

두음법칙: 한자음은 첫소리 위치에서 '냐, 녀, 뇨, 뉴, 니' 혹은 '랴, 려, 례, 료, 류'의 형태로 올 수 없음.

> ㉖ 녀(女) → 남녀(男女)/여자(女子), 뇨(尿) → 당뇨(糖尿)/요실금(尿失禁), 니(泥) → 운니(雲泥)/이토(泥土)
>
> ㉖ 량(良) → 선량(善良)/양심(良心), 렬(列) → 행렬(行列)/열거(列擧), 례(禮) → 혼례(婚禮)/예의(禮儀)

☞ 예외: 의존명사는 적용되지 않음. '년 1회' '몇 년', '한 냥, 두 냥', '몇 리' '두 냥쭝, 세 냥쭝' 등. 그러나 두 음절을 이룰 때는 '연말, 연시, 연초'처럼 두음법칙 적용.

☞ 다른 예외: 제10항에 따르면 접두사처럼 쓰이는 한자어가 붙은 합성어에서 뒷소리가 'ㄴ'으로 나더라도 두음법칙을 적용하여 표기함.

• 상노인(上老人), 신여성(新女性), 공염불(空念佛)에서 '상(上)', '신(新)'과 '공(空)'이 접두사처럼 붙어 이루어진 합성어의 표기에서는 두음법칙을 적용하여 표기함. 즉 'ㄹ'과 'ㄴ'이 'ㅇ'으로 바뀜.

☞ 사람 이름의 경우: 성을 뺀 이름의 첫음절은 자연히 둘째 음절 이하가 되므로 원칙적으로 두음법칙의 적용을 받지 않음. '용팔'이라고 표기하지 '김룡팔'이라고 하지 않음. 그러나 외자로 된 이름의 경우 본음대로 적을 수 있음. ㉖ 신립, 최린 등

• 또한 '렬, 률, 롱' 따위의 한자음이 마지막에 올 때 앞 음절의 받침이 'ㅇ'으로 끝나면 원음으로 적고 그 이외엔 두음법칙을 적용함. 예) 선동렬, 최병렬/유두열, 김시열

☞ 회계년도, 설립 년도, 당해 년도, 연말 년시(×) / 회계 연도, 설립 연도, 당해 연도, 연말 연시(○)

• 위의 말은 합성어가 아니기 때문에 반드시 두음법칙을 적용해야 함. 따라서 두 단어를 붙여 '회계연도, 설립연도, 당해연도, 연말연시'처럼 쓰더라도 두음법칙을 반드시 적용함.

☞ 단체 이름의 줄임말의 경우는 두음법칙 적용하지 않음.

例 국제 연합: 국-연(×)/국-련(○), 경제 정의 실천 연합회: 경-실-연(×)/경-실-련(○)

☞ '독자란, 비고란'과 '어머니난', '가십난'에서 '지면'을 뜻하는 '란(欄)': 한 음절 한자어 형태소로 한자어 뒤에 결합할 때는 낱말로 보지 않기 때문에 본래 소리대로 적음.

• 그러나 고유어 혹은 외래어와 결합할 때는 한 낱말로 보아 두음법칙을 적용.

例 통신문을 보시면 가정란(家庭欄)에 어머니난이 있습니다. 그곳에 세부사항을 기입하세요.

이 잡지는 가십난보다 독자란(讀者欄)이 흥미롭다.

■ '그러므로'와 '그럼으로'

① 그러므로: 앞의 내용이 뒤의 내용의 이유나 원인, 근거가 될 때 쓰는 접속부사.

例 그녀는 이제 혼자다. 그러므로 외롭다.

② 그럼으로: '그럼으로'는 '그러다'의 어간 '그러-'에 명사형 어미 'ㅁ'과 부사격 조사 '으로'가 결합한 것. 따라서 이유, 수단, 조건의 부사격 조사 '-(로)써'가 붙을 수 있음.

例 그는 무턱대고 술을 먹는다. 그럼으로(써) 분노를 삭이는 것이다.

☞ 따라서 '그러므로써(×), 그러므로서(×), 그럼으로서(×)'와 같은 표기는 존재하지 않고, '-므로써'나 '-므로서'와 같은 표기도 없음.

例 가. 그녀는 책을 읽으므로써 시름을 잊을 수 있었다. → 읽음으로써

나. 그러므로써 모든 일이 끝났다. → 그럼으로써

다. 그렇게 하므로서 나의 책임은 다했다. → 함으로써

라. 얼굴이 크므로서 긴머리는 어울리지 않는다. → 크므로

■ '이에요', '예요'와 '이어요', '여요'

26항에 '-이에요'와 '-이어요'를 복수 표준어로 인정하고 있음. 이들이 체언 뒤에 붙을 때는 그 체언에 받침이 있느냐 없느냐에 따라서 모양이 바뀜. 받침 있는 체언 뒤에 오면 '-이에요(또는 -이어요)'가 오지만, 받침 없는 체언 뒤에서는 준말 형태인 '-예요(또는 -여요)'가 옴.

> ㉠ 가. 인터넷 시대에 한자는 비능률적인 문자예요/여요.
>
> 　　나. 공휴일 수를 줄이는 것은 잘못된 정책이에요/책이어요.

■ '아니에요'와 '아니예요'

☞ '아니에요'와 '아니예요'의 선택은 26항과 관련이 없음. 결론부터 말하면 기본형 '아니다'는 체언이 아니라 용언(형용사)이기 때문에 위 규정의 적용을 받지 않음. 따라서 '아니에요'가 맞음.

☞ '아니오'와 '아니요'의 차이
① '아니오'에서 '-오'는 종결어미.
> ㉠ 한자 병용은 반드시 필요한 것이 아니오.
② '아니요'는 '아니요' 전체가 감탄사. '예'에 상대하여 쓰는 말.
> ㉠ 선생님: 칠판지우개 날린 사람이 너냐?
>
> 　　철수: 아니요, 제가 아닌데요.

■ '-데'와 '-대'

전혀 다른 용법을 갖고 있음에도 실제 발음에서 구별이 없어져 혼동을 일으키는 어미임.

① -데: 존대등급 '하게체'에 쓰이는 과거 회상의 종결어미.
> ㉠ 가. 영국은 듣던 대로 비가 많이 오데.
>
> 　　나. 철수가 '쿨'하게 끝내려고 하데.
② -대: '-다고 해'로 치환해서 자연스러움.

⑩ 가. 그놈 멋있대(멋있다고 해).

　　나. 다시는 결석을 하지 않겠대(않겠다고 해).

　　다. 하루에 한 끼밖에 안 먹는대(먹는다고 해).

■ '부딪히다'와 '부딪치다'

부딪다: '무엇과 무엇이 힘 있게 마주 닿거나 마주 대다. 또는 닿거나 대게 하다.'의 뜻으로 쓰이는 동사.

'부딪히다'는 '부딪다'에 피동의 접사 '히'가 결합한 피동형이고 '부딪치다'는 '부딪다'의 강한 표현. 발음의 유사성으로 인하여 실생활에서 오류가 자주 발생하는 단어들임.

⑩ 가. 떨어진 돌에 머리를 부딪혔다.

　　나. 나는 수많은 모함과 음모에 부딪혀 왔지만 결코 좌절하지 않았다.

⑩ 가. 그날 그녀와 영화관에서 맞부딪쳤다.

　　나. 저기가 외제차들끼리 부딪친 곳이다.

■ '되라'와 '돼라'

돼라: 기본형 '되다'+ 명령형 종결어미 '-어라'가 결합한 것. 즉 명령형 '되어라'의 준말 형태.

규정 제35항에 따르면 'ㅚ' 뒤에 '-어', '-었'이 어울려 'ㅙ, ㅚㅆ'이 되면 그 줄임말 형태로 적음. 따라서 '어'가 들어간 '되어, 되어서, 되어야, 되었다' 등이 되면 모두 '돼, 돼서, 돼야, 됐다' 등으로 적음.

☞ 그러나 명령 상대가 정해져 있지 않은 간접 명령의 상황일 때는 동사 어간에 '-(으)라'가 직접 결합됨.

⑩ 사회 발전에 이바지할 수 있는 ××대학교 학생이 되라고 들었습니다.

■ 틈틈히(×), 틈틈이(○)와 꼼꼼히(○), 꼼꼼이(×): 부사화 접미사 '-이'와 '-히'

일반적으로 '하다'가 붙을 수 있으면 '히'로 적고 붙을 수 없으면 '이'로 적으면 됨.

> ⑩ 엄격하다 → 엄격히, 족하다 → 족히, 고요하다 → 고요히, 꼼꼼하다
> → 꼼꼼히, 쓸쓸하다 → 쓸쓸히, 공평하다 → 공평히, 당당하다 → 당
> 당히

다음은 '이'로 적는 경우

① 'ㅅ' 받침으로 끝나는 말 뒤
> ⑩ 깨끗-이, 번듯-이, 뜨뜻-이 …
② 'ㅂ' 받침이 없어지는 말 뒤
> ⑩ 가까(ㅂ)-이, 가벼(ㅂ)-이, 고(ㅂ)-이, 괴로(ㅂ)-이, 기꺼(ㅂ)-이, 날카
> 로(ㅂ)-이, 너그러(ㅂ)-이 …
③ '하다'가 붙지 않는 말 뒤
> ⑩ 같이, 굳이, 깊이, 높이, 많이, 실없이, 적이, 헛되이
④ 부사 뒤
> ⑩ 곰곰이, 더욱이, 삐죽이, 생긋이, 오뚝이, 일찍이, 해죽이 등
> ☞ '곰곰, 더욱, 삐죽, 생긋, 오뚝, 일찍, 해죽'은 모두 부사.
⑤ 같은 말이 반복되어 만들어진 말 뒤
> ⑩ 간간이, 겹겹이, 골골이, 곳곳이, 길길이, 나날이, 번번이, 샅샅이, 집
> 집이, 틈틈이

☞ 이처럼 '이'로 써야 할 환경이 5가지라서 어려워 보이지만 사실 ①만이 문
제가 됨. ①의 예들은 모두 '하다'가 붙을 수 있는데도 '히'로 쓰지 않고 '이'
로 쓰고 있기 때문. 그래서 ①만 따로 기억하면 됨.

■ 의존명사와 조사, 의존명사와 접미사의 구별과 띄어쓰기

의존명사는 띄어 써야 하지만(42항), 조사나 접미사(41항)는 붙여야 함.

> ⑩ '대로': 시키는 대로 해라. (의존명사)

그대로 두어라. (조사)

'뿐': 그저 열심히 했을 뿐이다. (의존명사)

남은 건 이것뿐이다. (접미사)

(* '~ㄹ뿐더러'는 하나의 어미: 영희는 예쁠뿐더러 마음씨도 곱다.)

(1) 의존명사와 조사의 구별

의존명사는 앞에 꾸미는 말이 옴. 이때 앞에서 수식하는 말은 관형형 어미 '-ㄴ, -은, -는, -ㄹ'를 취함. 반면 조사로 쓰일 때는 체언(명사, 대명사, 수사)에 붙어 특별한 의미를 덧붙여 줌.

　　㈎ 의존명사: 먹는 대로, 배운 만큼, 3년 만에 만났다.

　　조사: 너는 너대로, 이만큼, 3년만 기다려라.

(2) 의존명사와 접미사 구별

접미사는 주로 체언과 관형형 어미가 붙지 않는 용언(동사, 형용사)에 붙어 파생어를 만들며 어근에 의미를 보충해 줌.

　　㈎ 의존명사: 그저 쉴 뿐이다. 먹는 듯 마는 듯

　　접미사: 너뿐이다(체언에 붙은 경우). 화살이 비 오듯(관형형 어미 없는 용언)

(3) 의존명사와 어미의 구별

의존명사는 띄어 쓰고, 어미는 붙여 씀.

　　㈎ 의존명사: 아빠 있는 데 가라, 우리가 만난 지 3년.

　　어미: 비가 오는데 왔구나(~ㄴ데), 그가 오는지 내다봐라(~ㄴ지).

■ 윗말과 굳어져 합성어로 인정되는 의존명사들

원래는 의존명사이지만 굳어진 관행에 따라 붙여 쓰는 예들. 대부분 한 음절 단어들임.

(1) 것(cf. 내 것)

    옝 그것, 이것, 저것, 날것, 들것, 별것, 탈것, 생것

(2) 번(cf. 여러 번)

    옝 금번, 이번, 요번, 저번, 한번(일단 시도한다는 의미)

(3) 이(cf. 이상한 이)

    옝 이이, 그이, 저이, 젊은이, 늙은이

(4) 쪽(cf. 그 쪽)

    옝 동쪽, 서쪽, 남쪽, 북쪽, 반대쪽, 위쪽, 아래쪽, 오른쪽, 왼쪽, 양쪽

(5) 판(cf. 두 판)

    옝 씨름판, 노름판, 윷판

(6) 편(cf. 우리 편)

    옝 이편, 저편, 오른편, 왼편, 반편, 인편, 차편, 배편

(7) 짝(cf. 큰 짝)

    옝 오른짝, 왼짝, 아래짝, 위짝

■ '거리'의 표기와 발음

- 거리: 내용이 될 만한 재료나 소재를 뜻하는 명사. [꺼리]로 발음되지만 표기는 '거리'
  - 옝 가. 국거리, 반찬거리, 이야깃거리, 먹거리 (합성어)
  - 나. 반찬 만들 거리가 없다. 한 입 거리밖에 안 된다. (의존명사적 용법)

- −거리: 시간의 주기를 뜻하는 접미사. [거리]로 발음됨.
  - 옝 해거리, 달거리, 날거리, 하루거리

1. 길 가던 행인 ⇒ 행인, 길 가던 사람
2. 강제로 성폭행 ⇒ 강제가 아닌 성폭행은 없음
3. 영업용 택시 ⇒ 택시는 모두 영업용
4. 진위 여부를 가리다 ⇒ 진위를 가리다, 사실 여부를 가리다
5. 두리뭉실, 두리뭉술 ⇒ 두루뭉술: 모나지 않고 둥글지 않다.
6. 기간 동안 ⇒ 기간
7. 후덥지근 ⇒ 후텁지근
8. 렌트카 ⇒ 렌터카
9. 서슴치 ⇒ 서슴지
10. 승강이 ⇒ 실강이(실랑이)
11. 내노라 ⇒ 내로라
12. 안절부절하다 ⇒ 안절부절못하다
13. 카톨릭 ⇒ 가톨릭
14. 장사: 물건을 사고파는 일
    장수: 장사하는 사람
15. 쳐박혀 ⇒ 처박혀
16. 가장: 여럿 가운데 으뜸.
    • 손흥민은 한국이 낳은 가장 뛰어난 공격수 가운데 한 사람이다.
      ⇒ 손흥민은 한국이 낳은 매우 뛰어난 공격수 가운데 한 사람이다.
      ⇒ 손흥민은 한국이 낳은 가장 뛰어난 공격수다.
17. '행복하세요'와 '건강하십시오' ⇒ '행복하게 지내세요', '건강하게 계십시오'
    ☞ '행복'과 '건강'은 '하다'가 붙어 형용사가 되는 단어이므로 명령형을 만들 수 없음.
18. 남사스럽다. 남새스럽다 ⇒ 남세스럽다: 남우세스럽다의 준말임.
19. 볼맨소리 ⇒ 볼멘소리: 볼이 메이질 정도로 통통 불어서 하는 소리. 불평, 불만.
20. 웬간하다 ⇒ 엔간하다: '어여간하다'의 준말. "대중으로 보아 정도가 표준

에 꽤 가깝다."는 의미.

21. 한 통속 ⇒ 한통속: 그 자체로 단어임. 띄우지 말 것. 예 그놈들 모두 <u>한통</u>
<u>속</u>이야.

22. 구렛나루 ⇒ 구레나룻: 귀밑에서 턱까지 난 수염.

23. 나쁜 습관은 하루빨리 <u>극복</u>해야 한다. ⇒ 버려야 한다.

24. 맨날 ⇒ 만날: 매일, 늘 언제나

25. 보잘 것 없다. ⇒ 보잘것없다. (한 단어임)

26. 우뢰 ⇒ 우레: 순우리말임. 우뢰(雨雷)라는 말은 없음.

27. 명분을 쫓아(誤) ⇒ 좇아(正)

    좇다: 남의 뒤를 따르다. 대세를 따르다. 예 어머니의 뜻을 좇다. 여론을
        좇다.

    쫓다: 몰아내다. 잡기 위해 급히 따라가다. 예 참새 떼를 쫓다. 고양이가
        쥐를 쫓다.

28. 개발: 개척하여 발전시킴. 예 경제 ～, 광산 ～

    계발: 지능, 정신 따위를 깨우쳐 엶. 예 민족 정신 ～ 각자의 소질을 개발
        한다.(×)

29. 갱신(更新): 다시 更, 다시 새롭게 함.

    경신(更新): 고칠 更, 고쳐서 새롭게 함.

    예 올림픽 100m 달리기 세계 신기록 경신.

    ☞ 전세금 인상 등으로 조건을 바꾸어 계약할 때는 '경신'. 같은 조건으
      로 다시 계약할 때는 '갱신'.

30. 과반수를 넘기다 ⇒ 반수를 넘기다

31. 절대절명 ⇒ 절체절명(絕體絕命)

32. 풍지박산, 풍지박살 ⇒ 풍비박산(風飛雹散)

33. 산수갑산 ⇒ 삼수갑산: 산수(山水)가 아님.

    ☞ 삼수(三水)와 갑산(甲山)은 유배지로 유명한 함경도 지명.

34. 야밤도주 ⇒ 야반도주(夜半逃走): 야반(夜半)이 한밤중을 의미함.

35. 전입가경 ⇒ 점입가경(漸入佳境)

36. 피로 회복 ⇒ 피로를 회복한다고? 피로를 풀다. cf) 신뢰 회복, 경기회복

37. 고냉지 ⇒ 고랭지(高冷地) (두음법칙 항목 참조)

38. 큰비로 초토화되다. ⇒ 전쟁으로 초토화되다. 초토(焦土)는 흙을 태운다
    는 뜻.

■ 외래어 표기법

1. 받침에는 'ㄱ, ㄴ, ㄹ, ㅁ, ㅂ, ㅅ, ㅇ'만 쓴다.
   커피숍(○)/커피숖(×), 카펫(○)/카펜(×)/카펠(×)

2. 파열음 표기 시에는 된소리(ㄲ, ㄸ, ㅃ)를 쓰지 않는다.
   파리(○)/빠리(×), 코냑(○)/꼬냑(×), 카페(○)/까페(×),
   아틀리에(○)/아뜰리에(×), 피에로(○)/삐에로(×)

3. 외래어 장음은 표기에 반영하지 않는다.
   서비스(○)/서어비스(×), 팀(○)/티임(×), 루트(○)/루우트(×)

4. 'ㅈ, ㅊ, ㅉ' 다음에 오는 이중 모음은 단모음으로 쓴다.
   텔레비전(○)/텔레비젼(×), 주스(○)/쥬스(×), 차밍(○)/챠밍(×)
   다만, [ʃ]가 이중 모음으로 발음될 때는 반영한다. ㉝ 섀도, 셰이크, 쇼
   크, 슈즈 등

이외에 4장 1절 '인명 지명 표기' 원칙과 2절 '동양의 인명 지명' 표기 원칙을
잘 알아 두어야 한다.

참고문헌

고바야시 야스오 편, 『지의 기법』, 오상현 역, 경당, 1996.

금동화, 「기술논문작성법15: 그래프(graph) 사용요령」, 『재료마당』 제17권

W. 부스, 조셉 윌리엄스, 그레고리 콜럼, 『학술논문 작성법』, 양기석·신순옥 역, 휴먼싸이언스, 2017.

세노오 켄이치로, 『사고력을 키우는 읽기 기술』, 김소운 역, 호이테북스, 2006.

신형기 외, 『모든 사람을 위한 과학글쓰기』, 사이언스북스, 2006.

임재춘, 『한국의 이공계는 글쓰기가 두렵다』, 마이넌, 2003.

제6호, 대한금속·재료학회, 2004년 12월호.

플루스, 빌렘, 『디지털시대의 글쓰기』, 윤종석 역, 문예출판사, 1998.

「009 교육과학기술부 연구개발사업 성과관리업무 매뉴얼」, 교육과학기술부·한국 연구재단, 2009.

「글 잘 쓰는 과학자가 성공할 확률 높다」, 『과학동아』, 2002년 3월호.

Olsen, L. A. & T. N. Huckin, *Technical Writing and Professional Communications*, 2nd, ed., New York: McGraw-Hill Inc., 1991.

William, Strunk & E. B. White, *The Elements of Style*, 3rd ed., Boston: Allyn and Bacon, 1979.